DU MÊME AUTEUR

Les soupers de fête, Boréal, 1991.
Chroniques de l'air du temps, Boréal, 1993.
Autour de Dédé Fortin, Leméac, 2001.
Comment devenir un ange, Leméac/Actes Sud, 2005.

COMMENT DEVENIR UN MONSTRE

Leméac Éditeur remercie le ministère du Patrimoine canadien, le Conseil des arts du Canada, la Société de développement des entreprises culturelles du Québec (SODEC) et le Programme de crédit d'impôt du Gouvernement du Québec du soutien accordé à son programme de publication.

ISBN 2-7609-2583-8

ISBN ACTES SUD 2-7427-6454-2

Illustration de couverture :
Alberto Ruggieri
@ Getty Images, 2006

JEAN BARBE

COMMENT DEVENIR UN MONSTRE

roman

BABEL

Pour Joanne, mon amour
Pour Jules et Sacha, mes amours

1. LES ÉTOILES, LÀ-HAUT

Tout en haut de la montagne, il y avait de la neige. On avait grimpé de nuit, en silence, en s'arrêtant pour tendre l'oreille. Le sifflement des balles, on l'entend même quand il n'est plus là, même quand il n'est pas encore là. Une fois qu'on vous a tiré dessus, on vous tire toujours dessus. L'inverse est aussi vrai. Je veux dire : on est toujours d'un côté ou de l'autre de la gueule des armes.

Il faisait très noir sous le couvert des arbres, on ne voyait rien – mais on n'entendait rien non plus. Le silence et le noir. Vous ne savez pas à quoi ça ressemble, ce silence-là, ce noir-là. Le prélude au vacarme et au feu. Le silence et le noir sont habités d'une multitude de cracheurs de feu prêts à hurler, mais quand ? Vous ne voyez pas le noir, vous n'entendez pas le silence, vous guettez le début du vacarme et du feu, quand les monstres sortent de leur tanière.

La guerre, c'est horriblement bruyant. On ne s'entend plus penser. D'ailleurs, on ne pense pas. On réagit. Au bout d'un certain moment, on est comme dans de la ouate, le bruit assourdit tout, confond tout, vous isole. On est détaché de soi-même. Dans ces moments-là, je me sens invulnérable. Ce n'est pas une illusion. Je n'ai jamais été blessé, sauf des égratignures. J'ai vu couler mon sang plus souvent en cuisine que pendant la guerre. Et pourtant, je sais manier les couteaux. Mais je sais encore mieux manier les armes. C'est un don.

Une route montait en serpentant jusqu'au sommet, mais on marchait à côté, dans les bois. J'étais sur la droite, avec quelques gars. Le commandant se trouvait sur la gauche, avec Mistral et le gros de l'unité. Je montais. On m'avait dit de monter. Je ne savais pas ce qu'on allait trouver en haut, on ne me l'avait pas dit, je ne l'avais pas demandé. Je montais dans le silence assourdissant, lacet après lacet, le doigt sur la détente, et soudain c'était la neige. Un tapis de neige, vraiment, ça ressemblait à un tapis, qui s'épaississait vers le sommet.

D'ailleurs, il était loin le sommet ? Je n'en avais aucune idée et ça m'était égal. Mais la neige… La neige était un bonheur et un danger. C'était une nuit sans lune, mais la seule lueur des étoiles reflétée par la neige suffisait à éclairer la montagne. J'avais l'impression d'avancer dans un rêve. En même temps, je me savais visible, silhouette noire sur fond blanc. Je m'en fichais. C'était beau. Les arbres dénudés, les conifères en robe noire, les étoiles.

J'avais de la neige jusqu'aux chevilles, bientôt jusqu'à mi-jambe. Les arbres s'espaçaient et puis, tout d'un coup, on est arrivés au sommet. C'était un observatoire. Un vieux, tout blanc et croustillé de neige comme un gâteau. Il n'était pas moderne et cela me faisait plaisir. Il avait des courbes inutiles – on n'avait pas craint pour le bâtir un certain gaspillage de matériaux. Posé ainsi au sommet de la montagne, il ressemblait au crâne d'un chauve pointant sa tête vers l'infini.

D'où j'étais, je ne voyais pas l'œil du télescope, mais il y avait une grande antenne qui semblait incongrue, posée sur la coupole comme des mariés en plastique sur un gâteau de noces. J'ai tout de suite compris que c'était notre objectif : une antenne de télécommunication.

J'ai fait signe aux hommes de se déployer, machinalement, par habitude. C'était si beau, si calme. On y voyait comme en plein jour, enfin presque. J'aime les étoiles, même si je ne connais pas leurs noms. Enfant, je les regardais, couché dans l'herbe, en essayant de me faire une idée de l'infini.

Il n'y avait aucun signe de la présence de forces ennemies. Le commandant devait pourtant savoir ce qu'il faisait. On est restés là, à attendre, prêts à faire feu. Je devais me forcer pour maintenir mon regard en direction de la grande porte qui s'ouvrait sur le flanc de l'observatoire, juste en face de moi. Au bout d'un certain temps, elle s'est ouverte. Un type avec un fusil en bandoulière est sorti, il a tiré une clope de sa poche et il a craqué une allumette. Quelqu'un de chez nous a ouvert le feu beaucoup trop tôt. Le type est tombé et pendant quelques minutes, j'ai vu la fumée de sa cigarette continuer à faire des volutes. Elle lui était tombée dans le col et continuait de brûler contre sa peau.

Après ça, l'enfer s'est déclenché. Je ne sais pas pourquoi ils ont tenté de sortir, c'était idiot, parce qu'on n'a eu aucune perte et qu'eux, ils y sont tous passés. Maintenant, ils étaient partout, éparpillés dans la neige autour de l'observatoire. Il faisait sec là-haut. La neige était légère et poudrait les corps. Seul le sang restait bien vif, fleurs rouges sur champ de neige. Le sang buvait un à un les flocons qui venaient s'y déposer sous le faible souffle du vent et des derniers soupirs. On ne voyait la rougeur du sang qu'à la lumière des fusées éclairantes que le commandant avait fait envoyer.

Nos hommes restaient prudemment sous le couvert des arbres, ils attendaient. On ne sait jamais. La fusée éclairante accomplit son devoir puis s'éteignit en chuintant dans la neige. Le sang redevint noir. Je regardais le ciel, puis le sol. Là-haut, taches blanches sur fond noir. Ici-bas, taches noires sur fond blanc. La lumière des étoiles me parvenait après des millions d'années de voyage. Je voyais l'éclat d'un monde mort, minéral et illusoire.

Dans la neige aussi la mort avait un caractère minéral.

C'est alors que ça s'est passé.

Par la porte de l'observatoire s'agitait un drapeau blanc. L'homme qui l'agitait était prudent, il a pris son temps pour sortir. D'une main, il tenait son drapeau (une chemise, je crois, attachée à un manche à balai), l'autre, il la brandissait bien haut, la paume tournée vers nous pour bien montrer qu'il était sans arme. Il criait qu'il se rendait, qu'il n'était pas soldat. Puis il s'est mis à avancer vers nous, doucement, sans cesser de crier qu'il se rendait, en agitant son drapeau blanc.

Il jurait dans le paysage. Il faisait du bruit. Il perturbait l'ordre minéral des choses avec sa voix, ses gestes, le sang dans ses veines.

Je lui ai tiré une balle entre les deux yeux. Il est tombé. Le silence est revenu.

C'était la première fois.

— La première fois que vous avez tué ?

— La première fois que je me suis senti à ma place dans l'univers.

2. LE CHAMPION DES PERDANTS

La présence de mes enfants m'agaçait. Appuyés contre le cadre de porte de ma chambre, ils se contentaient pourtant de me regarder faire mes valises. Mais tandis que j'étalais sur le lit les chemises neuves encore dans leur emballage, les costumes fraîchement pressés et les coûteux accessoires qui complétaient mes tenues de combat, je sentais leurs petits yeux vriller ma nuque et s'enfoncer jusque dans l'os de ma troisième vertèbre.

Il est vrai que je les abandonnais, que je partais sans eux. Il est vrai également que j'étais heureux de partir en les laissant derrière. Cette douleur dans mon cou n'était sans doute que la conséquence physiologique d'une mauvaise conscience trop lourde à porter.

Mais c'était ma première mission à l'étranger. Une cause internationale ne pouvait qu'aider la carrière d'un avocat encore jeune. C'était une aventure et je la vivais comme telle. J'avais un peu voyagé avant mes études, mais je n'avais connu aucune véritable péripétie depuis l'épreuve du barreau et les deux accouchements sous péridurale de mon épouse.

J'avais par la suite endossé mon rôle de père comme on endosse une tenue militaire, soucieux d'exercer mon devoir et conscient des sacrifices nécessaires à son accomplissement. J'aimais mes enfants, puisqu'il était évident que je devais les aimer. Je me mettais à quatre pattes pour faire des gouzi-gouzi, mais depuis quelque temps, le cœur n'y était pas. Où était-il ? Je l'avais perdu quelque part en chemin, et je n'arrivais plus à mettre la main dessus.

— Vous ne voulez pas regarder la télé ? un film ?

Le plus vieux se contenta de secouer la tête tout en s'agrippant au chambranle.

Comment diable des enfants en bas âge, censés ne pas pouvoir tenir en place, pouvaient-ils rester là, sans bouger, pendant plus de dix minutes ? Qu'y avait-il de fascinant à regarder un homme de quarante ans faire sa valise ?

Je les aurais bien envoyés dans la cuisine pour qu'ils embêtent leur mère plutôt que moi, mais Florence ne décolérait pas depuis que je lui avais annoncé mon départ, et les seuls regards qu'elle m'avait accordés depuis le matin appartenaient à l'une ou l'autre des deux catégories suivantes : indifférence glaciale ou envie de meurtre. Je soupirai en appuyant du genou sur ma valise pour la boucler.

— Papa, pourquoi tu t'en vas ? demanda Arthur.

Qu'est-ce que je pouvais répondre à cela? Après un coup d'œil discret à mon bracelet-montre (j'avais quelques minutes à perdre), j'ouvris les bras et mes enfants se jetèrent sur moi comme une horde barbare. Plutôt que de m'expliquer, je jetai mon fils sur le lit pour le chatouiller – une lâcheté de plus à mon actif. Ma fille me grimpa sur le dos et je la chatouillai à son tour, puis nous nous lançâmes tous les trois dans une épique bagarre d'oreillers à laquelle, décoiffé et haletant, je dus mettre fin puisqu'il était temps de partir.

J'enfilai mon pardessus et j'allai déposer ma valise et mon attaché-case près de la porte d'entrée. Les enfants se pendaient à mes basques. Leur amour pour moi, indéfectible et absolu, était un mystère.

Ils s'agrippaient à mes cuisses et tentaient de me marcher sur les pieds tandis que je me dirigeais vers la cuisine, où Florence récurait rageusement le même chaudron depuis une bonne vingtaine de minutes. Au moment de lui dire au revoir, je savais pouvoir bénéficier de la protection de mes enfants : par égard pour eux, Florence retiendrait ses coups.

— C'est l'heure, dis-je.

Elle passa le revers de la main sur son front pour en balayer les mèches échappées d'un chignon lâche. Je m'approchai prudemment pour l'embrasser. Au dernier moment, elle me refusa ses lèvres et je l'embrassai sur la joue. La colère brillait encore dans ses yeux, avivant sa beauté. Je me sentais affreusement coupable.

— Je vous appellerai demain, dis-je.

Florence recula d'un pas, soupira, puis me regarda dans les yeux.

— D'accord, dit-elle au bout d'un moment. Bon voyage, François.

Elle esquissa une sorte de sourire las. C'était inespéré. Une bénédiction, en quelque sorte. Je me penchai pour embrasser mes enfants. Les yeux d'Arthur s'emplirent de larmes. Margot extirpa de sa narine une juteuse crotte de nez qu'elle se fourra dans la bouche. Je l'embrassai sur le front.

— Au revoir ! Au revoir ! dis-je en prenant mes valises. À bientôt ! Soyez sages !

* * *

Je pris place à l'arrière du taxi qui me conduisait à l'aéroport, en proie à une foule de sentiments contradictoires. Je sortis de ma poche une flasque de rhum et j'en bus une longue rasade. Tandis que l'alcool explosait dans mon ventre et que sa chaleur se communiquait à mon sang, le soulagement faisait place à la peur, puis la honte succédait à l'excitation. J'imaginais Florence, encore debout dans la cuisine, serrant contre elle nos enfants en larmes et regardant cette portion de l'espace où je m'étais tenu et que j'avais désertée en prenant la fuite. Ce regard de Florence me hantait, me poursuivait jusque sur la voie rapide où mon taxi vint rejoindre le troupeau immobilisé des véhicules à l'heure de pointe. Mon front se couvrait de sueur. Qu'est-ce qui m'avait pris ? Pourquoi ce besoin de fuir ? Qu'avais-je fait ?

Mais je le savais très bien. Avocat, père, mari : depuis trop longtemps mes rôles me paraissaient avoir été écrits par un tâcheron sans imagination pour un feuilleton sans rebondissements. Il me semblait être devenu une mécanique roulant à vide, sans âme. Mes jours se déroulaient selon une routine établie qui ne sollicitait aucune contribution de ma part. Je ne vivais pas ma vie, elle s'en chargeait toute seule. Une existence raisonnable jusqu'à la dissolution du moi.

J'avais perdu le goût de tout. Je rentrais de plus en plus tard du travail parce que la perspective d'un autre repas en famille plein de cris, de lait renversé et de nouilles sur le tapis m'était intolérable. Je prétextais des rendez-vous alors que j'allais boire des petits verres en m'apitoyant sur mon sort. Je me dédoublais : il y avait un moi souffrant et un moi haïssable, personne d'autre. Ça ne pouvait plus durer.

C'est alors que je m'étais inscrit à Avocats sans frontières.

C'était un geste irréfléchi, suicidaire en quelque sorte, tant pour la vie professionnelle que familiale. Mais tout de suite je m'étais senti mieux. Que restait-il, comme possibilité d'aventure, pour un homme tel que moi ? Une décapotable sport pour les excursions du dimanche ? Une liaison avec l'assistante juridique ? Des cours de tango ?

La seule possibilité d'être envoyé à l'étranger donnait à mon existence un charme qu'elle avait perdu, une notion de précarité qui la rendait précieuse. Pour la première fois depuis longtemps, je me sentais vivant.

Cela avait duré trois semaines, puis ma convocation était arrivée. Je ne m'y attendais pas. Enfin, pas si tôt. Je n'étais pas prêt. Je préférais la possibilité d'un départ au départ lui-même. Je n'avais rien dit à Florence ni à mes associés du cabinet. J'évaluais à plusieurs dizaines de milliers de dollars les pertes financières que me vaudrait une telle mission.

J'avais jonglé quelques jours avec l'idée de refuser de partir. Mais, quelles que soient mes raisons, cette dernière lâcheté aurait achevé de me tuer. Alors j'avais pris mon courage à deux mains, et j'en avais parlé à Florence.

Cela s'était plutôt bien passé, si on préfère un silence de mort aux engueulades carabinées. Nos dernières nuits ensemble, je les avais passées sur le divan. J'avais usé jusqu'à la trame la patience de Florence. Elle était épuisée, je le savais. Inquiète pour l'avenir. Seule, aussi. Mais qui ne l'était pas ?

Le taxi montait maintenant la rampe d'accès menant à l'aéroport. Je payai, sortis mes bagages et me dirigeai vers le comptoir d'enregistrement. Il y avait foule, comme d'habitude. Les nouvelles mesures de sécurité créaient d'interminables files d'attente et suscitaient la grogne des passagers.

Mais l'alcool commençait à faire son effet. Je souriais d'un air énigmatique. Je redressais les épaules, j'avançais d'un pas plus assuré. Je présentai mon passeport à une charmante employée de la compagnie aérienne.

— Embarquement à la porte 32, maître Chevalier.

Oui, c'était moi : maître Chevalier, chevauchant des taxis et fréquentant la cour, défenseur de la veuve et de l'orphelin, champion des perdants. Et maintenant, je partais en croisade. J'allais porter la Justice jusqu'en sol étranger. Fallait arroser ça.

Au bar de l'aéroport, j'éclusai plusieurs doubles scotchs pour me donner du courage. À la fin, j'en avais tant qu'on dut m'aider à gagner mon siège. Un agent de bord se pencha sur moi pour boucler à ma place une ceinture de sécurité qui me semblait diaboliquement compliquée. Puis je sombrai dans un sommeil d'ivrogne, lourd et sans rêves.

Quand je me réveillai, trois heures plus tard, de la salive maculait mon menton. Sans doute avais-je beaucoup ronflé, à en juger par les regards courroucés que me lançaient mes voisins immédiats. Je trouvai quand même la force de commander un verre avant de sortir un dossier de mon attaché-case et de me plonger dans sa lecture, sans jamais relever la tête, jusqu'à l'atterrissage.

J'avais été désigné par Avocats sans frontières pour venir assister le Monstre dans la préparation de son procès. C'est du moins ainsi, d'après les coupures de journaux dont je disposais, que l'appelait la presse locale, après avoir rejeté successivement les épithètes de boucher (trop vague), de cuisinier de l'enfer (trop littéraire) et de criminel (trop banal).

Le procès à venir n'avait pas le caractère spectaculaire de ceux de la Capitale et ou de La Haye, qui mobilisaient des bataillons de correspondants étrangers. Mon client n'était pas un haut gradé ni un ancien dirigeant du pays. Il n'avait pour ainsi dire jamais donné d'ordre à quiconque. Il n'était pas responsable de la mort de milliers d'innocents, seulement de quelques dizaines, pour la plupart tués de sa propre main.

En l'absence de peine de mort, il risquait de passer plusieurs fois sa vie en prison. Je pensais pouvoir l'aider en plaidant les circonstances atténuantes – c'était la guerre après tout – ou la folie passagère. Car n'était-il pas lui aussi une victime de la machine guerrière ?

Le cas ne ressemblait en rien à ceux qu'Avocats sans frontières acceptait d'ordinaire, ce qui expliquait sans doute la rapidité avec laquelle le dossier avait été traité. En général, l'organisme s'occupait de structures, participait à la mise en place à l'étranger de réseaux juridiques là où ils faisaient défaut. Je connaissais peu de cas de défense directe d'un accusé. C'était d'autant plus excitant.

Je feuilletais pour la centième fois les quelques pages qui constituaient tout le dossier :

Viktor Rosh, dit Chef. Cuisinier dans le civil. Parents retraités. Un frère. Longues périodes de chômage, d'abord à la Capitale, puis dans la région forestière de M. Engagé volontaire dès le début de la guerre. Milicien. Unité de commando. Ses supérieurs avaient déjà été jugés et reconnus coupables, ou avaient disparu dans la clandestinité. Le dossier faisait mention de crimes de guerre sans beaucoup de détails, et de crimes tout courts sans détails aucuns. J'imaginais qu'un supplément d'information devait m'attendre chez l'avocat nommé d'office avec qui je devais collaborer, puisqu'il m'était interdit de plaider là-bas.

Attachées au dossier par un trombone, deux photos. La première, judiciaire, présentait le Monstre de face et de profil. Viktor Rosh était un homme de trente-six ans, aux cheveux noirs décoiffés. Quelques plis barraient horizontalement son front. Mais étaient-ce vraiment des rides de souci ? On aurait dit surtout que l'homme ouvrait un peu trop grand les yeux, comme ébahi de voir ce qu'il voyait. Mais que voyait-il ?

À part cela, plutôt bel homme, un rien rustique. Pas l'air d'un monstre, en tout cas, contrairement à ce que montrait la seconde photo.

Celle-ci était invraisemblable, comme un coup monté ou une farce de mauvais goût. Elle justifiait amplement son appellation de Monstre. On y voyait Rosh, torse nu et beaucoup plus maigre, en pleine forêt. Il portait les cheveux longs et emmêlés, une barbe en broussaille. Il tenait à la main ce qui semblait être un couteau de cuisine à large lame. Bizarrement, des touffes de poils hérissaient son torse comme s'il s'agissait d'un homme des cavernes pas encore convaincu de vouloir devenir *sapiens*. En outre, il était éclaboussé d'un liquide visqueux dont la couleur, un beau rouge bien vif, révélait sans aucun doute possible sa qualité de sang. Il en avait partout, sur les mains, les bras, le torse, jusque sur le front. Des gouttes perlaient à la pointe de son couteau. Au verso de l'épreuve, une date indiquait que la photo avait été prise le jour même de l'arrestation de mon client.

Je revenais sans cesse à cette photo. La sauvagerie qui s'en dégageait m'attirait. Elle recelait un mystère, un danger qui n'était pas celui des villes et des crimes de cols blancs. Elle montrait une vitalité dont je me savais privé, à laquelle secrètement j'aspirais. C'était une photo horrible que je n'aurais pas montrée à mes enfants pour tout l'or du monde, de peur de peupler leur sommeil d'horribles cauchemars débilitants, mais il était indéniable que l'être qu'on y voyait était un homme, je veux dire un être gorgé de testostérone, au corps sec et noueux, primitif et… et quoi, en fait ? Tout le contraire de moi.

L'avion atterrit au petit matin. Après avoir récupéré mes bagages, je devais emprunter une navette vers l'ouest, en direction du chef-lieu de la province voisine. Le trajet dura un peu plus de trois heures. En traversant la ville de M., je vis des bâtiments retapés dans l'urgence, sans souci esthétique. Étrange : ces peuples qui guerroient pour des questions d'Histoire finissent toujours par l'annihiler.

Les gens marchaient en rasant les murs comme si une rafale de mitraillette allait incessamment balayer les trottoirs – mais rien n'avait visiblement balayé les trottoirs depuis un certain temps, à en juger par les mégots, les papiers gras et les emballages plastique qui les jonchaient. C'était assez déprimant.

On m'avait réservé l'une des suites de l'hôtel des Ours, qui devait me tenir lieu de résidence pour les semaines à venir. Je signai le registre et montai moi-même mes bagages.

Je défis ma valise, rangeai mes vêtements et mes accessoires de toilette. Sur une table près de la fenêtre je disposai mon cartable relié pleine peau, ma plume Waterman, le dossier de mon client et quelques manuels de droit international. Ensuite, je me douchai, me rasai, me changeai et me mis à tourner en rond dans ma chambre.

Je ne tenais pas en place. Alors je fis ce que je faisais habituellement dans ces cas-là : je descendis au bar de l'hôtel afin de m'abrutir de scotch.

Le lendemain, au réveil, bref sentiment d'étrangeté. Quoi ? Nul petit être pour sauter dans le lit et me barbouiller de sa salive ? J'étirais mes jambes et faisais jouer mes orteils sous le drap. Il y avait quelque chose de voluptueux à se réveiller ainsi, seul, dans un pays étranger potentiellement dangereux. Je me commandai un solide petit déjeuner que je mangeai au lit en me foutant des miettes. Je bus à petites gorgées mon café brûlant et trop sucré. J'appelai la réception pour obtenir un taxi à neuf heures. Douche, rasage, vêtements frais. Je mis de l'ordre dans mes petites affaires et m'assurai que chacun de mes gadgets d'avocat était à sa place. Le téléphone sonna, c'était la réception. Mon taxi m'attendait.

J'avais la main sur la poignée de porte quand, merde ! Merde, merde et merde ! J'avais oublié d'appeler à la maison comme promis. Mais je n'avais plus le temps. Ce soir. Non, pas ce soir, le décalage. Demain alors. Oui, demain, sans faute. Et je sortis – et la pensée de ma famille sortit en même temps de mon esprit.

J'allais à la prison de M. rencontrer mon client. C'était à une bonne demi-heure de la ville, dans une sorte de cuvette naturelle où s'attardaient encore les brumes du matin. Pendant le trajet, j'essayai de me concentrer, mais me concentrer sur quoi ?

La prison où il était détenu dans l'attente de son procès était modeste. J'avais vu peu de bâtiments intacts depuis mon arrivée, mais celui-là l'était, comme si les balles et les obus l'avaient volontairement épargné. Peut-être les deux camps ennemis l'avaient-ils préservé, sachant qu'ils en auraient l'usage après la guerre, quelle que soit son issue.

Le taxi s'immobilisait. Nous étions arrivés. Je présentai au garde mes papiers, et on me fit entrer.

Tandis qu'on m'escortait à travers des couloirs grillagés et qu'on me faisait franchir des portes à barreaux, je me demandais s'il existait une association mondiale de marchands de peinture pour prison qui ne garderait en stock que des millions et des millions de litres de badigeon jaune pipi, vert malade et beige sale. Si c'était le cas, avaient-ils constitué leur stock sur le conseil de décorateurs, et si oui, ceux-ci avaient-ils été, depuis, emprisonnés pour leur méfait ?

C'était stupide, je sais, mais c'est ainsi. Mon cerveau et moi ne sommes pas toujours sur la même longueur d'onde. Je tends vers un objectif, il s'engage dans des chemins détournés. Je m'y suis fait. Dans ces moments-là, je me contente de pincer les lèvres et de froncer les sourcils en mimant une attitude d'intense réflexion – une image patiemment mise au point dans le miroir de la salle de bain pendant les séances de rasage matinal.

Le gardien qui m'escortait me fit entrer dans une petite pièce sans fenêtre, meublée en tout et pour tout d'une petite table et de deux chaises en bois blanc. L'éclairage au néon soulignait la crudité du béton qui m'environnait. Ce n'était pas le lieu idéal pour l'éclosion d'une relation de confiance.

Je m'assis. Le gardien ressortit en laissant la porte ouverte, je lui en sus gré. J'ouvris sur la table mon cartable de cuir qui contenait une tablette de papier jaune. Je vérifiai pour la forme que ma plume était remplie. J'étais nerveux. J'attendais un monstre.

J'entendis des pas dans le couloir. C'était lui. Je me redressai. Je pris mon air le plus professionnel. Il s'assit devant moi, il avait des menottes aux poignets. Le gardien ressortit en verrouillant la porte derrière lui, et…

* * *

— Et quoi ? demanda-t-il.
— Et rien, dis-je.
— Comment rien ?
— Rien comme dans rien.
— Il ne vous a pas parlé ?
— Pas un mot !
— C'est embêtant.
— Vous n'avez pas l'air surpris.

Il avait souri en montrant des dents qui poussaient dans tous les sens. Sa moustache blanche aux pointes tombantes avait en son milieu une traînée jaunâtre causée par la fumée des gros cigares que devaient en permanence pincer des lèvres si rouges qu'on les eût dites peintes. C'était un homme corpulent, sanglé hors saison dans un costume clair à rayures, qui m'avait accueilli comme un ami longtemps perdu de vue. Dix minutes après avoir pour la première fois de ma vie posé les yeux sur lui, je connaissais tout de son existence : sa femme Elena, ses deux fils et ses trois filles dont l'aînée, la pauvre, était affublée d'un bec-de-lièvre qui la confinait à une carrière de vieille fille.

L'homme était jovial, certes, mais de manière un peu exagérée. Il paraissait étonnamment soucieux de plaire pour un avocat, car c'en était un : maître Cevitjc, dans cette affaire mon seul allié.

Il était plus que moi l'avocat du Monstre, mais comme moi, il ne l'avait pas choisi. L'État le lui avait attribué d'office.

— Non, ça ne me surprend pas, répondit maître Cevitjc. Il est comme ça depuis le début.

— Comme quoi ?

— Silencieux.

— Vous voulez dire qu'il n'a jamais dit un mot ?

— Pas un.

— Depuis quand ?

— Son arrestation.

Je m'enfonçai dans mon siège, sidéré. J'entretenais d'ordinaire avec mes clients une relation d'affaires dénuée de passion. Après tout, ils voulaient éviter la prison ou alléger leur peine, et j'étais l'homme qu'il leur fallait. Ils avaient plutôt tendance à m'abasourdir de détails inutiles dans un flot de paroles que je leur conseillais de juguler s'ils voulaient avoir la moindre chance devant le juge. Jamais personne ne m'avait réservé le traitement du silence. Il faut dire qu'à deux cents dollars l'heure, personne n'en avait les moyens.

Une fois la porte de la salle bien refermée sur notre confidentialité, j'avais regardé Viktor Rosh droit dans les yeux et je m'étais présenté. Je lui avais parlé de ma carrière, de mes succès (en les exagérant quelque peu), puis je lui avais fait part de mon intention de tout faire en mon pouvoir pour lui venir en aide. Ensuite je lui avais demandé, pour la forme, s'il souhaitait bien sûr plaider non coupable. J'avais attendu un moment sa réponse. Il n'évitait pas mon regard, sans doute prenait-il son temps pour réfléchir. J'attendis encore.

— Alors ? demandai-je.

Il ne répondit pas.

— Vous ne comprenez pas la question ?

Toujours rien. Il souriait tout de même. Je regardai alentour, à la recherche, que sais-je, d'une caméra cachée. J'étais peut-être le sujet d'une bonne blague de gardiens de prison, et mon Monstre à moi m'attendait dans une pièce à côté, celui-ci n'étant qu'un imposteur. Mais non, pas de caméra. Et le Monstre, décidément, était trop ressemblant. Il me vint alors à l'idée qu'il me mettait à l'épreuve, que par son silence il ouvrait une brèche par laquelle je devais m'engouffrer, pénétrer dans son monde, m'y acclimater. Je devais mériter sa confiance. Mais que dire ? Je lui fis alors mon laïus de gauche selon lequel nul n'est jamais vraiment coupable et que nous sommes tous des victimes. Je lui parlai d'hommes et de femmes qui avaient commis des gestes atroces mais qui souffraient depuis si longtemps qu'on pouvait s'étonner qu'ils n'aient pas tué avant. Ces hommes et ces femmes voulaient être aimés mais ne savaient pas demander et ne savaient pas donner et, prisonnier dans leur corps et dans leur cœur, à force de vouloir en sortir, ils finissaient par exploser, etc.

Cela faisait bien une dizaine de minutes que je parlais dans le vide. Il me regardait toujours avec son petit sourire vaguement extraterrestre, non pas comme s'il se foutait de moi ou de ce que je disais, mais plutôt comme s'il avait déjà entendu tout cela d'innombrables fois. Ou alors il était fou. Mais s'il avait été fou, on l'aurait enfermé à l'hôpital psychiatrique, pas en prison. Ou alors…

C'était une épreuve de force. Il voulait vérifier si j'avais moi aussi la force morale de me taire. Eh bien, si c'était ce qu'il voulait, il allait voir. Je cessai brusquement de parler, me calai dans mon siège et le regardai en silence.

Cela dura un bon, oh ! six ou sept minutes. Une éternité, pendant laquelle je passai par tous les états : détermination, confusion, frayeur, colère, apitoiement. Voilà, j'avais déjà raté mon coup. À peine étais-je arrivé que je devais repartir, la queue entre les jambes, un échec de plus dans mon attaché-case. Était-ce sur cet écueil de silence que le bateau avarié de ma quarantaine devait venir s'échouer ?

J'avais ramassé mes affaires. Je n'osais plus le regarder. J'avais cogné à la porte que le gardien était venu ouvrir, et j'étais parti sans dire un mot.

— On aurait pu m'avertir, dis-je.

— Qu'il ne parlait pas ? On ne vous l'a pas dit ? demanda maître Cevitjc.

— Non.

— Ça doit être une erreur. Mais j'espérais que votre présence le ferait sortir de son mutisme.

— Apparemment non.

— Oui, c'est dommage.

— Qu'est-ce que je dois en penser ?

— Oh ! Ce que vous voulez ! Pensez-en ce que vous voulez. Moi je ne sais pas. Il n'est pas coopératif, et il ne semble pas vouloir se défendre.

Maître Cevitjc se pencha vers moi. La fumée de son cigare le faisait cligner des yeux.

— Je suis son avocat d'office, vous comprenez ?

— Pas très bien.

— Ce n'est pas avec un zèbre comme ça qu'on se paye des vacances sur la Côte d'Azur.

— Vous y allez souvent ? demandai-je bêtement.

— À chaque guerre, déjà, répondit-il.

Il se renfonça dans son fauteuil, aspira quelques bouffées et regarda la fumée monter en volutes jusqu'au plafond. Puis :

— Vous savez qu'il est coupable ?

— Je ne suis pas juge…

— Il y a trop de témoins, et son silence l'accable.

— Notre devoir est de le défendre.

— Mais il ne veut pas être défendu !

— Je n'ai pas traversé la moitié du monde pour rien.

— C'est vrai, dit maître Cevitjc.

— Je peux l'aider, dis-je.

— D'accord. Représentons-le et nous lui épargnerons les soucis de la justice dans la mesure où nous le pourrons. Mais pour le reste, ne vous faites pas d'illusions. Il sera reconnu coupable sur tous les chefs. Tenez, je vous ai préparé ceci.

Il lança sur son bureau un épais dossier recouvert d'un carton vert.

— Quand vous l'aurez lu, vous comprendrez à quel point il est coupable.

— Il n'y a pas de circonstances atténuantes ?

— Ici, vous savez, il n'y a que ça, si bien que ça ne compte plus.

— Il mourra en prison.

— Ou alors, avec un peu de chance, il y aura une autre guerre dans dix ans, et avec encore plus de chance, son parti la gagnera et alors il sera libéré, blanchi, il obtiendra un poste dans l'administration publique et on donnera son nom à un parc.

— Vous vous moquez de moi.

— Pas tant que ça.

— Je n'accepte pas de m'avouer vaincu dès le départ.

— Que vous l'acceptiez ou non, il faudra bien que vous compreniez qu'ici les morts se comptent par centaines de milliers et qu'il faut bien que d'autres milliers de personnes les aient tués. Ces personnes sont soit dans le bon camp, soit dans le mauvais. Et ces deux camps s'échangent leur place depuis des siècles, c'est malheureux, mais nous n'y pouvons rien. La haine attire la haine, la violence attire la violence. Puisqu'il est si courant de tuer, nous tuons couramment. Dans un pays comme le vôtre, où on se méfie de la viande rouge, on est très loin de l'idée de la Bête. Mais ici, la Bête, nous la fréquentons sur une base quotidienne. Nous la connaissons bien. Elle nous connaît bien. Et Rosh la connaît. Et si nous avons collectivement décidé que Rosh était la Bête, eh bien, tant pis pour lui. C'est sur lui que ça tombe. La prochaine fois, ça sera un autre.

— C'est une vision terriblement cynique.

Cevitjc parut avoir pitié de moi. Il me regardait avec une soudaine bienveillance de ses petits yeux qui disparaissaient dans les replis de graisse.

— Cela ne veut pas dire que nous sommes inutiles, mon garçon. Seulement, il faut connaître les limites de notre pouvoir.

— Quel est-il, ce pouvoir ?

— Nous pouvons l'aider à garder un peu de sa dignité d'homme quand tous le qualifieront de monstre. Les jours du procès seront très suivis par la presse nationale, et peut-être celle d'ailleurs. Votre tâche sera de vous interposer, de le protéger.

— Mais s'il ne veut pas me parler ?

— C'est embêtant. Mais je ne crois pas qu'il restera toujours muet. Chacun veut parler, chacun veut expliquer au monde la quintessence de sa propre vérité. Il y viendra. À vous de l'aider à y venir.

— Pourquoi a-t-il voulu d'un avocat sans frontières s'il ne veut pas se défendre ?

Maître Cevitjc parut embarrassé par ma question. Il fit des ronds en l'air avec son cigare.

— Qui sait ? Nous voulons tous être compris. Vous venez de loin… Peut-être voulait-il avoir devant lui quelqu'un qui ait un regard neuf, qui pourrait comprendre sans préjuger. Il ne semble pas vouloir d'un avocat, peut-être a-t-il besoin d'un ami ?

— Je…

Mais je ne réussissais pas à formuler ma pensée. Un ami ? Je n'avais certainement pas parcouru des milliers de kilomètres pour devenir l'ami d'un monstre. Mais si seulement je pouvais gagner sa confiance…

— Que dois-je faire ?

— Il veut qu'on s'intéresse à lui, pas à son cas. Son silence est un cri. Moi, avec ce que me paye l'État… Mais vous, vous êtes parfait.

— Parfait pour quoi ?

— Cherchez qui il est, allez voir ceux qui l'ont bien connu, je ne sais pas, moi, faites comme s'il vous captivait, soyez le collectionneur de ses faits et gestes… et puis vous tomberez peut-être sur des circonstances atténuantes, comme vous dites, qui pourraient retrancher quelques années de sa peine, qui sait ? Il faut que vous le fassiez parler, il le faut absolument, sinon… vous imaginez le procès ?

— Bon, dis-je. D'accord. Mais par où commencer ?

— Je ne sais pas, répondit maître Cevitjc. Par le commencement ?

3. LE GOÛT DE VIVRE

Je suis né à la Capitale, j'y ai grandi, j'y ai fait mes études. Mais je ne m'y suis jamais vraiment senti chez moi. Il y a dans les grandes villes une culture de l'argent et une frénésie d'ascension sociale qui me déroutaient, puisque d'argent comme de frénésie j'étais particulièrement dépourvu. J'étais timide, ça ne pardonne pas.

Mes parents étaient modestes et à mes yeux petits. Pas méchants, mais ils éprouvaient une telle affection pour la normalité qu'on peut la qualifier d'obsessive.

Pour eux, se fondre dans la masse était un signe de santé. Mais peut-être était-ce seulement une stratégie défensive. Mon père aussi a fait la guerre, avant ma naissance. De l'épreuve du feu, il lui est resté dans l'œil comme une lueur de désespoir. Avec la fin de sa guerre finissait sa jeunesse, et une certaine manière de vivre qui n'était plus d'usage. Alors il s'est contenté de survivre, sans faire de bruit, sur la pointe des pieds et du bout des lèvres. La guerre avait tué tous ses rêves, tous ses désirs, toute sa joie, tout son amour. À moins qu'il n'ait toujours été comme ça.

Il a été… un père pour moi. C'est-à-dire qu'il me conçut, me nourrit et me vêtit jusqu'à ce que je sois capable de me débrouiller par moi-même, et c'est à peu près tout. Longtemps, je n'ai su du monde que ce qu'il m'en avait dit : il fallait s'en méfier.

Il était charpentier, peut-être l'est-il toujours. Il s'est complu dans un métier qui ne lui demandait pas de penser. Ses mains faisaient seules le travail, de grosses mains calleuses, plus habituées au marteau qu'à une joue d'enfant. Elles rabotaient volontiers la planche mais craignaient la caresse comme si c'était moi qui était plein d'échardes. Quant à ma mère… Elle aimait son mari et protégeait son homme en faisant taire nos cris d'enfants. Bien sûr, elle nous aimait aussi. Elle nous aimait comme de pauvres créatures qui n'avaient aucune chance et qu'il fallait préserver de tout, et surtout de l'espoir que les choses un jour iraient mieux. Tout pour elle était source de danger. Je me rappelle qu'elle me tint par la main pour monter l'escalier jusqu'à mes dix ans, et encore ne l'abandonna-t-elle qu'au moment où je menaçai de me jeter dans le vide si elle ne me laissait pas tranquille. L'attention qu'elle nous portait consistait précisément en cela : attention ! Fais bien attention de ne pas tomber, de ne pas courir, de ne pas avaler de travers, de ne pas prendre froid, attention, attention !

Poussé par de tels encouragements, on s'étonnera que je fus moyen à l'école. Aucun de mes professeurs ne me destinait à quelque carrière que ce soit. J'étais à ce point dépourvu de caractéristiques qu'il était malaisé de simplement m'imaginer : je n'offrais pas de prise au cerveau des autres.

Il y avait bien mon frère, mais il était plus vieux. J'avais partagé avec lui quelques secrets qu'il avait reçus en bougonnant. Et pendant quelques brèves années, j'avais senti son bras protecteur sur mes épaules. Mon grand frère... Il s'était pris de passion pour la politique, il ne rentrait plus souvent à la maison, et puis un jour, plus du tout. La dernière fois que je l'ai vu, c'était à la télévision, pendant une manifestation. Je crois qu'il a dû quitter le pays. Il ne m'a jamais écrit. Chacun son destin.

Mes parents imaginaient que j'allais finir le marteau à la main, et sans doute cela aurait-il été le cas si je n'avais découvert la cuisine.

Nous n'étions pas riches. Pour avoir de l'argent de poche, j'avais dès mes quatorze ans trouvé un travail de plongeur dans un restaurant du centre. C'était une tâche imbécile et abrutissante, mais qu'en savais-je ? J'étais très fier de gagner des sous et on me servait parfois des restes qui me ravissaient le palais. C'est là que tout a commencé. Ma vie. Le reste ne compte pas, ou si peu.

Mais dans ce restaurant un peu cher, trop brillamment éclairé pour mes yeux accoutumés à la pénombre rassurante de la maison de mon père, dans cette vaste cuisine, toute d'aluminium et de porcelaine, dans les parfums d'épices, les fumets, les réductions, les vinaigres et les nappes de crème, les viandes à l'os, les crustacés, les coquillages, moi qui n'avais jamais vu la mer, le gibier, les champignons sauvages, girolles, chanterelles, bolets, cèpes, morilles, mousserons – ici, c'est ici que mes yeux se sont ouverts tandis que mes mains barbotaient dans l'eau grasse où surnageaient les reliefs de tous les festins.

Je ne connaissais rien. Une bouillabaisse servait selon moi à réchauffer les lits, et il existait des onguents pour soigner les gratins. Un parfait ? C'était un premier de classe. Mon ignorance était stupéfiante, abyssale. J'étais un trou noir qui lavait la vaisselle. Mais je regardais et j'écoutais, je goûtais. J'absorbais tout.

C'est comme si le monde entier s'engouffrait par la porte des cuisines pour m'apporter ses effluves, ses traditions, son histoire. Encadré par des piles d'assiettes et des monceaux d'ustensiles, je voyageais. Le menu de ce restaurant a été mon premier vrai livre.

Timidement d'abord, puis avec de plus en plus de hardiesse, je posais des questions. J'épiais les gestes du chef, me soûlant de ses ordres aboyés. Le coup de feu, dans le déferlement des plats et le crépitement des légumes sautés au beurre, la frénésie presque chaotique du personnel en uniforme jouant des couteaux préfiguraient mon destin, je le vois maintenant.

Mais à l'époque, c'était une aventure. Je lavais la vaisselle avec une rapidité surhumaine dans l'espoir de prêter main-forte à la cuisine une fois ma propre tâche accomplie. J'y parvenais souvent, et on s'habitua à moi. On me confiait parfois la mise en place. Dès ma sortie de l'école, je me ruais vers le restaurant pour tailler, éplucher, découper, râper et débiter. J'appris à manier les couteaux, le sang des bêtes me devint familier, on s'en servait pour lier les sauces. J'aimais particulièrement ces jours où les provisions arrivaient par avion, des caisses et des caisses de vin, de gibier, de homards, de tout ce qui n'était pas produit localement. Je devais les mettre au frais dans les grands garde-manger, accrocher les carcasses, coucher les bouteilles dont je lisais les étiquettes en rêvassant. Seul dans ces pièces froides avec des demi-bœufs pendus au plafond et des rangées entières de bocaux de foie gras, je me croyais au paradis.

Le chef était un homme bourru qui avait étudié son art en France. Il serait exagéré de dire qu'il me prit sous son aile protectrice, mais il était moins brutal avec moi qu'avec d'autres. C'est lui le premier qui me parla de l'Institut d'hôtellerie, et c'est lui qui, plus tard, m'en ouvrit les portes avec une louangeuse lettre de recommandation. Il a été bon pour moi. Je regrette de l'avoir mis, beaucoup plus tard, dans le pétrin. Mais à la guerre comme à la guerre.

Je l'ai côtoyé pendant près de quatre ans. À bien des égards, l'organisation d'une cuisine ressemble à la hiérarchie militaire. Il n'y a pas de place pour la discussion, les ordres sont les ordres et la discipline est de mise. Les troupes sont disposées en ordre de bataille, et chaque section a une mission précise. Mais il y avait une raison à tout ça, un ordre qui se révélait au bout du compte, dans l'assiette, dans le mélange des saveurs, dans l'harmonie des textures. Le chef était un dieu, omnipotent, parfois grondant, parfois aimant, toujours craint. J'éprouvais de l'admiration pour cet homme au large ventre, du respect, et peut-être même une sorte d'amour. Il m'a sauvé la vie, ou du moins lui a donné un sens. Je lui dois un peu d'être ce que je suis.

Quatre ans plus tard, je m'apprêtais à quitter le restaurant pour commencer mes études à l'Institut d'hôtellerie. C'était mon dernier jour. Le chef vint me voir et me proposa, pour la première fois depuis que je le connaissais, de manger avec lui.

— Ici ? demandai-je.

— Non. Un secret bien gardé. Allez, viens !

Nous sortîmes. J'avais dix-huit ans alors, et déjà toute ma taille, mais il m'arrivait encore de rougir comme un gosse, et j'étais, hors des cuisines, gauche et maladroit. À côté du chef qui semblait rouler sur les trottoirs, je ne savais plus comment marcher. Je trébuchais, je faisais de petits sauts incongrus, j'accrochais mes semelles à la moindre aspérité.

Nous marchions en silence. Le chef sifflotait en regardant les vitrines. J'étais excité. J'imaginais la table secrète réservée aux seuls chefs dans la sécurité d'un Club très sélect qui n'ouvrait ses portes qu'aux initiés – moi qui ratais encore parfois la béchamel !

Mais nous sortions des quartiers chics pour arpenter les ruelles des immigrants. Les immeubles bas et déglingués abritaient presque tous une ou plusieurs gargotes aux odeurs exotiques et à la propreté douteuse. Nous tournâmes dans une ruelle plus petite, puis dans une autre encore, qui en fait s'avéra une impasse. Tout au fond, un vieux monsieur trônait derrière une planche posée sur des tréteaux, devant une sorte de hangar dont la porte relevée donnait à voir un frigo et un brasero surmonté d'une grille.

— Hot-dogs américains ! s'exclama le chef avec une emphase qui me semblait un peu déplacée.

Le vieil homme s'appelait Amir. Il avait vécu pendant quelques années en Amérique, où il avait vendu des merguez. Quand, pour d'obscures raisons familiales, il était revenu ici, le marché des merguez était depuis longtemps saturé. Il avait donc écrit à ses amis américains qui lui envoyaient chaque mois une cargaison de saucisses roses et de petits pains tout mous qu'il faisait griller sur le charbon et nappait ensuite de condiments en bouteilles.

Le chef en commanda plusieurs, que nous mangeâmes debout en grosses bouchées pâteuses que nous faisions descendre avec des lampées de cola. Je m'attendais à ce que d'un moment à l'autre le chef me révélât la raison de notre présence en ces lieux : un conseil de sage, une maxime, une mise en garde contre les mauvais usages de la gastronomie. Mais non. Après un rot sonore, il me dit :

— C'est mou, c'est gras, c'est chaud – comme le sein d'une femme !

Puis il me prit par le bras et nous rentrâmes au restaurant où je terminai ma journée de travail. J'étais déçu. Mais je n'en avais pas fini avec les saucisses américaines.

À la fin de la journée, je rendis mon tablier. Le chef me prit dans ses bras. Les collègues me souhaitèrent bonne chance, et je rentrai chez mes parents.

Ils ne voyaient pas d'un bon œil mon entrée à l'Institut. Si je n'avais pas obtenu une bourse par concours, ils n'auraient jamais consenti à payer mes frais d'études. Qu'on puisse rechercher par la nourriture une réelle satisfaction des sens leur semblait pratiquement indécent, à la limite de la pornographie. Pour eux, manger consistait essentiellement à se nourrir. De peur qu'il reste encore un soupçon de vie dans les viandes et les légumes, ma mère n'hésitait jamais à les assassiner une seconde fois en les faisant cuire jusqu'à l'anéantissement total.

Mon frère avait quitté la maison depuis quelques années déjà. Il ne restait que nous trois, deux éteignoirs et moi, qui commençais tout juste à m'allumer. C'était invivable. Trois mois après le début de mes études, je fis part à mes parents de mon intention de me louer une chambre en ville. L'argent de la bourse me le permettait tout juste. Ils parurent soulagés. Le peu de désir que j'entretenais, le peu d'espoir que je réchauffais en mon sein faisait de moi, à leurs yeux, l'équivalent d'un fils drogué et voleur : mon imprévisibilité les effrayait.

Je ramassai mes petites affaires et ils vinrent jusqu'au seuil me faire des signes de la main tandis que je traînais mes valises en direction de l'arrêt d'autobus. Ils ne dirent pas : « Au revoir ! » Ils ne dirent pas : « Reviens quand tu veux. »

Je compris le message. Je ne remis plus jamais les pieds dans cette maison. Eux non plus ne tentèrent jamais de visiter la mienne. J'imagine qu'ils estimaient suffisant de m'avoir supporté jusqu'à mes dix-huit ans et que le reste ne les regardait plus. J'imagine qu'aussitôt la porte refermée sur moi, ils retournèrent sous la roche d'où ils avaient été forcés de sortir en devenant parents pour reprendre là où ils l'avaient laissée leur existence de cloportes.

Je ne jetai pas un regard en arrière. À cette époque, nous vivions en paix depuis assez longtemps pour croire qu'il s'agissait d'une situation permanente. L'Institut d'hôtellerie bourdonnait d'activité et, année après année, ne fournissait pas assez de cuisiniers pour faire rouler tous les restaurants qui ouvraient leurs portes. C'était une ère de prospérité et d'oubli. La Capitale lissait ses plumes et gonflait son cou. Trois ans durant j'ai chauffé des chaudrons, j'ai lié des sauces, j'ai farci des volailles. Trois ans durant j'ai dessiné les plans de mon petit restaurant à moi.

Oh ! pas grand-chose ! Un petit resto, sinon un café. Un tout petit espace de liberté. Je n'avais pas appris à rêver, encore moins à rêver grand.

Mais la cuisine vous y invitait. Bortsch, paëlla, poulet yassa. Trois plats, trois continents. La cuisine était une invitation au voyage et quand, rompu de fatigue, je m'effondrais sur le matelas poussiéreux de ma chambre exiguë, il m'arrivait de m'imaginer partant à l'aventure, rien dans les mains, rien dans les poches, cuisinier errant comme les poètes du Moyen Âge. Je me voyais autour du monde, m'arrêtant ici et là dans les villes et les villages où partout mon savoir serait bien accueilli. Je me réveillais effrayé de cette audace dont il ne restait aucune trace sous le soleil du jour.

La réalité, c'est que si j'aimais la cuisine, la cuisine, elle, ne me comptait pas parmi ses élus. Après les deux premières années de cours qui consistaient à apprendre les bases du métier, il devint évident que je n'avais pas les qualités requises pour jamais espérer devenir un grand chef. Car il en est de la cuisine comme de toutes les autres formes d'art. Pour aspirer à la grandeur, il faut connaître les principes de base – et ensuite les transgresser. Ainsi Picasso, excellent en dessin et en anatomie, mettait les oreilles à la place des yeux et le nez à la place de la bouche.

Je n'étais pas Picasso. Je n'osais pas transgresser, je n'avais pas cette imagination-là. Je pouvais sans problème réussir un plat compliqué en ne m'écartant jamais des règles de l'art. Mais mis devant un ensemble d'ingrédients que seule ma fantaisie devait agencer, je figeais comme une sauce au frigo.

Ainsi, en voulant échapper à la médiocrité souveraine de mes géniteurs, je me retrouvais confronté à la mienne. J'étais dévasté. Mais que faire ? Je regardai alors autour de moi. Il y en avait des meilleurs, mais il y en avait des pires. Certains finissants, incapables de réussir une omelette, leur vie en eût-elle dépendu, se trouvaient du travail dans les plus grands restaurants. Ils n'avaient pas l'air de souffrir de leur inaptitude, pourquoi aurais-je dû souffrir de la mienne ? Il me suffisait d'être réaliste. On pouvait être bon sans être grand. Passable était déjà bien.

J'espérais sans doute encore une révélation, un brusque changement dans l'ordre de l'univers. Je croyais à l'inspiration. Seulement, elle ne m'avait pas encore touché de son aile. Il fallait attendre. Ce que je fis. Je terminai dans la moyenne ma dernière année d'études et me retrouvai du jour au lendemain cuisinier diplômé et sans le sou. En pleine récession.

Nous ne l'avions pas vue venir, les économistes moins que les autres. Inflation, effondrement de la bourse, qu'est-ce que j'en sais ? L'économie s'apparente pour moi à une science mystique qui consiste à mettre en mots les remous d'un torrent. On a beau parler, l'eau coule.

Bref, quand vint mon tour de rejoindre le marché du travail, plus de place. La Capitale perdait ses plumes, et les plis de son cou pendaient lamentablement. Je courais d'un restaurant à l'autre seulement pour les voir fermer leurs portes ou réduire de moitié leurs ambitions comme leur personnel. J'avais vingt et un ans, une chambre que je n'avais plus les moyens d'habiter. Je commençais à comprendre mes parents.

Je finis par me trouver un poste de cuistot dans une cuisine d'hôpital. C'était mal payé et absolument dénué de prestige, mais j'étais content d'avoir trouvé quelque chose. Avec l'enthousiasme de la jeunesse, je me promis de développer un menu savoureux qui enchanterait les malades et accélérerait leur guérison, mais je me butai bien vite à des principes diététiques édictés par le Collège des médecins selon lesquels tout ce qui est bon pour la santé ne doit pas avoir de goût.

Je passai six ans dans cet hôpital. Six années à faire bouillir des blancs de poulet dans de l'eau sans sel. C'est long. Six années à ne plus savoir espérer, enfermé dans le sous-sol d'un vieil hôpital dont les odeurs de désinfectant imprégnaient mes vêtements et jusqu'à mes rêves.

J'avais quitté ma chambre pour un petit appartement à la mesure de mes moyens. Je travaillais le jour, et le soir je lisais mes livres de cuisine, c'étaient mes seuls amis.

Je n'étais pas un ermite pour autant. Je saluais des gens, et j'étais salué en retour. Je faisais des sourires et on m'en faisait. Il m'arrivait même de prendre part à des activités de groupe et d'en retirer pendant quelques instants un certain plaisir. Mais, agitation pour agitation, je préférais celle de mon esprit à celle des corps qui dansent dans les discothèques dans le seul but de s'entrechoquer plus tard sous les draps.

Je n'avais pas de talent pour l'amour ni pour l'amitié. Là comme en cuisine, j'étais incapable de spontanéité. J'appliquais des recettes qui se révélaient décevantes et j'obtenais rarement un troisième rendez-vous de la part d'une femme qui lors des premiers avait totalement fait le tour de ma personnalité. À aucune d'entre elles, il est vrai, je n'osais ouvrir les portes de mon jardin secret. Mais pourtant il était là, souvent, derrière mes paupières closes. L'image d'un restaurant, le mien, tout petit, sans étoiles, sans panache, sans prétention aucune ailleurs que dans son nom : le Café des Arts.

Je voyais les murs couverts d'étagères emplies de livres. Des affiches de cinéma. Des photos de lieux merveilleux et exotiques. Le menu écrit à la craie sur un tableau d'ardoise. La lumière du matin pénétrant par les grandes fenêtres éclairait en oblique des étudiants relisant leurs notes de la veille en trempant un croissant au beurre dans un grand bol de café au lait. Ils cédaient leur place, à midi, aux commerçants du quartier venus engloutir bruyamment le pot-au-feu, la poularde aux lardons, la salade niçoise. Et le soir, toutes les tables occupées, dans le cocon lumineux des bougies, par des amateurs de voyage qui ferment les yeux en goûtant les nems, le mahi mahi, la soupe de poisson au lait de coco et à la coriandre, le plateau de crustacés, le gibier à la broche. Au sol, des tapis d'Orient. Dans l'air, les notes délicates d'une musique de chambre.

Je me voyais aussi. Je souriais dans cette image. Je flottais au-dessus de tout ça. Je n'étais plus jamais seul. Je passais à travers les tables, échangeant quelques mots avec l'un, quelques mots avec l'autre.

Au début, je chassais cette image dès qu'elle me venait, en lui criant de partir et en prenant l'air méchant. Puis je m'habituai à sa présence. Elle était comme un chien qui m'aurait choisi pour maître. Je finis par céder, par jouer avec elle en lui lançant des détails, des couleurs qu'elle rapportait au tableau.

Je me laissai convaincre. Je me disais : il suffit d'économiser tout ce que je peux pendant assez d'années. C'est ce que je fis. Je rognais sur tout, même sur les lacets de chaussures. Je cessai de sortir – ce qui n'était pas un bien grand sacrifice – et je me portai volontaire pour toutes les heures supplémentaires disponibles. Je n'achetais rien. Je réutilisais tout. Pendant des années, je me nourris de thon en boîte et de carottes râpées. Je voyais à la banque s'accumuler lentement un joli petit magot.

C'était possible. C'était vraiment possible. Il suffisait d'attendre. Attendre l'argent, et il venait, et attendre que la crise économique se résorbe. Il suffisait d'attendre que le vent tourne.

Il a tourné. J'ai perdu mon emploi. Le vieil hôpital ne justifiait pas, par le nombre de ses patients, les coûts galopants de son entretien. On le ferma purement et simplement, en relogeant ailleurs les patients. Mais pas les employés. Je refis le tour des restaurants pour me trouver une place, mais six années de cuisine d'hôpital n'inspiraient pas les propriétaires, et de toute manière, la Capitale n'avait jamais été aussi pauvre. Les soupes populaires ne fournissaient pas. Des gens dormaient sur les trottoirs. Au moins, j'avais de l'argent. Il me dura plus d'un an. J'étais déjà habitué à vivre chichement, je ne changeai donc rien à mes habitudes. Mais sans l'image, c'était différent. Avant même d'avoir eu la chance d'exister, le Café des Arts était mort, et quelque chose en moi avec lui.

Je devins apathique. Je ne cherchais plus de travail, je ne m'intéressais plus à rien. Je lavais mes vêtements à l'eau froide du robinet, et je m'assoyais pour les regarder sécher sur le radiateur. Je ne parlais plus à personne. J'avais tellement mangé de thon que ma peau sentait le poisson.

À la banque mes réserves baissaient. Je voyais venir le jour où je serais à la rue, tellement écrasé par l'adversité qu'il deviendrait impossible de me relever. Je savais qu'il fallait faire quelque chose. Pire, je pensais savoir quoi faire. Après avoir renoncé à bien des choses, il allait falloir renoncer à ma dignité.

Je retournai dans le quartier des immigrants. Le restaurant d'Amir était fermé, la porte du garage hermétiquement close sur la ruelle, comme une paupière de vieille femme. Je cognai. Il vint ouvrir au bout d'un long moment, en robe de chambre, tout courbé et perclus de rhumatismes, ses énormes sourcils gris suspicieusement arqués. Je me servis du nom de mon ancien maître comme d'un sésame. Amir sourit. Il me fit entrer.

* * *

Ma nouvelle entreprise fonctionna dès le début assez rondement. Du côté des avantages, il y avait celui d'être en plein air. Je bougeais constamment, je marchais des kilomètres et des kilomètres par jour. Après plus d'une année d'inaction, j'en avais bien besoin. Mes jambes au début me firent terriblement souffrir, puis elles devinrent dures comme de la pierre. Je dus m'équiper de bonnes chaussures pour éviter les ampoules et les cals. Je devais également veiller à ma mise pour ne pas effrayer le client. Bref, je redevenais un citoyen présentable. Mais à quel prix !

J'avais discuté une bonne heure avec Amir. Je savais déjà qu'il avait cessé ses activités depuis deux ou trois ans.

— La santé…

Je compatissais.

Puis je lui avais offert une petite somme pour lui racheter, non pas son fonds de commerce, mais ses contacts américains. Il avait accepté en me croyant fou. Je me ruai aussitôt sur le téléphone, et malgré les décalages horaires et culturels, je finis par persuader mon correspondant de ma détermination à devenir, chez moi, le héraut des *ball park sausages*, jusqu'à présent à peu près inconnues de mes compatriotes.

— Avec de l'argent, ça peut se faire. Avec de l'argent, tout se fait, disait-il, un continent plus loin.

Nous nous entendîmes sur les modalités. J'allai à la banque pour virer de l'argent sur le compte qu'il m'avait indiqué, puis j'attendis. J'étais nerveux. Et si rien n'en résultait, et si je venais tout bêtement de me faire arnaquer du reste de ma fortune ?

Puis vint un autre coup de fil, et j'allai à l'aéroport cueillir quelques caisses de saucisses à hot-dogs emballées dans des sachets de plastique, des sacs de petits pains mous et insipides, ainsi que plusieurs contenants de ketchup et d'un truc jaune vif qui en aucun cas ne devrait avoir le droit de porter le nom de moutarde.

Mon idée n'était pas d'imiter Amir dans son commerce. Je n'avais pas les moyens de tenir boutique. Et puisque les gens n'allaient plus au restaurant, il fallait que le restaurant aille à eux.

Avec mes derniers sous, j'achetai un barbecue de jardin fonctionnant au gaz, que je modifiai en le montant sur des roues de landau pour enfant. Je lui fixai une glacière entre les roues, et voilà : je partis sur les routes en criant saucisses !

L'idée avait mûri en moi sous l'écho des paroles de mon ancien maître. *Mou, chaud et gras comme un sein de femme.* Je réfléchissais… Si le hot-dog américain était un sein, il avait la forme d'une bite. Ce n'était pas un mets, plutôt une perversion. Or, on pouvait toujours compter sur les gens pour privilégier leurs vices même quand l'argent se fait rare. Les pauvres gens qui dorment sous un toit de carton trouvent toujours les quelques sous pour s'acheter une bouteille, et les prostituées, en temps de crise, ne sont que plus nombreuses. J'espérais que les autres, un peu mieux nantis, trouveraient les ressources pour doper leur palais avec mes sandwichs du diable.

Heureusement, mon raisonnement s'avéra fondé. Le prix assez bas de mes saucisses et le caractère addictif de leur composition chimique m'attira dès le début un bon nombre de clients satisfaits. Ainsi je déambulai dans tous les quartiers du centre de la Capitale pour empoisonner, au nom de ma survie personnelle, mes concitoyens et concitoyennes.

Étais-je malheureux ? Je gagnais ma vie. On est toujours un peu malheureux de devoir gagner ce qui à la naissance nous a été si généreusement donné. D'où un sentiment de révolte ravalé tous les jours qui forme à l'estomac une boule bien dure qui porte le nom d'angoisse. Disons que je n'étais pas heureux. Ma vie sociale se résumait aux contacts téléphoniques périodiques avec mes fournisseurs américains et à ceux, aléatoires et souvent uniques, avec mes clients. À tout le moins, je pouvais conserver mon appartement et manger autre chose que du thon. Les affaires en fait marchaient à ce point que je pouvais à nouveau économiser, mais économiser pour quoi ? Je ne voulais décidément plus rêver. J'économisais donc par habitude, et par peur de me retrouver bientôt sans rien.

Il y a des gens qui ont de la chance, d'autres pas. Je faisais partie de ces derniers. Je me consolais en me disant que je n'étais pas responsable de cet état de choses, mais qu'à la loterie universelle, mon numéro n'était pas sorti. À qui me plaindre puisque je ne croyais pas en Dieu ? Le hasard n'est pas réputé pour prêter aux humains une oreille attentive. Et puis, de toute manière, je n'étais pas un perdant. Je n'étais simplement pas un gagnant.

J'avais optimisé mon rendement en établissant un circuit piétonnier où le rapport hot-dogs/pas jouait en ma faveur. J'en vins à faire des arrêts à des endroits précis où les amateurs se précipitaient vers moi plutôt que le contraire. À ma grande surprise, je dus renouveler mon stock à une fréquence de plus en plus grande tant mes petits pains à la saucisse s'arrachaient comme des petits pains. Au bout de seize mois, j'en étais à me demander si je ne devais pas acheter d'autres barbecues de jardin et engager de jeunes gens pour les pousser. Sans rêver, mais plutôt à la manière d'un cauchemar réaliste, j'imaginais une flottille de barbecues de jardin sillonnant la ville pour gaver ses habitants jusqu'à ce que leurs artères explosent en projetant sur les murs des taches de sang couleur ketchup et des sanies moutardées. L'aurais-je fait que j'aurais pu sans peine m'enrichir et ainsi recommencer à rêver bien malgré moi. Mais deux événements, en combinant leur influence, finirent bientôt par m'entraîner ailleurs.

Le premier était l'ouverture d'un restaurant dont je fus témoin, car mon circuit habituel comportait un arrêt juste devant. Par la plus grande des coïncidences, il s'appelait Arts Café, et il ressemblait en tous points à celui dont j'avais cessé de rêver. Il sentait encore la peinture fraîche quand, à son premier jour, les parents et amis vinrent se nourrir gratuitement et trinquer au succès de l'entreprise. Le patron, un homme de mon âge qui aurait pu être moi, resplendissait, tout rouge, en embrassant les femmes tandis que deux serveurs jonglaient avec les assiettes en parcourant au pas de course la distance entre les cuisines et les tables.

Le lendemain et les jours suivants, le Arts Café resta à peu près vide. Qu'à cela ne tienne, le patron en profitait pour clouer quelque chose, réarranger ses tables, fignoler l'éclairage et arroser ses plantes en pots qui avaient souffert pendant le déménagement.

Intérieurement, je lui souhaitais bonne chance, mais chaque fois que ma route m'amenait par là, chaque fois que des yeux je fouillais l'intérieur du restaurant, que je détaillais le menu du jour écrit à la craie blanche sur une ardoise, chaque fois je ressentais un pincement de jalousie. Pourquoi pas moi ? Pourquoi devais-je pousser un barbecue à roulettes en vendant aux gens des sous-produits de bœuf et de porc ? Pourquoi moi ici et lui là ?

Je m'attardais trop longtemps. Je me faisais du mal.

Je voyais le bon choix de couleurs pour les murs, les bons meubles élégants et confortables, la bonne intensité lumineuse, la bonne odeur de pain frais, de thym et de pignons de pin grillés qui s'échappait dans la rue et venait me chatouiller les narines. C'était… ça. C'était mon rêve devenu réalité mais appartenant à un autre. C'était mon rêve abandonné qu'un autre avait repris délicatement dans ses mains en coupe pour le réchauffer de son haleine et lui redonner la santé.

Eh bien, soit, il ne m'appartenait plus. Qu'un autre le couve et le fasse éclore ! Je n'en avais sans doute pas été digne, et je m'étais à ce point résigné à mon sort que je me trouvai bientôt satisfait d'encourager en silence le rêve d'un autre. Je voulais que le Arts Café connaisse le succès, car cela aurait signifié que mon ancien rêve était bon, qu'il était bien rêvé, que j'avais eu raison de le rêver et que je n'étais pas qu'un rêveur.

Mais le temps passant, il n'y avait toujours pas de clients. Le patron en avait terminé de ses travaux de finition. Il passait maintenant des heures appuyé au chambranle de la porte d'entrée, son œil de plus en plus vide, à l'instar de son commerce. Ainsi, au fil des jours, je vis le personnel s'en aller pour ne plus revenir. Je vis le menu changer, s'alléger, les choix fondre comme neige au soleil.

C'était terriblement injuste. Je ne comprenais pas. Je n'acceptais pas. À la devanture même du Arts Café, je vendais beaucoup plus de saucisses américaines qu'il n'aurait dû être permis par le département de santé publique – mais personne ne se laissait donc tenter par la paëlla valencienne ou le lapin à la moutarde ? Si encore les plats avaient été hors de prix, mais non.

On préférait mes hot-dogs. On me complimentait, comme si c'était la meilleure chose du monde. J'avais honte d'avoir étudié la cuisine pour finir par griller des saucisses. Mais bien griller ! La merde, faut l'enrober de croquant ! Et je méprisais mes clients qui l'avalaient gloutonnement, de la moutarde sur le col, plutôt que d'aller s'asseoir en face pour manger comme un être humain digne de ce nom.

Le patron du Arts Café, lui, s'affaissait lentement. Oh, il lui arrivait d'avoir du monde ! Mais trois plats du jour ne font pas la journée. J'imaginais sans peine le gouffre financier que cela représentait et, mieux, l'indicible angoisse de tout perdre parce que, au fond, on ne sait rien de nos contemporains alors qu'on croyait les connaître, alors qu'on croyait même savoir ce qui est bon pour eux. Mais ils n'en veulent pas. Et s'ils n'en veulent pas, c'est qu'ils ne veulent pas de vous.

Je contemplais le naufrage, en ne faisant rien. Pas une fois je ne suis allé y manger. J'avais l'impression que toute aide de ma part ne pouvait qu'accélérer sa perdition. Je me croyais déjà responsable de son échec, puisque à l'origine le rêve avait été le mien, et qu'il était frelaté. Je restais à ma place sur le trottoir, avec mes saucisses, et je voyais le regard clair du patron se voiler peu à peu, son sourire se figer en une grimace, ses rides s'accentuer. C'était mon miroir. Au bout d'un certain temps, je ne le supportai plus. Je changeai de route et ne remis plus jamais les pieds devant le Arts Café.

Je perdis des clients, je m'en fis des nouveaux. L'un d'eux changea ma vie.

J'avais choisi un quartier ouvrier que j'avais évité jusqu'alors. Les pauvres peinaient déjà assez sans que je leur fasse l'injure de mon commerce qui comble sans tenir au corps et remplit sans nourrir. Mais bon.

L'homme était bien brun, large d'épaules, et tous les jours il mangeait deux, parfois trois ou quatre hot-dogs avec des gémissements de plaisir. Il tenait absolument à me faire, la bouche pleine, un brin de conversation. Il m'assaillait de questions auxquelles je devais répondre pour rester poli. Lorsqu'il apprit que j'avais étudié en cuisine, ses sourcils broussailleux formèrent un arc de triomphe.

Il était contremaître dans une grande scierie de la région de M. Le cuisinier venait de remettre sa démission. Serais-je intéressé à le remplacer ? Je haussai les épaules. Mais au fond, pourquoi pas ? Je ne digérais plus mes propres saucisses, ni ce qu'était devenue ma vie.

L'homme passa des coups de fil, parla à son patron, et voilà. Sur la seule foi de mes hot-dogs, je me suis retrouvé dans les bois, à cuisiner pour des tablées de bûcherons.

Quand tout nous indiffère, on se laisse porter.

4. LE THÉ DANS LE JARDIN DES RUINES

Maître Cevitjc m'avait fourni un chauffeur et un guide.

— Et pas n'importe lequel ! Un militaire à la retraite, avait-il précisé.

J'étais flatté de l'attention jusqu'à ce que Josef vienne me chercher à l'hôtel au volant d'un rutilant 4×4 de location, noir comme la nuit, glaces comprises, qui ressemblait à s'y méprendre à ces véhicules guerriers que conduisent les mafieux russes en vacances sur les plages de la Baltique.

En descendit alors un vieux papy débonnaire aux chevilles enflées et au nez violacé, dont les veinules éclatées trahissaient un goût immodéré pour le gros rouge. Il portait un absurde chapeau de pêcheur à la mouche et une vieille tenue de jogging aux couleurs passées, et aux pieds – je levai le regard pour scruter le ciel, unanimement bleu – des bottes de pluie. Mais son regard pétillait et, avec la grosse moustache grise qui lui couvrait toute la lèvre supérieure, il avait l'air de la version géante et quelque peu abîmée d'un farfadet de conte pour enfants.

J'avais l'intention de me rendre à la Capitale pour « commencer par le commencement », et la perspective de partager pendant des heures l'atmosphère confinée du 4×4 avec un tel personnage ne me plaisait guère. Mais je n'avais pas le choix. Je montai.

Je comptais faire l'aller-retour dans la journée, je n'avais donc pas apporté de bagage, à l'exception de mon attaché-case contenant l'épais dossier à couverture verte que m'avait remis maître Cevitjc. Je voulais le lire en route, mais en attendant, je me tournai pour déposer la valise sur le siège arrière, ce qui me permit d'entrevoir, mal dissimulé sous un plaid, un revolver de gros calibre. Je fis celui qui n'a pas vu, mais je suspendis mon geste et ramenai la valise sur mes genoux. Je jetai un regard en biais à Josef. Il m'apparut plus dangereux qu'il n'en avait l'air à première vue. Nous roulâmes pendant un bon quart d'heure dans un silence qui devenait de plus en plus lourd. Finalement, je n'y tins plus, je me tournai vers Josef et lui demandai :

— Pourquoi le revolver ?

— Pour la chasse.

— Avec une arme de poing ?

Il haussa les épaules et je l'entendis marmonner sous sa moustache.

— Non mais sérieusement ?

— Sérieusement ? Certains complices de votre client courent toujours. Ce ne sont pas des tendres.

— Vous pensez qu'ils pourraient s'en prendre à moi ?

— Je ne sais pas. Je ne crois pas. Mais si jamais ils le font, je préfère être armé.

— Vous êtes donc là pour me défendre ?

— Oh non, je ne suis que votre chauffeur. Le revolver, c'est pour me défendre, moi !

Josef me regarda, ses yeux riaient et sa moustache était agitée d'un léger frémissement.

C'était bien ma chance. Un humoriste. Un humoriste armé.

Je consacrai le reste du trajet à lire le dossier à couverture verte en jetant de temps à autre par la vitre des regards anxieux, comme s'il se préparait quelque embuscade sur la route. Puis j'oubliai tout à fait le paysage tant ma lecture était prenante. La guerre est une sale histoire. Mais il y avait pis. Il y avait Rosalind.

J'étais consterné. Comment mon client avait-il pu commettre un tel geste ? Et pourquoi ? Il n'y avait là rien de militaire, rien de tactique. Il s'agissait plutôt d'un acte de barbarie pure, abjecte… Le meurtre d'un enfant. Mon cerveau s'emballait : l'horreur même de l'acte commis par mon client pourrait s'avérer en définitive une planche de salut. Car nul être sain d'esprit n'accepterait sciemment de tuer un enfant. Il fallait donc que la réponse réside bel et bien dans l'aliénation. Le Monstre est fou, décidai-je, et ne peut par conséquent être tenu responsable de ses actes.

* * *

J'avais l'adresse sur un bout de papier, le nom de la rue écrit en majuscules. Je suivais les indications. J'avais quitté Josef quelques centaines de mètres plus tôt puisque les rues, défoncées par les bombardements, n'avaient pas encore été débarrassées des montagnes de gravats qui les encombraient. J'étais seul, je préférais l'être dans ces situations délicates. Du reste, j'éprouvais une certaine gêne à me promener en compagnie d'un farfadet de soixante-cinq ans.

Si le centre de la Capitale avait été relativement épargné, les faubourgs, eux, s'étaient retrouvés entre les feux croisés des assaillants et des défenseurs. Beaucoup d'obus perdus avaient ainsi détruit des cibles pas du tout stratégiques, sauf pour ceux qui les habitaient.

Mais pour l'heure, tout cela n'avait rien de sinistre. Un joli soleil déjà déclinant faisait jouer les ombres parmi les ruines, et sous la lumière bien nette, on eut dit que cette partie de la ville était non pas détruite, mais plutôt encore à l'état de projet. Des enfants escaladaient en riant les montagnes de débris. Ils avaient empilé des parpaings pour former des murs, des redoutes, des ponts, des châteaux qui étaient les modèles réduits de ce quartier qui avait été et n'était pas encore. La poussière en suspension, dorée dans la lumière, transformait le paysage en tableau plein d'innocence.

J'étais arrivé. C'était ici, l'adresse indiquée sur mon papier. Seulement, il n'y avait plus de maison. Trois murs restaient debout, on voyait le ciel à travers des portions de toit. Sans fenêtre et sans porte, la façade grêlée de mitraille arborait toujours, peints en rouges, les nombres qui composaient son numéro civique. Mais il y avait erreur. Personne ne pouvait habiter ici.

Je m'approchai. Par le trou de la porte, je voyais des planchers balayés. Plus loin, un fauteuil recouvert d'une bâche. Au fond, de ce qui restait de la cuisine me parvenait en flottant comme une odeur de café. Je criai :

— Il y a quelqu'un ?

Pas de réponse. Je soupçonnais des squatters, des gens qui ont tout perdu. Et qui n'ont rien à perdre. Je reculai aussitôt. J'entendais, venant de derrière la maison, une sorte de grincement. J'avais peur, je l'avoue. Mon habituel terrain de combat, c'était l'épaisse moquette de mon bureau et mes armes, d'épais manuels de jurisprudence. La plume est plus forte que l'épée ? À ce moment, j'aurais choisi l'épée. Je les imaginais bien, ces squatters qui vivent dans les ruines et boivent de l'eau de pluie : ils volent les chiens errants pour les manger et se font des colliers avec leurs dents.

J'entendis des pas, des frottements. Je cherchai des yeux une arme, je me penchai pour ramasser une pierre. Quand je me relevai, j'avais devant moi deux petits vieux, un homme et une femme, qui se tenaient par le bras. Deux êtres usés à la corde, non pas ratatinés mais en passe de le devenir. L'homme se tenait droit, comme en mémoire de sa propre force. La femme se tenait un peu derrière et brandissait une petite pelle à poussière fatiguée par l'usage qui me semblait pourtant menaçante.

— Qu'est-ce que vous voulez ? demanda le père du Monstre.

— Qu'est-ce que vous faites ici ? demanda la mère du Monstre.

C'était parfaitement incongru, mais je riais de soulagement. Je riais d'avoir eu peur alors que ces deux êtres fragiles, inoffensifs… L'homme brandit soudain une barre à clou qu'il cachait derrière son dos.

— Je suis l'avocat de votre fils, m'empressai-je de déclarer.

— Lequel ?

— Viktor.

— Ah, dit l'homme.

Laissant tomber le bras qui tenait la barre à clou, il me tourna le dos et disparut, par la cuisine, dans le jardin.

— Comment va… ? commença la mère, mais elle ne termina pas sa phrase.

La pelle à poussière tomba sur le sol dans un pathétique tintement métallique. La femme ne baissait pas les yeux, elle ne courbait pas les épaules. Elle pleurait en me regardant, elle n'avait pas honte de ses larmes, elle les revendiquait au contraire.

Les larmes d'une mère. Quelle force prodigieuse en tire-t-elle ! Je la regardais, intimidé. Je voyais ma mère, je voyais toutes les mères du monde. Je voyais Florence, la mère de mes enfants. L'immensité de l'amour maternel, l'immensité de l'impuissance de l'amour. Les mères, de leurs bras, veulent endiguer l'océan, de leurs larmes irriguer les déserts. L'amour est éternellement condamné à chercher un geste, une caresse, un mot, un baiser pour s'incarner. Fantôme d'amour qui soupire après la vie, c'était elle, c'était cette vieille-là, dans cette ruine-là, la maison de famille où le Monstre avait appris à marcher.

— Venez, dit-elle enfin.

Et je la suivis dans le jardin.

En traversant la maison en ruine, j'imaginais sans mal les traits de crayons sur les cadres de portes pour marquer la progression des enfants qui grandissent. J'imaginais les éclats de rire enfantin, les jouets sur le plancher et la lente escalade vers la vie adulte qui est aussi une fuite dans le temps et dans l'espace jusqu'à la séparation, parfois jusqu'à l'indifférence, jusqu'à la perte.

J'avais eu l'occasion de penser à tout cela pendant le trajet, tout en lisant le dossier vert qui était aussi accablant que me l'avait annoncé maître Cevitjc. Après tout, j'étais père moi aussi.

Je pensais à mon propre fils. Il n'était encore qu'un bébé, mais avec quelle sévérité je le punissais lorsqu'il frappait sa petite sœur. Moi qui jouais sans cesse avec la frontière du bien et du mal, disant qu'elle est ici plutôt que là et là plutôt qu'ici, je savais pourtant qu'elle existait. Combien de fois l'air coupable de mon fils l'avait-il dénoncé alors même que son délit me restait inconnu ? Lui aussi pressentait l'existence de cette frontière.

Alors, s'il devenait un monstre ? Que faire ensuite de mon amour pour lui ? Comment embrasser un monstre ? Comment faisait la mère de Viktor Rosh ?

Si la maison était démolie, les bombardements avaient miraculeusement épargné la petite cabane au fond du jardin, qui abritait à l'époque, j'imagine, les outils de jardinage, des sacs de terre pour les plantes en pots et une tondeuse pour la pelouse. C'était un tout petit abri de tôle sans fenêtre, de deux mètres sur trois – et ils vivaient là-dedans. Un lit, une table escamotable, deux chaises droites, un bidon d'eau, quelques casseroles, des verres, des assiettes et un réchaud à gaz. Ils vivaient là-dedans, dans un décor fonctionnel et dépouillé, mais partout alentour de la cabane de jardin, disposés sur la pelouse comme pour la visite, gisaient les restes de leur véritable maison : meubles, armoires, fauteuils, table de salle à manger avec ses chaises, table de cuisine avec ses chaises, coiffeuse, vaisselier, divans, tapis, guéridons et leurs bibelots, horloges, lampes, chandeliers, photos dans leur cadre doré, miroirs et un vaste lit à l'ancienne aux ornements sculptés, un amoncellement des objets amassés tout au long d'une vie, leurs pieds baignant dans la poussière du jardin.

Les parents du Monstre avaient vidé la maison en ruine et tout remis en place, dans le jardin, comme si des murs séparaient les pièces plutôt que l'air. Je voyais sur le sol des sentiers qui se creusaient entre ce qui pouvait passer pour un salon et ce qui tenait lieu de bibliothèque, car les étagères avaient souffert et de livres il n'y avait point. Tout n'était pas en bon état. Des objets brisés, rafistolés, bancals, borgnes et amputés semblaient avoir été traités avec le même infini respect de leur passé. Eux aussi semblaient attendre qu'on leur fasse une petite place à l'intérieur pour que tout redevienne comme avant, comme si les objets avaient une vie propre et refusaient de mourir, de disparaître en bois de chauffage – comme s'ils étaient simplement en convalescence et attendaient sagement que guérissent plaies et fractures.

Mais la pluie, la neige, la sécheresse et le vent avaient craquelé les vernis, terni les surfaces et gauchi les angles, et tout cela prenait l'air d'un cimetière du quotidien. En gardant leurs meubles à portée de main, ces deux vieux les gardaient surtout à portée de mémoire.

Je marchais derrière la mère en suivant un itinéraire précis, et je la vis, passant devant un buffet, sortir de sa manche un chiffon pour y chasser quelque poussière. Je m'arrêtai un instant, frappé plus que je ne l'aurais voulu par la grandiose inutilité de ce geste. Je suffoquais.

C'était pourtant un assez vaste jardin. On y voyait les restes d'un potager et, bien que vivants, deux pommiers squelettiques. Un jardin de banlieue, semblable à celui où je jouais, enfant, et dans lequel mes parents continuaient à ce jour de jardiner. C'était cette impression de déjà vu qui m'empêchait de respirer. La guerre n'était pas assez exotique pour être confortable. Plusieurs des maisons voisines étaient intactes. Pourquoi la bombe était-elle tombée ici et pas ailleurs ? Entre le hasard et la prédestination, je n'ai jamais su où faire mon lit. Quelle importance d'ailleurs, puisque la bombe était tombée ?

On peut subir bien des choses. On peut vieillir jusqu'à se déchausser de l'existence comme une dent pourrie. Mais ça ? Comment pouvaient-ils accepter que l'histoire de leur vie s'efface sous le souffle d'une bombe ? Alors, sur la page blanche du jardin, ils tentaient de la réécrire avec le seul alphabet dont ils disposaient. Ces meubles et ces bibelots formaient des mots qu'ils avaient agglutinés en phrases selon une syntaxe de la mémoire qui racontait l'histoire de leur vie.

La mère avait disparu dans la cabane de jardin. Je la rejoignis. En silence, elle prit sur le feu une casserole d'eau chaude et la versa dans une théière ébréchée. Elle la déposa sur un plateau, avec des tasses, le lait et le sucre, et alla porter le tout sur la table de la salle à manger qui, bien que bancale, n'en arborait pas moins son chemin de table en dentelle surmonté d'un vase de cristal empli de fleurs en tissu.

Le père était hors de vue, mais j'entendais des coups de marteau venant de la maison. La mère me servit, puis s'assit pour siroter son thé sans rien dire.

Et moi ? Que pouvais-je dire ? Ajouter aux malheurs des parents ceux du fils ? Et pourtant il le fallait. J'étais là pour ça.

— Je veux aider votre fils, dis-je.

Elle leva les yeux de sa tasse et me regarda comme si elle venait tout juste de s'apercevoir de ma présence. Elle semblait loin, si loin. Je pensais à une femme en état de choc et doutais qu'elle puisse jamais me répondre, et pourtant elle arracha ces mots de sa gorge :

— Il n'a jamais voulu l'aide de personne.

— Même enfant ?

— Qu'est-ce qu'on peut dire de son enfant ? Tout ce que je sais de lui, c'est ce que j'ai voulu en voir. Ce qui me ressemble. Ce qui ressemble à son père. Ce qui ne nous ressemble pas. Je sais ce que vous voulez savoir. Vous voulez savoir ses blessures. Pourquoi les gens s'imaginent-ils que les parents connaissent les blessures de leurs enfants ? Nos enfants, on tente de les faire rire, pas de les faire pleurer. On finit par savoir ce qui leur fait plaisir. Mais leurs larmes, on les évite. Je voulais le préserver du chagrin, si bien qu'à la fin, quand Viktor pleurait, je ne savais pas trop pourquoi. Parfois on devine. Au début. Mais plus le temps passe, et plus le chagrin de nos enfants nous devient étranger. J'ai soixante-dix ans, et quand je pleure, mon mari est décontenancé. Lui il ne pleure pas, il ravale ses larmes. Je ne comprends pas. Quarante-trois ans de mariage. Je ne peux rien faire pour lui. Il ne peut rien faire pour moi. Nos larmes nous appartiennent.

— Je comprends, mais mettez-vous à la place du jury. Que pouvez-vous me dire de Viktor qui le ferait paraître humain, touchant et fragile ?

— Je ne connais pas mon fils. Je ne le connais plus. J'ai cessé de le connaître lorsqu'il a quitté l'enfance. Il est devenu un autre que mon enfant.

— Que s'est-il passé ? demandai-je.

— Il est devenu lui-même, sa propre personne. Avant, il était une extension de mon amour, une excroissance de mon corps, une incarnation de mon désir de mère. C'était mon enfant. En avez-vous ?

— Oui, deux.

— Quel âge ont-ils ?

— Deux ans et quatre ans.

— Vous avez encore un peu de temps devant vous. Mais vous verrez. On ne met pas des enfants au monde pour qu'ils restent des enfants, et pourtant c'est ce qu'on souhaite. Tout ce qu'on fait, tout ce qu'on leur montre, c'est pour qu'ils puissent nous échapper, et c'est la pire chose qu'on puisse faire. Parce qu'ils nous échappent. Ils deviennent eux-mêmes, ils ont des pensées qu'ils gardent pour eux, des secrets, des ombres. Ils se développent dans ces coins d'ombre, loin de nos regards, loin de tous les regards. Ils deviennent ce qu'ils doivent être, j'imagine. Nous n'avons rien à voir là-dedans. Rien. Un obstacle plutôt. Un obstacle !

Ses jointures blanchissaient, son poing serrait la tasse avec tant de force que j'avais peur qu'elle n'éclate en morceaux. Sa voix était blanche comme une complainte, et je compris alors que le vrai drame dans la vie de cette femme n'était pas la bombe, la perte de sa maison et de ses meubles, mais une irréparable solitude vécue à deux. Elle continuait :

— Un obstacle ! Et l'amour commande de s'effacer, bravo, l'amour ! S'effacer ! Le laisser faire, dans l'ombre. C'est dans l'ombre qu'il est devenu un monstre. C'est dans l'ombre qu'il s'est détaché de moi, qu'il est devenu un tueur. C'est pour ça que je suis devenue mère ? C'est pour ça que je l'ai tant aimé ? C'est pour ça que je l'ai sorti de mon ventre ? Pour qu'il se détache de moi et devienne un monstre ? Il s'appelait Viktor. Je l'appelais Vichou. Il caressait ma joue quand il buvait à mon sein, de ça je peux vous parler. Mais ça ne vous intéresse pas…

— Ce n'est pas ce que j'ai dit.

— Mais non, ce qui vous intéresse, c'est comment on devient un monstre, et vous me demandez, puisque je suis sa mère, quelle est ma recette ! Je vais vous la donner : de l'amour ! Donnez de l'amour, donnez, donnez, donnez ! Et au bout du compte, rien, de l'indifférence, de la honte, un monstre !

Je commençais à entrevoir ce qu'avait pu être la vie du petit Viktor sous la tutelle de cette femme, dont l'amour étouffant réclamait l'exclusivité. Grandir, vieillir était une trahison. L'accession à sa propre liberté de penser, de ressentir, d'agir devait alors inévitablement s'accompagner d'un sentiment de culpabilité qui jetait sur la moindre joie une sorte de voile de deuil. Il faut tuer le père, disent les psychanalystes, mais la mère ? La mère est éternelle, et c'est pour l'éternité qu'elle viendra vous hanter en versant une petite larme silencieuse parce que vous n'avez pas songé, le jour de son anniversaire, à lui offrir des fleurs.

Comment l'amour d'une mère peut-il ne pas être déçu ?

Cependant, la vieille continuait :

— L'enfant qui est dans mon cœur n'est pas l'homme qu'il est devenu. Un jour, il était ouvert comme un livre, et le jour suivant, fermé, les pages collées. Il avait, quoi, douze ans ?

Je sursautai. Voilà quelque chose qui pouvait m'être utile.

— Que s'est-il passé ?

— Il avait suivi son grand frère dans une petite excursion hors de la ville. L'imprudent, l'irresponsable !

— À douze ans, aucun enfant n'est responsable.

— Je parle de Milos, son grand frère. Il avait quinze ans, lui, presque seize. Il lui a permis de l'accompagner, et il me l'a ramené tout cassé. Un tibia, des côtes, il était tout bleu de contusions. Mais le pire, c'était son silence.

— Il ne parlait plus ?

— Très peu, il hochait la tête. Si j'insistais il répondait brièvement à mes questions. Mais les histoires, les confidences, les mots d'amour, c'était fini. Je lui en ai tant voulu. À Milos. C'était à lui de veiller sur son petit frère, et il ne l'a pas fait, il m'a laissée tomber, je ne lui ai jamais pardonné.

— Comment s'est-il blessé ?

— Viktor ne m'a jamais rien dit et Milos ne sait pas vraiment. Ils voulaient explorer un ancien bâtiment abandonné, Viktor a grimpé sur une échelle et il est tombé, je n'en sais pas beaucoup plus.

— Cela pourrait-il expliquer en partie ce qu'on lui reproche maintenant ?

— Comment voulez-vous que je le sache ? Il était devenu taciturne, mais ce n'est pas un crime. C'était comme une poussée de croissance, et pouf ! Son enfance était terminée. Et encore, je dis ça maintenant, c'est parce que j'y ai pensé, j'y ai beaucoup pensé, depuis son arrestation. Des journalistes sont venus jusqu'ici. Mon mari les a chassés avec sa barre à clou et on l'a vu en photo, dans le journal, menaçant, avec la légende : « Le Monstre a de qui tenir. » Non, merci. Je ne veux plus penser à ça. J'ai aimé cet enfant, monsieur, j'ai aimé mes deux enfants plus que tout au monde, et c'est comme ça qu'ils m'ont remerciée ? Je suis trop fatiguée maintenant. Regardez ça (elle indiquait d'un geste tout le jardin). Mon mari veut reconstruire la maison. Il ne veut pas partir, mais c'est mon mari, depuis quarante-trois ans. Alors je reste. Je vis dans une cabane de tôle, j'ai un fils en prison et un autre Dieu sait où, est-ce que je méritais ça ? Est-ce que je méritais ça ?

Ce n'était pas une question de pure rhétorique. Elle attendait vraiment une réponse de ma part. Elle était folle, bien sûr. De cette sorte de folie qui n'est pas dans les livres de médecine. La folie de l'amour qui veut être payée de retour. Ce n'était pas une question de mérite. Rien n'était jamais une question de mérite, car à nos propres yeux, nous sommes toujours au centre du monde, alors qu'aux yeux des autres…

— Non, vous ne méritiez pas ça, mentis-je.

Elle parut contente de ma réponse, et j'avais dû réussir une sorte d'épreuve puisqu'elle cria à ce moment-là le nom de son mari, qui sortit bientôt de la maison en essuyant ses mains sur son pantalon et vint s'asseoir pour boire une tasse de thé avec nous. Il avait de grosses poches sous les yeux et au visage une peau épaisse, rugueuse, hérissée au menton de poils blancs. Il portait une chemise largement échancrée sur une poitrine maigre et brûlée par le soleil. Toute une vie de travaux manuels avait laissé des traces, et je regardais, fasciné, ses larges mains calleuses, noueuses comme des racines, qui réussissaient comme par miracle à maintenir en l'air la petite tasse de porcelaine sans la réduire en miettes.

Il avait suivi mon regard. Il déposa sa tasse et étendit les mains devant lui.

— C'est la guerre, dit-il. Mes mains ont tué. On leur a appris à tuer et depuis, elles veulent tuer. Si je les laissais faire, elles tueraient. Elle vous tueraient, et vous le savez, vous le devinez, on devine toujours ces choses-là.

— Non…, protestai-je pour la forme.

— Je ne raconte pas des histoires, dit-il avec le plus grand sérieux. Je n'ai rien à vendre, moi. Et je me fous de vous. Mais vous voulez savoir pourquoi mon fils se retrouve dans cette situation, et je vous réponds que c'est à cause de la guerre. S'il n'y avait pas eu de guerre, il n'aurait pas tué. Je ne sais pas ce qu'il serait devenu, mais pas un tueur. Mettez un fusil mitrailleur dans les mains de n'importe qui, et placez-le en face de quelqu'un qui le tuera s'il ne le tue le premier, et voilà, c'est fait. Vous avez fabriqué un meurtrier. Alors moi, je dis que c'est la guerre qui a fait un monstre de mon fils et qu'il ne faut pas chercher plus loin.

— Ils sont des dizaines de milliers à l'avoir faite, cette guerre, et tous ne se retrouvent pas devant la cour.

Le vieux continuait sans m'entendre.

— Ma guerre à moi est vieille de quarante ans. Mais chaque nuit je la rêve. J'ai tué. On m'a appris à tuer, et j'ai bien appris. Et puis la guerre s'est terminée, mais moi je vivais toujours. Et mes mains (il les tendait vers moi), mes mains se souviennent de la sensation d'un cou qui se rompt. J'entends encore les vertèbres craquer.

— Alors votre fils est une victime de la guerre, au même titre que ceux qu'il a tués ? C'est bien ce que vous me dites ?

— Je suis revenu de la guerre avec mes mains qui voulaient tuer, reprit le vieux. Mais je les ai occupées à autre chose. Mes mains avaient la haine : je leur ai appris à tenir un marteau et à taper sur des clous. Je les ai contenues. Des heures durant, le soir après le travail, je les ai forcées à reposer tranquillement sur mes cuisses. Je me suis marié, j'ai eu des enfants. Mais j'avais toujours mes mains haineuses, j'avais toujours la guerre en moi, et malgré la guerre en moi, je me suis marié et j'ai eu des enfants, vous savez pourquoi ? Parce que je suis plus fort que mes mains. C'est moi qui dirige mes mains et pas le contraire. Alors quand vous me demandez si mon fils est une victime, moi je vous demande : Peut-on être victime de ses propres mains ? Mon fils, c'est mon fils. Je lui ai lavé le cul, à ce gamin. Il s'est endormi dans mes bras. Mais mon fils, il est plus que ses mains, ses mains sont une partie de lui, il n'est pas une partie de ses mains. Pour en arriver à laisser les mains faire tout ce qu'elles veulent, il faut renoncer. Il faut abandonner la partie. Il faut renoncer à son pouvoir, et c'est ça qu'il a fait, mon fils, et bien longtemps avant la guerre. Alors, est-il une victime ? Oui, bien sûr. Et non, pas du tout. Ou alors il a décidé d'être une victime de la guerre parce que c'était plus facile que de garder le contrôle de ses mains. Mais c'était sa décision. Il en porte la responsabilité.

J'étais découragé. Si même les parents de mon client le croyaient coupable, je n'avais aucune défense à présenter, et la cour allait n'en faire qu'une bouchée. Et même s'ils l'avaient cru innocent, qu'aurais-je pu accomplir avec ces deux vieux fous qui ne lui soit préjudiciable, elle avec l'arrogance de son amour, lui avec ses histoires de mains ? Je dis quand même :

— Vous le croyez coupable ?

— Oui. Il est coupable. Mais moi aussi. Et ma femme, et tous ceux que vous pouvez voir alentour, et vous aussi, vous êtes coupable.

— Je n'ai jamais tué.

— Mais vous en laissez tuer des milliers, des millions. Des êtres comme mon fils, des rêveurs, des jeunes gens qui, à force de refuser l'autorité, finissent par ne plus en avoir l'usage, il y en a partout, il y en a chez vous aussi. Mais c'est dans des endroits comme ici qu'ils deviennent des monstres, tandis que chez vous, ils font du rock ou du cinéma. Ici, les rêveurs, ils peuvent rêver à quoi, hein ? Vous la voyez la misère, vous la voyez la haine, vous voyez comme c'est gris ? Des rêveurs qui n'ont rien à rêver, qu'est-ce qu'il leur reste ? Ils sont comme des coquilles vides. Arrive la guerre, et leurs mains étranglent toutes seules.

Vous, vous êtes bien tranquille, vous demandez : coupable ou non coupable, c'est facile. Mais si vous aviez eu la vie de mon fils, si vous étiez né ici, si vous aviez eu un fusil dans les mains et dans la mire un autre homme qui vous tient en joue, qu'est-ce que vous auriez fait ?

— Je le répète, votre fils n'est pas accusé d'avoir accompli son devoir de soldat, mais de l'avoir outrepassé. Vous ne pouvez pas mettre la guerre et Rosalind sur le même pied.

— Rosalind ! Un fille perdue. Il en meurt chaque jour dans les caniveaux des villes et vous n'en faites pas un drame. Ne changez pas de sujet. Au nom de quoi êtes-vous si convaincu qu'à sa place vous n'auriez pas vous aussi outrepassé vos devoirs de soldat ? Au nom de quoi ! (Il hurlait presque maintenant.) Vous n'avez jamais tué, ou eu l'occasion de le faire. Vous ne pouvez pas savoir, vous ne voulez pas savoir. Parce que si vous aviez tué, vous auriez peut-être découvert le pouvoir. Et cette idée vous est insupportable. Comme des puritains qui prennent leur douche tout habillés, vous ne voulez même pas penser à tuer parce que vous avez peur d'aimer ça. Au fond de vous, vous savez que ça existe, vous savez que c'est une possibilité. Vous savez que vous êtes un tueur et que la vie humaine n'a pas l'importance que vous voulez lui accorder. Sinon, vous ne laisseriez pas mourir de faim les enfants d'Afrique, vous laisseriez tout tomber pour aller les aider. Mais non. Vous êtes ici, et pour quoi ? Pour défendre mon fils ? Pour défendre un monstre ? Nous ne sommes pas dans un film, ici, le sang, il est vrai. La mort est vraie. Ce que mon fils a fait, il devait le faire parce que c'est le monde dans lequel nous vivons, et je n'en ai rien à foutre de vos jugements moraux que, sous prétexte d'aider, vous venez nous jeter à la figure.

— Je ne suis pas là pour juger. Je suis avocat.

— Tant mieux pour vous, dit le vieux en se levant brusquement de table. Comme ça, vous pouvez en plus vous réfugier derrière votre propre lâcheté.

Et il disparut dans la maison en ruine d'où on entendit aussitôt résonner de furieux coups de marteau. Il lâchait la bride à ses mains.

Nous restâmes, la mère et moi, assis en silence. Le moins que je puisse dire, c'est que ça ne s'était pas très bien passé. Puis la mère se leva tout aussi brusquement que son mari et disparut à son tour dans la cabane de jardin, où je l'entendis farfouiller. Elle revint enfin et déposa sur la table devant moi une boîte en fer-blanc.

— Des biscuits, dit-elle. Il les aimait beaucoup quand il était petit. Vous les lui donnerez ?

— Vous ne voulez pas les lui donner vous-même ?

— Nous y sommes allés, au début. Il n'a pas voulu nous voir. Je n'ai même pas entendu le son de sa voix. Dites-lui que je l'aime. Dites-lui que je l'ai toujours aimé, dites-lui que je l'aimerai toujours, dites-lui…

Elle avala un sanglot.

— S'il vous plaît.

Puis elle retourna dans la cabane, mais je savais maintenant qu'elle n'en sortirait plus. Je pris la boîte de biscuits et me faufilai entre les meubles, traversai la maison et sortis dans la rue.

Rien n'avait changé, sauf le soleil, un peu plus bas à l'horizon. Sur les montagnes de gravats, les enfants jouaient toujours en poussant de petits cris. Ils étaient une dizaine, aux vêtements déchirés, inconscients des luttes de leurs parents, de leurs sanglots refoulés. Sur les ruines de leur ville, ils jouaient. Ils n'étaient que des enfants, crottés, hirsutes, rêveurs.

Des petits monstres.

5. JE ME SOUVIENS DE MA JOIE

Évidemment, personne pour m'accueillir. Je m'informai de la scierie à l'hôtel du village. Une femme bien en chair me servit un verre de bière et m'informa qu'elle était à dix kilomètres à l'intérieur des bois. Pour m'y rendre, je n'avais qu'à marcher, une voiture ou un camion me prendrait en passant.

Je réservai une chambre et y laissai mes bagages, puis je me mis en marche sur une route de terre. Il faisait beau. Les rayons du soleil jouaient dans le feuillage mouvant. L'air était pur et frais et il me montait au nez des odeurs de mousse et de champignons. Il était bon de marcher sans avoir rien à vendre, si bien que je laissai passer les premières voitures sans leur faire signe.

Pour me présenter à mon avantage, j'avais mis un costume sombre et une chemise blanche. Dans ce paysage où on s'attendait, derrière chaque rocher, à voir surgir un ours, je me trouvais comique, emprunté, gauche. Et pourtant, je souriais. Il me semblait qu'à chaque pas les écailles de mon ancienne vie tombaient de moi pour aller se perdre dans la poussière du chemin. Bien vite, j'eus la veste sur l'épaule, les manches roulées et la chemise trempée de sueur. Je devais résister à la tentation de m'enfoncer dans la forêt. Je m'y rêvais vivant de rien, mais qu'est-ce que je savais de la vie dans les bois sinon ce que j'en avais lu dans des romans où les Indiens servaient de cibles aux cow-boys ? Je m'amusais à dresser une liste : il me faudrait un couteau, un briquet, une carabine ou un arc. Bon Dieu ! Pouvait-on vraiment vivre en sauvage et manger le gibier sans sel et sans poivre ? Je riais très fort, et mon rire faisait taire les oiseaux.

Des heures durant, dans un autocar brinquebalant qui faisait d'inexplicables arrêts au milieu de nulle part, j'avais traversé un pays rugueux. De la Capitale, il m'avait fallu traverser les montagnes au sud, pour longer la Grande Forêt jusqu'à la ville de M. Ensuite, j'avais changé d'autocar pour prendre une autre route, qui cette fois-ci longeait la forêt par le nord, et, selon la carte que j'avais apportée, faisait un brusque coude au pied des montagnes avant de quitter la province pour aller desservir la voisine.

Enfant de la ville, j'avais bien sûr connu un peu la campagne. Mais l'occasionnelle visite à la ferme et les promenades aux champs ne préfigurent en rien la sauvagerie solennelle de la forêt primordiale que je croyais voir autour de moi. Comme il avait l'air petit, notre ruban d'asphalte qui s'avançait tout droit dans le moutonnement vert ! Cette mince et fragile tranchée menaçait à tous moments d'être envahie et recouverte par l'exubérance végétale. Je pensais : L'arbre s'est mis debout bien avant l'homme. C'était lui, jadis, le maître du monde. Ensuite, nos lointains ancêtres ont quitté son couvert pour apprendre à marcher, et tout s'est déréglé. En quelque sorte, je retournais sous le couvert des arbres, je rentrais à la maison.

Je rentre à la maison, pensais-je en marchant vers la scierie. Je voulais habiter ici, faire partie de ce paysage. Il était pourtant rude. La forêt n'était pas celle de Robin des Bois. Jamais on n'aurait pu y circuler à cheval. Les ronces, les buissons, les broussailles, les cadavres pourrissants des arbres tombés, les bosses et les trous, la densité même des arbres qui combattaient pour une place au soleil rendaient le terrain inhospitalier, âpre et, j'imagine, sous un ciel couvert, menaçant.

J'entendis derrière moi le bruit d'un moteur. Je ne me retournai pas pour lui faire signe et continuai de marcher. Pourtant, au bout de quelque temps, j'entendais toujours le moteur derrière moi rouler à bas régime. Je tournai la tête. Un vieux pick-up rouillé me suivait. Le conducteur me vit, accéléra jusqu'à se porter à ma hauteur et me regarda par la vitre, sans m'adresser la parole.

— Bonjour, dis-je.

Il ne répondit pas. Ses yeux gris, perçants, voyaient, j'en étais sûr, jusque dans mes infantiles rêves d'Indiens. Il portait une chemise de grosse toile roulée sur des biceps comme des noix de coco. Il n'avait pas l'air commode. J'avais l'air ridicule. C'était gênant. J'obliquai vers lui et dis, en tendant la main :

— Je m'appelle Viktor Rosh et je suis le nouveau cuisinier.

Il eut un petit sourire.

— C'est ce qu'on verra, dit-il.

Puis il accéléra brusquement et je me retrouvai la main tendue dans le vide, enveloppé par un tourbillon de poussière qui me fit tousser et blanchit mon costume.

Le plus étrange, c'est que je n'étais pas furieux. Je trouvais normal qu'on me traite de la sorte. C'était moi l'intrus, avec mon teint pâle et mes souliers vernis. Cet homme était chez lui, dans son élément. Mais le charme était rompu, et je hélai un camion qui m'embarqua dans sa caisse. Une fois arrivé à la scierie, je demandai tel que prévu à voir le directeur, qui me fit attendre assez longtemps.

La scierie était un vaste complexe de hangars, de bureaux et d'habitations temporaires. On coupait les arbres dans la forêt et on les amenait ici pour les débiter en poutres et planches de tous les formats. Ensuite, des camions les chargeaient et les expédiaient aux quatre coins du pays. Les travailleurs forestiers côtoyaient les opérateurs de machinerie, et toute une aile s'occupait de l'administration de l'ensemble. Avec ses trois cents employés, la scierie était de loin le plus gros employeur de la région, le seul en fait, et cela avait été une véritable providence, voilà dix ans, lorsqu'un gros groupe financier de la Capitale en avait décidé la mise en œuvre.

La porte s'ouvrit enfin et le directeur s'avança vers moi, sourire professionnel et chaussures italiennes. En me serrant vigoureusement la main, il me dit qu'il tenait à rencontrer personnellement chacun de ses nouveaux employés. Je me demandais si je devais le féliciter pour cet exploit. Mais à la réflexion, je gardai le silence, ce que j'étais vraisemblablement censé faire puisque le discours du directeur, qui se dévidait comme une bobine de fil sur une machine à coudre, ne me laissait pas l'occasion d'en placer une.

Je souriais, mais mon sourire s'adressait, au-delà du directeur, à la jolie petite blonde qui s'appuyait au chambranle du bureau et qui, des yeux et de la bouche, semblait se moquer de lui et de son discours ronflant. Elle était… Je ne sais pas.

Le directeur se tut, l'air vainqueur comme un sportif de haut niveau dont l'exploit consiste à passer quelques minutes en compagnie de gens du peuple sans trop se salir. Peut-être aurais-je dû lui répondre quelque chose, mais je ne voyais pas très bien quoi.

— Bien, dit le directeur après un moment de flottement, comme si ce simple mot recouvrait une vérité ancienne. Puis il se retourna et me présenta sa secrétaire.

— Maria, dit-elle en tendant la main.

— Viktor, dis-je en la lui serrant de la manière la plus caressante possible. Ses yeux me déshabillaient du regard. Il émanait d'elle une indiscutable puissance érotique.

Le directeur alla vers elle et, d'un geste de propriétaire, lui caressa la hanche tandis que, du menton, il me désignait à un employé subalterne qui se leva de sa chaise comme propulsé par un ressort et me prit aussitôt en charge. La porte du bureau se referma sur le directeur et sa chose, car Maria était sa chose et moi je n'étais rien.

La scierie comportait des quartiers d'habitation principalement destinés au personnel administratif et aux membres de la direction, presque tous originaires de la Capitale. Parce qu'à leurs yeux j'étais un *chef* cuisinier et que je venais de la Capitale, on m'y offrit une chambre, que je refusai, préférant me trouver quelque chose au village parmi la racaille. Déjà cela fit hausser les sourcils.

On me fit faire le tour des cuisines où six adolescents boutonneux préparaient tant bien que mal un infâme ragoût à la viande nerveuse, aux légumes trop cuits et à la sauce farineuse. Depuis le départ du dernier chef, les jeunes faisaient leur possible pour nourrir trois cents âmes, mais ils finissaient invariablement par dissimuler sous un monceau de poivre et de sel le défaut de leur goût et leur absence de talent. Je remarquai leurs ongles en deuil, les cheveux dans la soupe et, sur les étagères, le bouillon de poulet en poudre et les légumes en conserve. Il y avait du pain sur la planche – mais il était industriel, cuit sur des grilles, et contenait plus d'air que de mie. Bref, c'était une catastrophe.

Je jubilais. Ici, je pouvais être bon. Le borgne au royaume des aveugles, en somme.

Matin et soir, un camion bâché faisait la navette entre le village et la scierie. Après la visite des lieux et la signature des papiers d'embauche, je montai à bord car il y avait, paraît-il, une maison à louer au village que mon salaire et mes économies de saucisses me permettaient d'envisager. J'avais hâte de m'installer chez moi, de biner mon potager, d'aller dans les bois à la recherche de champignons et même, qui sait, d'aller à la chasse. J'allais être heureux, ici, décidai-je. Je regardais mes compagnons de route, assis sur des banquettes qui épousaient les contours de la caisse du camion : des types solides, dégrossis à la hache, qui fumaient, les coudes sur les genoux, en regardant leurs pieds.

Je voulus engager la conversation.

— C'est beau, dis-je à mon voisin de droite, un très grand type plutôt poilu. J'appris plus tard qu'il s'appelait Rossi.

— Mmm ?

Il me regardait comme s'il ne savait pas de quoi je pouvais bien parler.

— La forêt, répétai-je. C'est impressionnant.

Il se retourna pour en voir la lisière défiler dans un brouillard vert et dense.

— Ouais, répondit-il, se détournant pour reprendre sa position initiale. On en garde une bande de vingt mètres, mais derrière, c'est lisse comme une joue de puceau.

— Pardon ?

— On a tout rasé par ici. Coupe à blanc. Maintenant les arbres, ils viennent de beaucoup plus loin. Dans vingt ans, il ne restera rien.

— C'est atroce.

Il haussa les épaules.

— C'est la libre entreprise.

Et il recommença à fixer le plancher sans plus s'occuper de moi.

* * *

Maria hantait mes nuits comme un rêve agréable dont on ne voudrait jamais s'éveiller. Mais ce n'était qu'un rêve et je le savais. Maria était une chasse gardée, la petite amie du directeur. Jamais les hommes de la scierie n'auraient osé l'entreprendre malgré une pénurie de femmes dans la région qui les rendait fous les soirs de pleine lune. Je crois que cela a contribué à la suite des événements, ce manque de femmes. Il faut bien dépenser d'une manière ou d'une autre l'énergie sexuelle qui s'accumule, sinon le moteur saute.

Je ne crois pas au destin, mais le hasard bienveillant voulut que je loue une maison qui fit de moi le voisin de Maria. Elle n'y était pas très souvent. Les soirs de semaine, elle restait à la scierie, avec le directeur. Mais les week-ends, quand celui-ci allait retrouver son épouse légitime et ses enfants manucurés, elle venait au village pour prendre de longs bains ou lire des magazines en sirotant des cocktails. Je me souviens de ma joie lorsque je la vis arriver, les bras pleins de paquets, pour rentrer chez elle. J'étais assis sur mon balcon et j'aiguisais mes couteaux de cuisine. J'en vérifiais le fil en rasant les poils de mon avant-bras gauche. J'ai toujours eu depuis ma sortie de l'école un avant-bras glabre et un autre broussailleux. Les couteaux sont mes outils. Mais quand la voiture du directeur s'arrêta presque devant chez moi, je levai les yeux et m'entaillai la chair de surprise en voyant sortir Maria. Je m'avançai vers elle en faisant des signes de la main.

— Hello !

Elle me regardait, les sourcils froncés, comme si elle ne me reconnaissait pas. Enfin, un bref éclair de reconnaissance parcourut son visage.

— Oh ! Hello, dit-elle.

— Hello, répétai-je bêtement.

— Vous saignez, dit-elle.

Un large filet de sang s'écoulait de mon avant-bras et gouttait sur le sol, et je m'aperçus que la main qui saluait brandissait encore un couteau de cuisine à la lame ensanglantée.

— Euh, oui, dis-je.

— Il ne faut pas laisser les petits garçons jouer avec les couteaux…

Elle tourna la clé dans la serrure et disparut dans la maison sans même se retourner.

J'appris qu'elle était ainsi secrète et timide, peut-être même honteuse de sa liaison avec le directeur. L'aimait-elle ? J'espérais que non. Mais comme beaucoup d'autres, elle tentait d'améliorer son sort. Ce n'était pas à moi de la juger.

Vendre des saucisses, son corps ou son âme, c'est la même chose. Des fois, il n'y a pas le choix. Ce n'est pas vrai, toutes ces histoires d'égalité, les Droits de l'Homme et compagnie. Ce n'est pas vrai. Il y en a qui sont plus égaux que les autres. J'ai appris ça. Il y a des fossés qui paraissent infranchissables, et quand vous voulez tout de même les franchir, vous vous retrouvez à patauger dans la boue. Il n'y a pas le choix.

Je dis ça maintenant, mais à l'époque, je n'avais pas le détachement ni la lucidité nécessaire pour en tirer des conclusions. Je n'étais pas politique. Tout au plus y avait-il comme un petit nuage gris qui obscurcissait un coin de ciel même par beau temps. Le ferment d'une colère qui n'avait pas encore levé.

* * *

Mon travail n'était pas bien sorcier. Les palais des bûcherons étaient aussi rugueux que leurs mains. Il fallait que le plat soit riche, copieux et qu'on puisse y tremper le pain. Pour le dessert, on se contentait de roter. On ne sert pas des sushis à des hommes qui viennent de passer huit heures à abattre des géants et à les traîner dans la boue. On ne décore pas les assiettes avec des gouttelettes de réduction de vinaigre balsamique – on les remplit jusqu'au bord. On ne sert pas des artichauts à des gens qui ont *faim*.

Sans doute me serais-je toujours contenté de leur remplir la panse sans les sarcasmes d'un petit homme répugnant. Son nom était Puritz, mais je l'appelais Prurit, puis il devint la Pustule et le resta. Il était le cuisinier de la direction, qui bien sûr n'aurait jamais daigné piquer de la fourchette dans les mêmes plats que le tout-venant. Pour nourrir sa douzaine de gros bonnets, la Pustule disposait d'un budget qui aurait nourri cent de mes ogres. Il avait sa cuisine à part, évidemment, avec du foie gras, du caviar et du champagne au frais pour les grandes occasions – un cliché de cuisine pour richards.

La Pustule disposait en outre de suffisamment de temps libre pour venir régulièrement faire son tour dans mes cuisines, vêtu de blanc, avec son bonnet sur la tête comme un gros champignon. Il portait des petites lunettes derrière lesquelles ses yeux vous jugeaient avec ironie. J'avais fait l'erreur lors de notre première rencontre de lui raconter mon parcours. Depuis, il m'appelait la Saucisse. Je lui aurais volontiers crevé le gros bonnet de la pointe du couteau – c'était là le siège de son ego, un soufflé au fromage. Si je ne l'aimais pas beaucoup, lui, il n'aimait personne. Et il se moquait de mes plats.

Il est vrai qu'avec mes ragoûts, il n'y avait pas grand-chose à faire. De la viande et des patates, du poulet et des patates. Des œufs et des patates

– protéines et féculents, je n'en sortais pas. On ne peut pas améliorer indéfiniment ces recettes, une fois que c'est bon, on atteint un plateau. Alors, quand la Pustule venait me visiter et jetait autour un regard dédaigneux avant de me narguer avec ses magrets de canards et ses poulets de Cornouaille expédiés par avion, je me demandais comment lui faire ravaler sa morgue.

Moi, mes produits, ils arrivaient de M. ou de la Capitale par camion, et ils n'étaient ni de toute première fraîcheur ni de première qualité. Les légumes n'étaient croquants que surgelés et ce qu'on passait aux hommes pour du beurre était en réalité de la margarine avec du colorant. J'allai voir le comptable qui s'occupait de la gestion des cuisines.

— Pourquoi on achète ça ? lui dis-je en jetant sur son bureau le bon de commande du dernier arrivage. C'est de la merde industrielle traitée aux produits chimiques dans les labos de la Capitale, ce n'est pas de la nourriture.

— On s'en contente depuis toujours.

— On ne peut pas changer ?

Le comptable haussa les épaules.

— Du moment que ça ne coûte pas plus cher.

— Pourquoi pas du bœuf de la région, des patates de la région, des légumes de la région, du lait de la région ?

— Vous en avez vu, vous, des bœufs dans la région ? Et pour ce qui est des légumes, adressez-vous aux ressources humaines !

Je m'achetai un vieux camion usagé et je profitai de mes heures de loisir pour sillonner le pays. Il n'y avait pas de bœufs, en effet. Pourtant, d'anciens pâturages attestaient de leur ruminante existence en ces lieux. Il restait çà et là des vestiges de fermes abandonnées depuis longtemps, des bâtiments en ruine, des chicots de clôture qui ne tenaient debout que par la rouille des barbelés. Des hectares et des hectares de terre gagnés jadis à la forêt lentement y retournaient, comme si une catastrophe avait eu lieu qui avait rayé de la carte les êtres humains, grands et petits.

La région était pauvre. Mais ce qui semblait d'entrée de jeu comme une vaste zone sinistrée se révélait en s'y enfonçant plus peuplée que je ne l'aurais cru. Des fermettes d'un autre siècle abritaient d'irréductibles papys qui trayaient biquette pour leur consommation personnelle. Une femme qui marchait pieds nus et qui allait sur ses quatre-vingt-dix ans vivait toute l'année d'un petit mais fort beau potager. Des familles déguenillées s'accrochaient encore dans les collines – mais deux poules et un cochon n'en faisaient pas des éleveurs, ni un carré de patates des agriculteurs.

Souvent je m'arrêtais, et j'essayais de faire connaissance. C'est ainsi que je découvris, de la bouche édentée de ces survivants d'un autre âge, que c'était la télévision qui était responsable du désastre.

Hypnotisés par le flot d'images que régurgitait le petit écran, les jeunes avaient eu de plus en plus de mal à accepter les travaux des champs, disaient les vieux. Ils rêvaient de grandes villes, d'argent et de femmes faciles. Ils rêvaient de voitures étincelantes et d'appareils électroménagers. Ils rêvaient de nourriture en enveloppe à laquelle il suffit d'ajouter de l'eau chaude. Ils rêvaient de beaux vêtements avec lesquels on ne se mettait pas à genoux dans la terre. Ils rêvaient d'ongles propres. Et la terre qui avait nourri leurs parents, et les parents de leurs parents, et les parents de ceux-là, la terre n'était plus une matière noble qu'on portait à sa bouche pour en apprécier la richesse et la teneur en acidité, mais une saleté dont il fallait avoir honte.

Et puis la guerre était arrivée, et nombreux étaient ceux qui avaient voulu la faire simplement pour partir d'ici. Et quand la guerre s'était terminée, la plupart n'étaient pas revenus. Il y avait les grands travaux de reconstruction, tout cet argent que le gouvernement injectait pour refaire les routes, les usines, les hôpitaux, les canalisations, les lignes électriques, toute cette fausse richesse qui n'allait pas durer, et qui ne dura pas, mais qui avait un énorme pouvoir d'attraction sur les jeunes. Alors ils étaient partis. Et les vieux paysans, privés de l'appui de leur progéniture, avaient d'abord tenté de maintenir leurs cultures et leurs élevages en redoublant d'efforts – mais ils baissèrent bientôt les bras, car pour qui travaillaient-ils désormais ? À qui léguer le fruit du travail si leurs propres enfants n'en voulaient pas ? Les champs retournèrent à la friche et la friche à la forêt. En quarante ans, des milliers d'années de tradition et de travail cessèrent d'exister. Quand était arrivé le projet de la scierie, il n'y avait pas eu assez d'hommes dans la région, il avait fallu en faire venir de l'extérieur. Voilà ce que me racontèrent Elena, la femme au potager, et Matti, qui chiquait le tabac qu'il mettait à sécher en l'accrochant au plafond de sa cuisine surchauffée. Ces reliquats d'une autre époque s'étaient retrouvés seuls avec tout leur savoir et toute leur expérience qui allait mourir avec eux. Au fil de mes visites, je tentais d'en recueillir un peu, mais c'était trop peu, trop tard. Le monde n'avait pas voulu d'eux. Ils disparaissaient en silence.

* * *

C'est au cours d'une de ces promenades (j'étais à la scierie depuis près de huit mois) que je rencontrai Manu et Jana. Je venais de quitter Elena et je n'avais pas le cœur de retourner au village, où chacune des maisons était coiffée d'une antenne de télévision. Je pris la route et m'enfonçai dans de petits chemins oubliés. Au détour d'une colline, je vis un pré et quelque chose semblait clocher, mais je ne parvenais pas à mettre le doigt dessus. Et puis, je compris : l'herbe était rase. Je m'arrêtai pour descendre de voiture et je me penchai par-dessus l'antique clôture. Aucun doute, l'herbe avait été broutée !

Nulle part, cependant, je ne voyais de ferme ou d'habitation, ni de vaches ou de moutons. Puis je vis, débouchant sur le pré, ce qui ressemblait à un sentier. Je le suivis sur environ quatre cents mètres ; il montait régulièrement, en serpentant à travers les vieux arbres dont les branches lourdes de feuillage retombaient jusqu'au sol, créant des tunnels de verdure, des voûtes de chlorophylle à travers lesquels perçaient les rayons obliques du soleil. Je débouchai sur une petite prairie. Deux vaches étiques et un taureau âgé me regardaient avec stupeur, la tête légèrement penchée de côté. Entre leurs oreilles et derrière leurs corps aux côtes saillantes, j'apercevais une petite maison de guingois et une étable branlante. Je criai :

— Il y a quelqu'un ?

Pas de réponse. Je ne sais pourquoi, j'imaginais la gueule d'un fusil coincé entre un cadre et une fenêtre, suivant mes moindres mouvements comme un œil noir. On ne sait jamais. Les vieux papys de ces régions distillent des lubies dans l'alambic de leur solitude. La vieille Elena cuisinait chaque jour pour deux et disposait sur la table l'assiette de son invitée, sa mère, avec laquelle elle discutait sans répit, et qui, si elle avait été en vie, aurait été âgée de cent vingt ans.

J'avais peur mais j'avançais, poussé par l'orgueil. Je voulais le lait de ces vaches. Je voulais le beurre. Je voulais la viande. Je voulais pincer la Pustule entre mes doigts et lui faire sortir le jus.

Je m'approchai de la maison. Je criai à nouveau :

— Il y a quelqu'un ?

Trois enfants sortirent alors de la maison. Les deux plus vieux, un garçon et une fille, étaient incroyablement crottés, mais sous la crasse ils étaient beaux, minces et graciles. Ils se ressemblaient et se tenaient par la main, comme s'ils avaient peur de moi et trouvaient dans la présence de l'autre un réconfort, une assurance dont, seuls, ils auraient été dénués. À leurs pieds, tout nu, presque propre, un petit garçon d'environ deux ans me souriait avec une pêche incroyable tout en tripotant sans merci son minuscule zizi.

— Bonjour, dis-je. Est-ce que vos parents sont là ?

Ils se regardèrent. Ils avaient l'air effrayés, mais dans ce regard qu'ils s'échangeaient passait plus que de l'affection fraternelle. La jeune fille se pencha pour prendre dans ses bras le bambin. Elle le cala contre sa hanche. Je remarquai alors ses seins lourds, une certaine lascivité du geste, une autorité de l'amour toute maternelle et un ventre légèrement renflé.

Ils étaient là, les parents. Devant moi.

Des enfants.

* * *

Ils avaient quinze ans tous les deux. Disons qu'ils étaient cousins. Nous n'en avons jamais parlé. Ce qui était fait était fait. Et ils s'aimaient, ils s'aimaient vraiment. C'était des enfants laissés à eux-mêmes, qui ne connaissaient rien d'autre du monde extérieur que ce qu'ils pouvaient en voir dans les vieux magazines qui s'entassaient en hautes piles dans la maison, et dont le plus récent datait des années soixante-dix.

C'était la mère qui les avait laissés là, comme elle avait laissé toutes choses, la maison, le vieux poêle à bois, un bout de jardin, une faux ébréchée pour le foin, deux vaches et un taureau. Un matin, elle ne s'était pas réveillée. Manu aurait bientôt treize ans, Jana, tout juste douze. Ils l'avaient enterrée derrière la maison, au pied d'un arbre. Ils ne l'avaient dit à personne. Quand quelqu'un passait par là, ils disaient que la mère était aux bois. Mais presque personne ne venait par ici. Manu ne savait pas exactement ce qui s'était passé, mais il n'avait pas eu de père, jamais sa mère n'en avait fait mention et elle redoutait les étrangers, surtout les hommes. Ils vivaient en autarcie, mal, mais quand même. Le lait, le beurre, le blé, les œufs, les poules, les patates, les fruits d'un vieux verger, il connaissait tout ça depuis sa naissance, Manu – et Jana aussi.

Manu ne pouvait se souvenir d'un moment où Jana n'avait pas été là. La mère disait qu'elle l'avait recueillie encore bébé. Peut-être était-ce vrai. Peut-être aussi l'avait-elle achetée d'une pauvresse pour donner une compagne à son fils quand le temps serait venu. Ils n'étaient pas frère et sœur, du moins les dates trop rapprochées de leurs naissances infirmaient cette hypothèse, mais qu'est-ce que les dates prouvaient ? Ça se change, des dates. Ils étaient peut-être frère et sœur, allez savoir, mais je préfère penser qu'ils étaient cousins, cela expliquait leur ressemblance et c'était quand même plus acceptable, cela rendait leur amour plus tolérable, bien qu'il ne fût pas civilisé, leur amour, loin de là, il était primitif, viscéral. Pas de fleurs, de mots d'amour, de petits jeux. Ils s'aimaient, c'est tout. Ils vivaient l'un pour l'autre, ils vivaient l'un dans l'autre.

Ils ont enterré leur mère comme on jette les bêtes mortes dans un trou, pour éviter les mouches. Ensuite, ils ont emmené les vaches au pâturage parce que c'est ce qu'ils faisaient tous les jours depuis qu'ils savaient marcher. Ils ne savaient pas qu'ils étaient censés pleurer. Ils savaient qu'elle était morte, ils remarquaient son absence, mais à douze ans, qu'est-ce qu'on sait des formes que doit prendre le deuil ? On n'en sait rien. Ils ont continué à faire ce qu'ils faisaient depuis toujours, et le temps a passé, un hiver puis un été, puis un autre hiver et puis un jour au printemps, le ventre de Jana a commencé à grossir. Ils savaient ce qui se passait, ils n'étaient pas fous. Ils avaient un taureau sous le nez, toute l'année, et quelquefois des veaux naissaient qu'ils tuaient pour la viande, ou qu'ils gardaient pour remplacer une vache trop vieille. Ils savaient. Alors ils n'avaient rien fait de différent, ils avaient continué comme avant, à travailler leur bout de jardin, à repiquer les patates, à ramasser du foin pour l'hiver. Ils avaient eu le temps de tout terminer avant que le bébé arrive.

Manu l'avait sorti de Jana comme on sort un veau. C'est la nature qui fait le travail. Il avait coupé le cordon avec son couteau de poche. Et voilà qu'elle était enceinte de nouveau.

Ils ne m'ont pas raconté tout ça tout de suite. Ils ont mis le temps. Ils ne savaient pas raconter. Ils ne racontaient jamais rien. Ils faisaient tout ensemble, ils n'avaient pas besoin de se raconter des histoires, ils n'avaient jamais appris. Ils savaient parler, bien sûr. Ils savaient même lire : la vieille dame leur avait montré avec de vieux livres pour enfants que leur fils maintenant torturait en riant. Mais ils ne se racontaient pas d'histoires et n'en éprouvaient pas le besoin parce qu'ils se complétaient à merveille, comme s'ils ne formaient qu'une seule entité.

Ils se méfiaient de moi, bien sûr. Mais je les voyais penser, cette première fois. Ils étaient rusés, ils savaient bien que leur splendide isolement allait devoir prendre fin. Avec un deuxième enfant en route, ils allaient avoir besoin d'argent. Ils n'avaient pas le choix de s'ouvrir un peu au monde. Juste un peu.

Et moi je posais des questions sur les bêtes, là-bas, qui broutaient, des questions sur le lait, la crème et le beurre. Et je voyais leurs cerveaux jumeaux fonctionner à toute vitesse. Comme ils étaient crottés ! Mais comme ils étaient beaux !

Je suis reparti de là, la première fois, avec quelques litres de lait, un pot de crème et une motte de beurre fraîchement barattée qu'ils m'ont fait payer ma foi assez cher, mais je leur en aurais donné le double, le triple, juste pour le plaisir de venir les revoir.

J'y suis retourné très souvent, par la suite. Je leur achetais, au nom de la scierie, tout ce qu'ils pouvaient vendre. Certes, la fraîcheur de ces produits améliora les choses dans mes cuisines. Mais là n'était pas l'important. Certains vont à la campagne pour le grand air. J'allais les voir pour respirer leur grand amour.

* * *

Manu faisait du profit. Il s'acheta une autre vache. La chose finit par se savoir. D'autres habitants de la région qui possédaient un peu de terre décidèrent de l'exploiter. Des haricots, des concombres, des courgettes, des aubergines commencèrent à affluer dans ma cuisine. Quelqu'un s'acheta un cochon. D'autres l'imitèrent. Je pus bientôt servir du lard grillé et du boudin au petit déjeuner.

Pour tout le monde il y avait un petit profit à faire avec la scierie, mais, entraînés par leur enthousiasme, ils finirent par trop produire pour mes capacités d'achat. Il leur fallait trouver de nouveaux débouchés. Le long de la route, sur des planches posées sur des tréteaux, ils vendirent leurs légumes. Ils visitèrent les épiceries et proposèrent aux marchands leurs œufs et leur viande. Et la population adopta ces produits frais auxquels ils n'avaient pas eu droit depuis des années, au nom de je ne sais quelle logique économique selon laquelle on peut rogner sur la qualité tant qu'il n'y a pas de révolution.

Mais notre révolution était la révolution du goût. Notre viande n'était pas un produit industriel emballé sous vide, bourré aux antibiotiques et fardé de teinture rouge comme une vieille pute qui s'accroche au métier au-delà des limites du raisonnable. Notre viande était sur pieds un jour, nourrie d'herbes et de grains, et dans le frigo le lendemain.

Le sourire piteux de la Pustule fouettait mon enthousiasme. C'est qu'il dut se résoudre lui aussi à acheter les produits frais de la région. Et cela le faisait souffrir. Sa culture culinaire était une insulte aux principes de partage et de célébration : une cuisine pour *happy few*, une cuisine de l'argent, pas nécessairement bonne, mais exclusive parce que inabordable pour le commun des mortels. La haute direction appréciait-elle réellement les plats préparés par la Pustule ? Ce qui importait n'était pas la nourriture qu'on se mettait en bouche, mais l'envie des autres qui ne pouvaient se l'offrir. Une cuisine du paraître dont la Pustule était le sorcier. Un tel usage de la culture culinaire était à mon sens aussi scandaleux et dénué de scrupules que celui, préemballé, de l'ignorance en poudre et de l'aveuglement à faible teneur en gras réservé au peuple.

Mais quand vous récoltez ce que vous avez vous-même semé, quand vous tuez le cochon que vous avez engraissé, quand vous lui percez l'artère pour recueillir son sang dans une bassine en fer, vous ne récoltez pas seulement du blé, du pain et du boudin, vous gagnez aussi de la culture, de la dignité et de la fierté.

* * *

Mais je revenais sans cesse à Manu et Jana. Ils étaient mes préférés, mes enfants. Deux ans après notre première rencontre, ils possédaient vingt-cinq vaches laitières, une cinquantaine de poules et attendaient leur troisième enfant. Leur maison était propre et claire, et tout le monde riait tout le temps, là-bas, comme si la vie était une bonne plaisanterie inoffensive. Non. Plutôt, comme si la vie était un jeu d'enfant, et pour eux, elle l'était. Ils n'avaient pas tout à fait dix-sept ans quand on s'est mis à s'amuser avec le fromage. Tout était un jeu, mais un jeu qui méritait d'être pratiqué avec sérieux. Quand on joue aux cow-boys et aux Indiens, on est sérieux, on rampe sur le sol comme si de vraies flèches nous sifflaient aux oreilles.

Il n'y avait plus de fromage dans la région depuis une bonne trentaine d'années. J'étais condamné à servir à mes gars un fromage industriel sans goût aucun et à la texture de plastique fondu. Remarquez, personne ne s'en plaignait. C'était ce à quoi on les avait habitués, tant il est vrai que si on la sale suffisamment et qu'on ne lésine pas sur la mise en marché agressive, on finira par aimer le goût de la merde.

Le fromage aussi, je le dois à la Pustule, d'une certaine manière. Lorsque je commençai à utiliser dans ma cuisine des produits moins fins mais plus frais que les siens, je crus voir son chapeau de chef légèrement s'affaisser, comme si quelqu'un avait inopinément ouvert la porte du four pendant la cuisson d'un soufflé. Mais il retrouva vite son sourire à la vue de l'énorme brique de fromage infâme que j'étais forcé de servir au petit déjeuner.

— Ah ! dit-il simplement.

C'était comme s'il m'avait poussé son Ah ! en travers de la gorge. Quelques jours plus tard, je débarquais chez Manu et Jana avec des livres sur la fabrication du fromage que j'avais fait venir de la Capitale, et nous commençâmes nos expériences.

Les premiers résultats furent catastrophiques : le fromage était blanc comme de la craie et il en avait le goût. D'une fournée à l'autre, sa texture et sa saveur variaient inexplicablement. Au bout de quelques mois, nous n'avions toujours pas trouvé la recette et la patience du jeune couple fondait au même rythme que leurs économies. Pour continuer l'expérience, j'y investis un peu de mon propre pécule. Nous fîmes venir de l'étranger une cuve en acier inoxydable et continuâmes à gaspiller des hectolitres de lait. Et puis un jour, voilà. Un fromage tout simple, ferme mais pas trop, au goût de lait, de noisettes et d'herbe verte. Un jeune fromage parfaitement réussi, dont nous nous empressâmes de noter la recette dans un cahier relié de cuir.

Nous le commercialisâmes en meules sous l'appellation de tome de la Grande Forêt. La scierie au début acheta le gros de la production, mais bien vite des gens se présentèrent à la ferme pour en acheter et les épiceries de la région, obtinrent de nous la permission d'en vendre dans leurs étals.

Dorénavant, quand un étranger débarquait chez nous, nous lui faisions goûter notre fromage avec de grands sourires et une incontestable fierté. Quand je dis nous, je veux dire tous les habitants du coin, car si notre fromage était bon en bouche, il l'était aussi pour l'âme.

Certes, tout n'était pas parfait et le travail à la scierie restait très dur, mais quand ils rentraient à la maison, les repas que leur préparaient les femmes avaient plus de goût, et la vie aussi, pour ces hommes rudes et frustes. On constata même, au cours de ces années, une légère hausse du taux de natalité, à tel point qu'il n'est plus permis de douter des vertus aphrodisiaques d'un bon saucisson et d'une pointe de fromage au lait cru.

Quant à moi, j'appréciais les jours sans les théoriser. J'étais libre. J'avais des amis, disons plutôt des camarades, ce qui n'était déjà pas une mince affaire. Ils passaient parfois à la maison boire un verre de tord-boyau local ou de vodka. Nous avions des projets. C'était somme toute une vie rurale, simple et virile. Rien d'autre à faire en dehors du travail que de boire, chasser et pêcher – et pas toujours lors des périodes autorisées, est-il besoin de préciser.

Au volant de mon vieux camion, je parcourais vallées et montagnes. Partout la forêt ancestrale – à part les territoires de coupe, qui n'en grugeaient encore qu'une infime partie, et les maigres champs et pâturages volés aux arbres à force d'entêtement. J'aimais ces balades solitaires précisément parce que j'étais seul, que cette solitude ne m'avait pas été imposée mais avait été choisie par moi, de même que mes contacts avec les autres n'étaient pas le résultat d'un coup de force, d'une obligation sociale sans fondements, mais l'expression d'une nécessité intérieure.

* * *

Souvent au cours de ces tournées, il m'arrivait de croiser Mistral. Que faisait-il là, à parcourir l'arrière-pays ? Pourquoi n'était-il pas au travail ? À l'époque, je ne me doutais de rien. Il klaxonnait. Nous nous arrêtions portière contre portière, nos coudes dépassant par la fenêtre ouverte, et nous discutions un moment. Il me demandait des nouvelles de mes protégés, je lui en donnais. Comment se portait le fromage ? Très bien. Et aux cuisines, toujours content ? Je le lui confirmais. Il souriait en hochant la tête, puis il lançait un :

— C'est bien.

Et il démarrait dans un nuage de poussière qui ternissait les feuilles des arbres en bordure du chemin. Je réalisais soudain que je lui avais tout raconté alors que lui ne m'avait rien dit.

Mistral n'était pas son vrai nom. On l'appelait ainsi à cause de ses cheveux en broussaille qu'on eût dit coiffés par le vent. Il travaillait à la scierie en qualité de bûcheron, mais on ne le voyait pas souvent sur les sites de coupe. Il était membre de la direction du syndicat, mais on ne le voyait jamais dans les réunions syndicales. Il se moquait des patrons grands ou petits. Il allait et venait à sa guise, et tous se taisaient à son approche. C'était l'homme le plus libre et le plus mystérieux que j'eusse jamais connu.

C'était un homme sec, de taille moyenne, musclé naturellement et tendu comme la corde d'un arc. Il avait une densité exceptionnelle qui attirait les regards et imposait le respect. On ne le voyait pas souvent à la cafétéria. Où mangeait-il, que mangeait-il ? C'était le genre d'homme qu'on pouvait facilement imaginer un coutelas à la main et mangeant cru le foie d'une bête qu'il venait de tuer. On soupçonnait en tout cas une autre vie que la nôtre, et cela seul suffisait à faire rêver.

Je me souviens très bien, j'officiais aux cuisines de la scierie depuis trois semaines seulement quand il vint y manger pour la première fois. J'avais préparé une daube provençale, avec des écorces d'oranges et du porto. Les légumes alors étaient défraîchis et la viande nerveuse, mais la longue cuisson avait fait fondre les fibres et l'utilisation des quatre épices enchantait le palais. J'en étais à rectifier l'assaisonnement lorsque j'entendis l'un de mes cuistots murmurer :

— C'est Mistral !

Et le autres de se précipiter vers le guichet pour tenter de l'entrevoir.

— C'est qui, Mistral ? avais-je demandé.

— C'est celui qui a eu la peau du dernier chef.

— Comment ?

— Il n'aimait pas sa cuisine, il le lui a dit. Le lendemain, le chef était parti.

Je m'étais penché à mon tour pour voir ce puissant Mistral. Je l'avais immédiatement reconnu. C'était l'homme qui m'avait observé, le premier jour, et qui avait répondu : « On verra bien » quand je m'étais présenté comme le nouveau cuisinier. Il était encore debout dans la cafétéria, entouré d'une bande de costauds qui semblait lui tenir lieu de garde rapprochée.

— Comment a-t-il pu faire partir le chef ? Ce n'est pas un patron.

— Il est très persuasif.

Mistral était ensuite venu, comme les autres, chercher son assiette au comptoir, puis il était retourné s'asseoir pour manger.

Je l'avais observé comme si ma vie en dépendait (et peut-être en dépendait-elle !). Mastiquait-il avec appétit ou réticence, je n'aurais su le dire. Mais il mangeait, et jamais je n'avais vu quelqu'un manger comme ça. C'était l'essence même du verbe manger. C'était la démonstration initiale de l'acte dont tous ceux qui mangent depuis ne font que s'inspirer. Il y avait quelque chose de grec, chez lui, je veux dire d'antique, d'archétypal, de non corrompu. Puisqu'il fallait manger, voilà comment il fallait s'y prendre : lentement, en silence, les yeux presque clos pour mieux contempler un spectacle intérieur ; les bouchées petites et méthodiques, les mâchoires puissantes, les muscles roulant sous la peau des joues ; mastiquant longtemps, extrayant des chairs chaque parcelle de saveur et d'énergie ; la déglutition aisée, coulante ; et on recommence jusqu'à ce qu'il ne reste plus rien dans l'assiette.

Alors il s'était levé, il avait porté son assiette sale près des cuisines, et juste avant de se diriger vers la sortie, il s'était tourné vers moi et il avait souri.

Michelin m'aurait à ce moment donné douze étoiles que je n'aurais pas été plus content, car tel était le pouvoir de cet homme auprès de qui nous semblions tous des abstractions, des ébauches, des dessins d'enfant.

Avec le temps, les années, je l'ai souvent revu. Nous avons parlé. Je crois qu'il m'aimait bien, mais avec lui, on n'était jamais sûr de rien sauf de ceci : lui seul était un homme fait, lui seul était complet. Il était l'Homme. En lui seul on retrouvait la geste brutale de notre humanité perdue, cette virilité, cette présence au monde qui nous fait l'habiter plutôt que d'être habité par lui.

Il semblait dangereux, en somme, et cela seul le rendait attirant. À force de le fréquenter, j'ai compris un peu mieux ce que je valais moi-même.

Cela ne veut pas dire que je devins son ami. Il n'en avait pas. C'était un solitaire et sa rareté même donnait du poids à sa présence. Mais il fit preuve à mon égard de suffisamment de considération pour que je me sentisse privilégié. La reconnaissance de Mistral m'assurait la reconnaissance de tous. J'étais admis.

* * *

Plus de six années passèrent. Et si le bonheur existe sur la terre, j'en étais au plus près. Mais pas tout à fait. Puisqu'il y avait Maria.

Si louer une maison près de la sienne m'avait au début semblé une bonne idée, j'avais avec le temps commencé à en voir les mauvais côtés. J'étais jaloux, ce qui était ridicule puisque je ne lui avais jamais avoué mes sentiments. Mais je la regardais par la fenêtre, caché derrière les rideaux, et je connaissais ses heures de sortie et d'entrée, je savais quels visiteurs elle recevait et à quelle fréquence. Il y avait le directeur, bien sûr. Mais aussi la Pustule, qui était gai comme un pinson et se contentait de lui bourrer le frigo de petits plats à congeler. J'imagine aussi qu'ils feuilletaient ensemble des revues de mode et discutaient jusqu'à plus soif des chirurgies esthétiques des superstars du cinéma.

J'étais amoureux. Un amoureux silencieux qui se contentait d'aimer sans être aimé. J'aimais aimer. J'aimais jusqu'à la jalousie qui en découlait.

Restait la question du sexe, que je réglais en liquide à des semi-professionnelles de la région qui étaient au nombre de deux et répondaient collectivement au surnom de Maman. C'étaient de joviales personnes bien en chair et tout à fait veuves, qui louaient des chambres dans leurs grandes maisons à des employés de la scierie qu'elles soignaient aux petits oignons, nourris, logés, lavés et, moyennant un léger supplément, purgés.

— Ça les calme, disait Maman numéro un.

— C'est un service à la communauté, disait Maman numéro deux.

Et elles avaient raison ! Comme elles étaient douces, ces années... Le corps en paix et le cœur presque au repos, je prenais plaisir le matin à me rendre à la scierie après un café bien serré que je buvais debout à la fenêtre en cherchant Maria des yeux.

Elle s'était habituée à moi. Il m'arrivait de l'amener au travail, mais la plupart du temps, le patron envoyait son chauffeur, sauf quand la patronne était dans la région bien sûr. Ces jours-là étaient une fête pour moi, bien que rien n'y paraissait. Relation polie – bonjour – bonjour – vous allez bien – très bien, merci.

Elle était souvent pensive. Je la déposais devant les bureaux administratifs avant de continuer vers mes cuisines où s'affairait depuis déjà trois bonnes heures la première équipe de mes cuistots affectée au petit déjeuner.

Il me fallait préparer le déjeuner : soixante-quinze kilos de viande, cent kilos de légumes à parer, cuire, assaisonner, à servir en donnant à chaque assiette une petite touche de couleur. Les équipes travaillaient jusqu'à la tombée du jour, ce qui signifiait qu'en été on servait le soir un troisième repas aux bûcherons affamés et piqués par les moustiques, et aux opérateurs de machinerie tachés de cambouis.

C'était en juin, je m'en souviens. Je préparais une énorme marmite de ragoût aux trois viandes (bœuf, agneau, porc). Il était seize heures quand le vrombissement des scies s'est arrêté. C'était rare mais pas exceptionnel. En général, cela signifiait qu'il y avait eu un accident ou une avarie. On perdait régulièrement des doigts, à la scierie, et des mains, et parfois la vie. Tout alors s'arrêtait. Et chacun quittait son poste pour aller voir ce qui se passait, contre l'avis des contremaîtres qui gueulaient dans le vide et finissaient par suivre le mouvement.

Je sortis des cuisines, mais au lieu de voir un attroupement silencieux, je vis des groupes d'hommes gesticulant et parlant fort, disséminés dans toute la cour de triage. Je m'approchai.

— Qu'est-ce qui se passe ?

— Ils ferment la scierie.

Alertés par on ne sait quels signaux de fumée, les équipes de bûcherons revenaient déjà de la forêt et leurs voix se joignaient à celles des autres pour exprimer la colère et la stupéfaction. Tout ce qu'ils savaient, c'est qu'on leur avait ordonné de cesser le travail. Les hommes spéculaient : les plus optimistes parlaient d'une restructuration des quarts de travail, d'autres de modernisation des équipements.

— Moderniser quoi, imbécile ? C'est neuf, tout ça !

Mais la plupart chuchotaient : fermeture, récession, et s'ils chuchotaient, c'est de peur qu'en les prononçant à voix haute les mots ne deviennent réalité, qu'ils s'incarnent comme des démons au cours d'une séance de magie noire.

Les hommes depuis toujours habitués à travailler dur ne savent pas quoi faire de leur force lorsqu'ils sont condamnés à l'inaction. Ils attendaient une explication de la direction, assis sur toutes les surfaces disponibles, leurs avant-bras puissants et basanés appuyés sur leurs cuisses. Ils vrombissaient d'une énergie non canalisée, leurs fronts se barraient de plis soucieux, leurs narines se pinçaient, ils fumaient cigarette sur cigarette puis écrasaient les mégots d'un coup de talon qui trahissait un immense sentiment d'impuissance.

Je me rangeais dans le camp des optimistes. C'était une entreprise saine, qui générait des profits. Je ne voyais aucune raison à sa fermeture.

Nous attendîmes ainsi près de deux heures avant qu'un porte-parole de la direction ne sorte des bureaux jusque-là fermés à clé. Il arborait un large sourire. Il attendit que tout le personnel se masse autour de lui et fasse silence avant d'expliquer que la scierie fermerait ses portes pour quelques jours seulement. Je cherchais Mistral du regard. Il n'était nulle part.

— Une équipe d'experts représentant des investisseurs potentiels vont venir examiner l'ensemble de nos opérations et évaluer nos équipements, disait le porte-parole à travers son sourire. C'est une excellente nouvelle puisque l'afflux de nouveaux capitaux qui résulterait d'une fusion est la garantie d'une prospérité à long terme pour l'entreprise comme pour ses employés. Nous vous demandons votre entière collaboration. Rentrez chez vous. Ne vous en faites pas. Attendez l'ordre de retour au travail, qui ne saurait tarder. En passant (et son sourire s'accentua en un rictus de clown), ces jours chômés ne seront pas déduits de votre prochaine paye, au contraire, vous y trouverez un bonus, témoignage de la satisfaction de la direction à votre égard. Maintenant, désolé, pas de questions, bonnes vacances, et à très bientôt !

Les hommes se dispersèrent et commencèrent à quitter la scierie. Ils étaient inquiets, bien sûr. Le discours du porte-parole sonnait faux, et à quoi pouvait-on s'attendre de la part des patrons sinon à des stratagèmes qui au bout du compte les avantageaient, eux, et personne d'autre ? On était capitalistes depuis assez longtemps pour avoir compris le truc.

Je rentrai aux cuisines pour fermer les fourneaux. Cent litres de ragoût avaient collé au fond de la marmite en gâchant la sauce. Je jetai le tout, mis la marmite à tremper, fermai les lumières et sortis en verrouillant les portes.

* * *

Je profitai des jours suivants pour aller tendre des collets et chasser le petit gibier. Je préférais être dans les bois, seul, tranquille. Je fuyais les hommes, au village, qui buvaient pour lutter contre le désœuvrement et la crainte du lendemain. Leurs femmes, habituées à régner le jour, les chassaient de la maison sous prétexte d'époussetage. Mais qu'y avait-il à faire dehors et combien de fois pouvait-on huiler un gond avant de devenir fou ?

Au bout de cinq jours, même les plus optimistes commencèrent à douter. Le lendemain était jour de paye. Dès le matin, des hommes se présentèrent à la scierie pour toucher leur argent. Ils revinrent en criant. La scierie était déserte, et on en avait cadenassé l'entrée.

— Ils sont partis, ils sont partis !

La nouvelle se répandit dans la région à la vitesse de l'éclair. Bien vite nous étions plus de deux cents à nous masser devant les grilles de la scierie. Les hommes criaient, mais à qui et pourquoi ? On aurait dit que la scierie était abandonnée depuis des mois. On secoua les clôtures, on proféra des menaces, puis on rentra à la maison parce qu'il n'y avait nulle part où aller et rien d'autre à faire.

Je garde un souvenir confus des jours et des semaines qui ont suivi la fermeture de la scierie, comme si le temps avait cessé de couler et s'était immobilisé, engluant les choses et les gens, brouillant les contours, épaississant les langues, étouffant les mots. Tout le monde était un peu sonné. Ceux du syndicat s'agitaient bien un peu, mais des coups de fil répétés à la Capitale n'avaient rien donné. La direction ne répondait plus.

La situation était intolérable. Toute l'économie de la région reposait sur l'existence de la scierie. Et maintenant le flux d'argent s'était tari. Les gens vivaient de leurs économies, pas bien lourdes pour la plupart. J'étais un peu mieux loti grâce au fromage dont j'avais tiré un joli bénéfice, mais mes réserves n'étaient pas inépuisables. Je pouvais les étirer avec la pêche et la chasse et le petit potager dans mon jardin, ce qui n'était pas le cas de mes fournisseurs dont j'avais en quelque sorte accentué la dépendance envers la scierie.

Manu et Jana gardaient le sourire ; ils n'en devaient pas moins continuer à traire matin et soir leurs vingt-cinq vaches dont ils préféraient donner le lait plutôt que de le jeter. C'était bien de leur part, mais chaque litre de lait donné aggravait l'hémorragie. Ils se saignaient à blanc, littéralement.

Ceux du syndicat avaient averti les médias, or les médias préfèrent le général au particulier.

La crise économique avait gagné tout le pays, partout des tensions se faisaient sentir, on redoutait l'éclosion de la violence, etc. Ils notèrent nos doléances et les ajoutèrent aux autres pour fins de statistiques, puis n'envoyèrent personne constater sur place l'urgence de la situation. L'Histoire semblait vouloir se répéter, disaient-ils. Mais se savoir pris dans un hoquet de l'Histoire n'est pas une consolation.

Juin passa, puis juillet vint et disparut à son tour. Il faisait un temps de canicule, une chaleur pesante comme un couvercle. Un peu plus loin dans les montagnes, la forêt s'embrasa. Le maire du village tenta en vain de réunir l'escouade des pompiers volontaires. C'était le bois de la scierie. On le laissa brûler. Pendant des jours le ciel s'assombrit d'une épaisse fumée noire qui semblait mieux convenir à notre état d'esprit qu'un clair ciel d'été. Heureusement, le vent soufflait de l'ouest, et l'incendie trébucha sur la barrière rocheuse de la haute montagne où il mourut bientôt de faim.

Et moi ? J'attendais, comme les autres. Il allait se produire quelque chose. Le gouvernement allait intervenir, ou la scierie allait être vendue à d'autres intérêts, puis rouverte. Il fallait que quelque chose arrive. Nous étions comme des bêtes traquées coincées au fond d'un ravin, immobiles, la bave aux lèvres, sentant la fin venir, épiant du regard la moindre occasion de fuite, toutes les cellules du corps irriguées par l'adrénaline et l'instinct de survie.

Certains avaient quitté la région pour rejoindre à la Capitale la marée de chômeurs qui allait bientôt les engloutir. C'était une option qui m'était interdite : j'en venais, j'y avais mangé mon pain noir et la vie ici était préférable à la vie là-bas.

Car ici il y avait la nature, les cerfs et les lièvres. Et ici, il y avait Maria.

* * *

Plus que d'autres, elle avait été stupéfaite par la fermeture de la scierie. Son amant de patron ne lui en avait pas soufflé un mot. Il l'avait quittée en l'embrassant, en lui disant à demain, et ne lui avait plus donné signe de vie.

Trahie par son amant, elle était également ostracisée par les employés de la scierie précisément parce qu'elle était une fille à patron. On ne lui pardonnait plus son pacte avec le diable puisque le diable était parti. Elle s'était enfermée dans sa maison, au début pour ne pas s'éloigner du téléphone, ensuite pour éviter le regard des autres qui lui brûlait la nuque. Quand elle se risquait à sortir, leur silence à son endroit avait la consistance d'un crachat.

À cause de la chaleur, je gardais toutes mes fenêtres ouvertes et je l'entendais parfois pleurer. Je savais que malgré ses airs d'allumeuse, elle était véritablement meurtrie et assommée par la trahison d'un homme dont elle avait cru l'amour vrai.

Une vingtaine de jours après la fermeture de la scierie, j'étais allé sonner à sa porte pour lui offrir un des lièvres que j'avais pris au collet. Elle l'avait accepté avec beaucoup de réticence, ne franchissant pas le seuil de sa porte et me remerciant du bout des lèvres. Je n'insistai pas. La fois suivante, c'était un gigot de cerf, et le sourire de Maria commença à se dessiner, éclairant brièvement son adorable visage.

— C'est beaucoup trop gros pour moi !

Elle ne savait pas comment l'apprêter. Je lui donnai une recette.

— Je ne suis pas très bonne aux fourneaux.

— Alors laissez-moi vous le préparer.

— Non, merci, ça va, je vais me débrouiller. Merci encore, vraiment.

Et je me retrouvai devant sa porte close, un peu penaud et furieux contre moi-même d'avoir voulu aller trop vite.

J'avais acheté quelques poules à l'un de mes anciens fournisseurs et je laissai dès lors, chaque jour, deux ou trois œufs devant sa porte, puis des concombres et des haricots, des oignons, et tout ce qui poussait dans mon jardin – mais sans plus jamais frapper à la porte, sans plus jamais imposer ma présence ni commander sa gratitude.

Je laissai passer le temps.

Un jour que j'allais accrocher à sa poignée un sac contenant deux perdrix plumées et vidées, la porte s'ouvrit toute grande et Maria apparut, vêtue d'une jolie robe jaune et toute souriante.

Elle s'effaça et d'un geste m'invita à entrer. C'est ainsi que nous devînmes amis et, un peu plus tard, amants, mais je ne veux pas aller trop vite parce que, entre-temps, au village, la résistance s'organisait.

Pendant le premier mois de la fermeture, je recevais souvent la visite de mes amis, de mes camarades et anciens fournisseurs qui considéraient que, venant de la Capitale et affublé du titre de Chef, j'étais plus instruit qu'eux. Ils venaient me voir pour entendre quelques bonnes paroles et recevoir un réconfort que je n'étais pas en mesure de leur procurer. Et puis, un jour, brusquement, ils cessèrent de venir.

Je soupçonnais que mes attentions à l'égard de Maria ne faisaient pas le bonheur de tous, mais il me fallut un certain temps avant de parvenir à cette conclusion tant ma joie de graviter autour d'elle me comblait. Les semaines passèrent sans que j'y fisse attention, puis un jour la réalité de mon ostracisme me frappa de plein fouet. Je n'avais parlé à personne d'autre que Maria depuis des jours et des jours.

J'allai voir Manu et Jana. Ils s'étaient résignés depuis peu à abattre leurs vaches pour la viande, et s'ils semblaient toujours aussi insouciants, une certaine gravité voilait parfois leurs regards, comme un nuage obscurcit le soleil.

Manu sortit du hangar pour venir m'accueillir. Il portait des bottes de caoutchouc et un grand tablier blanc taché de sang. Il s'essuya les mains avant de serrer la mienne.

— Une autre ?

Il hocha la tête. Il ne lui restait plus qu'une douzaine de vaches encore debout. Il ne se résignait pas à voir ainsi détruire ce qui avait été sa fierté. Qu'avait-il à voir avec la scierie ? Il n'y avait jamais travaillé. Il éprouvait un sentiment de rage et d'impuissance en constatant combien les choses étaient mêlées et interdépendantes. Vous aviez cru construire votre maison, et voilà que vous appreniez qu'elle n'était qu'une carte parmi d'autres, composant un château sur la table de quelqu'un d'autre. Il dépensait sa rage dans le travail, mais le travail n'est pas tout.

Nous discutâmes ainsi un moment. Je le soupçonnais lui aussi de tourner autour du pot. Au bout d'un moment, je lui demandai :

— Qu'est-ce qui se passe, Manu ?

Il devint tout rouge et bafouilla. J'insistai.

— Manu, c'est moi ?

— Je n'y suis pour rien, je te jure. J'étais contre.

— Contre quoi ?

— Le vote.

— Quel vote ? Qui a voté ? Pourquoi voter ?

— Je ne peux pas.

— Tu n'es pas un homme libre ?

Il soutint mon regard pendant un moment. Je l'entendais réfléchir. Manu, je l'avais mis au monde. Façon de parler.

— Allons, dis-moi ce qui se passe. C'est à cause de Maria ?

Il hocha la tête.

— On avait peur qu'en te mettant dans le coup, tu lui en parles à elle.

— Qui ça, on ?

— Mistral surtout. Mais beaucoup d'autres aussi.

— Bon, attends. Premièrement, je suis capable de garder un secret. Deuxièmement, Maria n'est pas une espionne au service de l'ennemi. C'est une fille larguée, qui est autant dans la merde que toi et moi. Et troisièmement, qu'est-ce que vous manigancez ?

— Viens, dit Manu.

Il me précéda jusqu'à la cuisine où il sortit d'une armoire une bouteille d'un alcool de grain qu'on appelait frizz dans la région parce qu'il était assez puissant pour vous défriser une chevelure d'Africain. Manu en servit deux grands verres et m'en tendit un.

— Excuse-moi, dit-il. J'aurais dû t'avertir.

— Ça va. Raconte.

Tout avait commencé par une petite phrase qu'avait laissé tomber Mistral au cours d'une beuverie improvisée entre une poignée d'hommes au bord du désespoir.

— Je ne vois pas ce qui cloche, avait dit Mistral, sobre car il ne buvait jamais. La scierie est encore là. Vous êtes encore là. Les arbres sont encore là…

L'idée avait fait son chemin sans que Mistral s'en préoccupe davantage. Il s'était contenté de semer la graine : le sentiment d'urgence l'avait fait germer.

«Nationaliser» la scierie ! Former une coopérative et vendre nous-mêmes le bois, à l'étranger s'il le fallait. Les hommes retournaient l'idée entre leurs mains comme un objet curieux mais désirable. L'alcool aidant, les obstacles à la réalisation de ce projet semblaient de plus en plus surmontables. On alla voir le syndicat, qui sauta sur l'occasion de se montrer utile et de prendre le commandement de quelque chose. On commença à tenir des réunions, à organiser des comités, à élaborer un plan.

— Mais c'est sûr qu'on comptait sur toi pour la cuisine, dit Manu.

— C'est trop gentil. Et on m'en aurait averti quand ?

— Ben, au dernier moment. Tu sais, s'ils l'apprenaient, là-bas, ça pourrait faire du vilain. On n'a rien à perdre, nous, mais Maria…

Je quittai Manu en lui promettant de garder le secret. Je me sentais blessé d'avoir été tenu à l'écart, même si je n'en laissai rien paraître. L'amour et la confiance des autres est une chose bien volatile. Je leur en voulais de m'en vouloir. Je me méfiais de leur méfiance.

Nous devînmes amants très naturellement, comme deux êtres se blottissent l'un contre l'autre pendant l'orage et que crépite sur les toits l'électricité d'un ciel fâché. Je lui avais préparé à dîner, nous le mangeâmes ensemble. À la fin elle me demanda de rester. Je n'aurais pas tenté un geste. Elle me prit la main. J'avalai ma salive. Nous restâmes ainsi pendant un temps qui me sembla long de plusieurs minutes, mais sans doute était-ce la densité de ce moment qui était considérable plutôt que sa durée ; nous savions tous deux qu'il était lourd de conséquences. Il n'y aurait pas de retour en arrière. Puis, sans lâcher ma main, elle s'approcha et vint appuyer sa tête contre ma poitrine. Elle n'avait personne au monde que moi, et moi je me pensais indestructible. Sa tête contre ma poitrine était ce qui m'avait toujours manqué, à ce moment précis j'en étais persuadé. Toute ma vie, ce sentiment d'incomplétude, ce vide en moi, voilà qu'il venait d'être rempli, sa tête contre ma poitrine, sa main dans ma main, et bientôt sa bouche contre la mienne. J'étais indestructible car j'étais enfin complet, ce qui avait depuis toujours manqué venait de m'être restitué et j'éprouvais un immense, un incroyable sentiment de gratitude. Maria, je prononçais son nom, Maria, elle me faisait taire d'un baiser, Maria, Maria, j'étais plein d'elle et elle pleine de moi.

Ce qui faisait mon bonheur :

Son sourire. Comme elle semblait s'éclairer en m'apercevant ! Tout son corps rayonnait d'une lumière à moi seul destinée, pensais-je.

Sa pudeur. Elle avait parfois des réactions de jeune fille, cachait son corps après l'amour et refusait que je l'embrasse ou lui tienne la main en public. Nous n'étions pas mariés, disait-elle.

Sa maison n'était pas ma maison. Pas tout de suite, prenons le temps de bien faire les choses, disait-elle.

Son abandon. Quand je parvenais, dans le secret de notre retraite, à faire tomber les barrières de sa pudeur, elle se livrait aux assauts de l'amour avec un abandon et une vigueur qui me laissaient pantois et infiniment reconnaissant.

Son corps. Compact et élastique à la fois. Ses seins fermes débordaient de mes mains et ses mamelons roses durcissaient au moindre contact. Sa toison pubienne était rousse et soyeuse. L'odeur de son sexe, légèrement âcre, me montait à la tête. Son vagin étroit semblait fait sur mesure pour mon sexe et quand je le pénétrais, j'avais l'impression de rentrer chez moi.

Mais pendant ce temps, le projet des conspirateurs allait bon train. Manu ne m'en parlait qu'en chuchotant. J'y accordais d'ailleurs peu d'intérêt, j'avais d'autres chats à fouetter.

— C'est pour bientôt, me dit Manu.

— Ah ! Quand ?

— Trois jours, mais…

— Oui, oui. Chut. Pas un mot. Bonne chance.

Mais je disais tout à Maria car on ne peut pas cacher à une partie de son âme ce que l'autre sait déjà.

Le lendemain, les lignes téléphoniques étaient coupées dans toute la région. Le surlendemain, c'était au tour de l'électricité. Le troisième jour, à l'aube, je fus réveillé par un convoi de camions militaires qui traversait le village et dont se détachaient des sections qui prenaient position le long de la route. Le gros des troupes s'installa en périphérie de la scierie. La conspiration avait échoué avant même d'exister. Le pouvoir avait lâché ses chiens.

Les gens sortaient de leurs maisons et regardaient, effarés, en serrant contre eux leurs enfants surexcités, ce défilé d'hommes casqués de fer. Ils savaient que leur vie allait pour toujours en être changée.

Je m'habillai en vitesse pour rejoindre Maria, dont le sommeil était si lourd qu'elle pouvait bien n'avoir rien entendu. Sa porte était grande ouverte. J'imaginais le pire. Les soldats n'étaient pas des enfants de chœur. Je criai son nom. Silence. J'entrai. Il n'y avait pas de traces de violence, mais pas de traces de Maria non plus. Dans sa chambre à coucher, des vêtements jonchaient le sol. La penderie était à moitié vidée de son contenu.

Elle était partie. La pute. La salope. La courtisane.

Je suis tombé à genoux. Et j'ai crié. De rage, de désespoir.

J'ai crié son nom.

6. L'IMPORTANT, C'EST DE COMMUNIQUER

Dialogue
(étude de maître Cevitjc, 16 heures 30)

— Qu'est-ce que c'est que ça ?

— Une boîte de biscuits.

— Je peux ?

— Allez-y.

— Ils sont dégueulasses ! s'écria Cevitjc après en avoir goûté un.

— C'est aussi ce que semble penser le Monstre.

— Il vous a parlé ?

— Une grimace a suffi. Ce sont les biscuits de sa mère. Elle m'a dit qu'il en raffolait. Il n'a même pas ouvert la boîte. Il les a sentis à travers le couvercle et il s'est mis à grimacer comme si on lui limait les dents. Comment une mère peut-elle se tromper à ce point ?

— Je n'en ai aucune idée : la mienne est parfaite ! J'oubliais, voici le dossier final de l'accusation.

— Des mauvaises surprises ?

— Ce pourrait être pire, dit maître Cevitjc en haussant les épaules.

— Ce n'est pas la première fois qu'il garde le silence, dis-je après un moment.

— C'est-à-dire ?

— Quand il avait douze ans, à la suite d'un accident. Il a cessé de parler.

— Et ?

— Le traumatisme d'alors ne pourrait-il pas expliquer la suite des événements ?

— Et le fait qu'un soir, à six ans, il a oublié de se brosser les dents ! Il y en a marre des bobos d'enfance, vous ne pourriez pas trouver autre chose ?

— Chez moi ça marche.

— C'est que, collectivement, vous êtes restés des enfants.

— Ah ? Parce que vous n'en êtes pas ?

— On ne joue pas à la guerre, nous. On la fait. Mais là n'est pas la question.

— Non.

— Qu'avez-vous vraiment appris sur notre homme en allant rencontrer ses parents ?

— Ils sont à moitié fous tous les deux, mais j'imagine qu'on peut en dire autant de la majorité des parents quand on les juge du point de vue des enfants. Dans les circonstances, leur folie a quelque chose de normal, c'est assez déroutant.

— Rien d'utile, donc ?

— Non, rien, sinon cet accident à l'âge de douze ans, que j'aimerais examiner de plus près malgré vos sarcasmes. Il me faudrait parler au frère, Milos Rosh.

— Pour ce que j'en sais, il a fui le pays voilà de nombreuses années. Il était recherché par la police. Il ne nous ferait pas un témoin très crédible.

— Qu'a-t-il fait ?

— Agitation politique. Dans ce pays qui est comme une poudrière, on emprisonne bien vite ceux qui s'enflamment pour une cause.

— Et pour quelle cause s'enflammait-il ?

— La paix. Oui, je sais, c'est paradoxal.

— Je voudrais quand même lui parler, si c'est possible.

— Je vais demander à Josef de vous le retrouver.

— Josef ?

— Ne le sous-estimez pas. Il est plein de ressources. Vous seriez étonné. Il a été l'un des plus grands faussaires des dernières décennies.

— Fausse monnaie ?

— Tableaux. Il peint comme un maître ancien. Et quand il n'est pas à son chevalet, il navigue sur Internet. Un type très curieux. Secret, mais efficace. Il travaille pour moi depuis que je lui ai obtenu un non-lieu.

— Comment avez-vous fait ?

— Qui pourrait croire qu'un militaire de carrière puisse avoir la sensibilité nécessaire pour reproduire un Titien ou un Delacroix ? Je n'ai eu qu'à exhiber son dossier militaire, plein de sang et de poudre, en leur disant qu'ils s'étaient trompés de bonhomme. Josef joue l'idiot à la perfection. Même ici les magistrats ont tendance à croire que la culture et l'intelligence sont incompatibles avec la violence et la testostérone.

— La culture contre la barbarie…

— Mais c'est de la fumisterie ! Prenez le Monstre…

— Quoi, le Monstre ?

— L'art culinaire. Un chef ! L'équilibre des saveurs, des parfums, des textures ! Le respect de la viande ! Ce qui ne l'a pas empêché de tuer allégrement ses semblables. Heureusement pour nous, il n'est pas allé jusqu'à se les servir au dîner, nappés de sauce et décorés de petits légumes…

— Raison de plus pour fouiller plus avant. Quand on ne tue pas par ignorance ou par instinct, il y a forcément une raison quelque part.

— Et s'il n'y en a pas ?

— …

— Eh bien ?

— J'imagine alors qu'il faudra en inventer une.

Bulletin télévisé, chaîne régionale (hôtel des Ours, 18 heures)

Une speakerine en tailleur bleu, des cheveux coupés aux épaules encadrant en ovale son visage soigneusement fardé. En mortaise, une photo de François Chevalier, prise à son insu alors qu'il sort des bureaux de maître Cevitjc.

Voix de la speakerine : Du nouveau dans l'affaire du Monstre. Viktor Rosh, accusé de crimes de guerre et dont le procès débutera dans dix jours, sera défendu par un représentant d'Avocats sans frontières, maître François Chevalier. L'organisme, connu pour ses prises de position radicales, a eu sa part de critiques au cours des dernières années. Du côté du bureau du procureur, on s'insurge de voir un organisme étranger s'immiscer dans les affaires intérieures d'un pays souverain. Le procureur en charge de l'affaire, maître Gorlund…

Maître Gorlund, en toge sur les marches du palais de justice : Et voilà que maintenant ils veulent défendre des terroristes ? Imaginez que nous allions chez eux pour tenter de faire remettre en liberté des tueurs en série, des psychopathes ! Comment réagiraient-ils, je vous le demande ? Avec indignation ! Et c'est avec indignation que nous dénonçons cette intrusion dans notre processus judiciaire parfaitement légal et démocratique.

Voix de la speakerine : Maître Chevalier n'était pas disponible pour commentaires. Économie. Le produit intérieur brut a augmenté ce trimestre de 0,3 pour cent, ce qui semble confirmer la…

Conversation téléphonique
(hôtel des Ours, 20 heures)

— …

— Allô ? Allô ?

— …

— ALLÔ ?
— C'est moi.
— Oh.
— Oh ?
— C'est que… Ça va ?
— Non.
— Qu'est-ce qu'il y a ?
— …
— Qu'est-ce qu'il y a ? (*Un temps.*) QU'EST-CE QU'IL Y A ? Un accident, quoi, QUOI ?
— Arthur.
— Quoi ? QUOI ?
— Il est…
— Flo, qu'est-ce qui se passe, qu'est-ce qui est arrivé à Arthur ?
— Rien.
— QUOI ?
— Il ne lui est rien arrivé. Il dort. Il renifle un peu. Je crois qu'il a attrapé un rhume, ça fait trois fois qu'il se réveille en pleurant. Je…
— Tu m'as fait peur. Pourquoi tu m'as fait peur comme ça ? Je pensais qu'il était arrivé un accident, qu'il était… qu'il était mort.
— Il aurait pu l'être.
— Pourquoi il aurait pu l'être ?
— Qu'est-ce que ça t'aurait fait s'il était mort ?
— Ne dis pas ça.
— Ç'aurait pu arriver, il aurait pu avoir un accident, et qu'est-ce que t'en aurais su ? Rien.
— Flo !

— Rien. Tu n'en aurais rien su. Tu sais quel jour on est ? On est deux jours plus tard. Tu devais nous appeler en arrivant, tu l'avais promis. Les enfants attendaient à côté du téléphone. Remarque, ils n'en avaient pas particulièrement envie. Mais je trouvais que c'était une bonne idée, attendre pour entendre la voix de leur papa qui est si loin. Mais pas de voix. Tu sais ce qu'Arthur a dit ?

— Qu'est-ce qu'il a dit ?

— Il a dit : Papa, on ne peut pas compter sur lui.

— Oh, Flo…

— Il a dit ça. Il a quatre ans, François. Et il a déjà tout compris.

— Écoute, je suis désolé de ne pas vous avoir appelés plus tôt, mais c'est la merde ici, j'en ai jusqu'au cou et…

— Je m'en fous que tu ne nous aies pas appelés. Je m'en fous, tu comprends. C'est fini.

— …

— …

— Qu'est-ce qui est fini ?

— Je n'en peux plus de t'attendre. Je t'ai tellement attendu. Mais maintenant je n'en peux plus. Il faut que je me sauve, moi. J'ai peur pour moi. Tu sais ce que j'ai pensé, tout à l'heure ? Lorsque Arthur s'est réveillé la troisième fois ? Je suis allée le voir, je l'ai pris dans mes bras, je l'ai consolé, je l'ai remis au lit et je l'ai bordé. Je n'en pouvais plus, j'étais fatiguée, tu sais ce que j'ai pensé ? J'ai regretté d'avoir eu des enfants. C'est de ta faute. C'est à cause de toi que j'ai pensé ça. Je te déteste. Je n'en peux plus. Tu n'es pas là, tu n'es jamais là. Et même quand tu es là, tu n'es pas là.

— Je t'aime.

— Je sais que tu le penses.

— Mais c'est vrai !

— Ça n'avance à rien, d'aimer comme ça. Tu as bu ?

— Euh…

— Tu as bu. À qui je parle ?

— C'est François.

— Non. C'est l'autre. Je ne veux pas parler à l'autre. Ce n'est pas de l'autre que je suis tombée en amour. Ce n'est pas avec l'autre que j'ai fait des enfants. Qu'as-tu fait de François ?

— Je vais rentrer, j'arrive, attends-moi, je laisse tout tomber ici et j'arrive.

— Non. Ça fait trop longtemps que je t'attends. Je ne peux plus t'attendre. Ne reviens pas.

— Je veux revenir.

— Et laisser tomber ton client ? Tu es un enfant, François, et j'en ai déjà deux.

— …

— Il faut que je pense à moi.

— Qu'est-ce que tu vas faire ? Te trouver un homme ?

— Tu ne comprends rien. Je n'en veux pas un autre. Surtout pas. Rien. Je ne vais rien faire. Je vais faire comme d'habitude. Seulement, j'officialise ton absence. J'arrête de t'attendre. Je ne t'attends plus.

— Je vais changer.
— Je ne te crois pas.
— …
— Je vais quand même finir par rentrer un jour.
— On verra.
— Tu verras.
— C'est ça.
— Je t'aime.
— …
— ...
— …
— Bonne nuit.
(Tonalité.)

Monologue intérieur
(hôtel des Ours, 3 heures 42)

Bien sûr que je bois. Qui ne boirait pas à ma place ? Bien sûr que je bois trop. Ils sont là, les cadavres de plastique, une fortune en mini-bar, pour gagner quoi ? Quelques heures d'oubli ? Mais au réveil on se souvient de tout, ou alors, si on a un trou, on imagine le pire. On pourrait tuer quelqu'un dans ces trous-là. Je ne dis pas que j'en suis capable. Mais c'est possible. Combien de fois je n'ai pas eu souvenir d'avoir conduit ma voiture ? J'ai bu pour me sentir vivant, pour surmonter ma timidité, pour devenir un autre que moi-même. Pour oublier que je bois.

Il me reste tout juste assez d'énergie pour le travail, et encore. Je passe mes week-ends sur le divan du salon à regarder des bêtises à la télévision, tandis que Florence amène les enfants au parc, au zoo, à une fête, au cinéma, chez ses parents. Aussitôt ont-ils franchi la porte que je pousse un soupir de soulagement. Enfin, je peux laisser toute la place à la souffrance de mes nerfs malades et sommeiller par à-coups en attendant que ça passe.

Ce n'est pas le pire. Le pire c'est les heures enfermé dans une bulle glauque d'alcool et de bruits de bar, le dernier endroit rassurant sur Terre, là où on contrôle soi-même sa descente aux enfers. Ce n'est pas une chute libre, c'est un piqué pleins gaz. Tout est sous contrôle, enfin.

Oh, Flo ! Je t'entraîne avec moi, passagère d'une liaison qui ne l'est pas, ou qui n'était pas destinée à l'être. Mais étions-nous destinés à cela ? Quand je t'ai connue, tu rayonnais, tu te gorgeais de la pluie comme du soleil et tu t'ouvrais comme une fleur au perpétuel printemps. Pas tout le temps heureuse, non, c'est impossible. Mais tu étais apte au bonheur. Tu le guettais comme un chat, prête à bondir quand il sort de son trou. Même l'attente était un plaisir. Nos deux enfants : deux bonheurs surgis du néant et venus s'installer chez nous pendant quelques années. Et moi, je ne savais que m'inquiéter. Je vis, depuis le début de notre union, du bonheur que je t'ai emprunté. Et maintenant, il faut payer, alors qu'il ne me reste rien.

Deux enfants et moi, c'est trop pour toi. Ton visage s'est fermé, un pli soucieux barre maintenant ton front. Je t'ai volé ta jeunesse comme un vampire prend le sang de ses victimes pour s'en nourrir. Tu l'as compris. Alors tu m'as tourné le dos. Tu as réservé tes forces, ton sang et ton rire à nos enfants, dont l'innocence devait à tout prix être préservée. On se parle à peine. Je sais, il m'arrivait de plus en plus souvent de rentrer tard et soûl. Je sens ta colère, Florence, jusqu'ici, jusque dans le lit de l'hôtel des Ours.

Je rentre soûl, je me précipite au lit pour éviter ton regard. Je vais au lit, je fais semblant de dormir. Je ne prends des nouvelles de rien. Mais j'écoute. Je reconnais à ton pas ta colère contre moi. Tu marches sur les talons, brusquement, et le plancher résonne comme une peau de tambour. Tu fais du bruit. Tu manifestes ton désaccord, ton humiliation, ta détresse, ton envie de me faire du mal pour te venger de celui que je te fais. Mais tu es trop bien éduquée. Tu ne crois pas aux bienfaits de la violence. Alors tu brasses les assiettes, les tasses, tu manies les objets avec brusquerie, comme s'ils étaient moi. Cette rage, il faut bien l'évacuer, la faire sortir; elle crispe tes muscles, elle contraint tes poumons, elle t'étouffe.

Moi je ne fais rien. J'attends que ça passe. J'en suis venu à préférer la fiction de l'indifférence, c'est tellement plus confortable. Mais j'écoute, j'encaisse. Les assiettes s'entrechoquent, les bibelots sont secoués. Chaque pas, chaque secousse m'est infligée. À quoi bon parler ? Entre toi est moi s'est développé un dialogue, non pas de sourds, mais d'aveugles. Nous ne nous voyons pas, mais nous entendons ces chocs, ces coups, ces craquements qui accompagnent les crevasses qui apparaissent aux fondations de nous.

Je ne fais rien. Je suis faible. Je suis fait d'une matière faible. Ça craque là où je suis. Alors je ne bouge pas. Je ne fais rien. L'inertie est la seule force qui me reste.

C'était toi ma force. C'était toi qui voulais les choses, qui désirais, qui rêvais, qui esquissais des plans, qui te projetais dans l'avenir – qui nous projetais dans l'avenir. Sans toi, je reste englué dans le présent, dans la boue du présent qui m'aspire.

Et quand enfin tu viens te coucher, ta colère un peu calmée, je fais toujours semblant de dormir. Il n'y aura pas de gestes tendres, nous ne savons plus. J'écoute ta respiration ralentir, ton souffle s'apaiser. Alors seulement je peux moi aussi espérer le sommeil. Côte à côte sans nous toucher, l'amour épuisé, et sachant tous deux que demain ne sera pas une autre journée, mais la même, jusqu'à ce que quelque chose cède au-delà de tout espoir.

Et c'est arrivé. Est-ce que c'est arrivé ? Est-ce que je ne le souhaitais pas, au fond, bien au fond ? Pourquoi je ne me sens pas soulagé ? J'ai tout fait pour que cela se produise, alors je suis content, non ? Je devrais sauter de joie, je devrais célébrer ça. Garçon, champagne ! Faire sauter les bouchons, et lever bien haut mon verre, et boire à la santé de qui ? Hein ? De qui ?

À la santé de qui ?

À la santé de qui je bois ?

Email
(de Fchevalier55@hotmail.com à floflocheval@youhou.com, 8 heures)

Florence,

J'ai un souvenir si vif du plaisir que j'avais, dans le jardin de mes parents, en hiver, quand je jouais à chasser le phoque, armé d'un manche à balai. Ce pourrait être moi maintenant. Ce pourrait être moi maintenant. C'est-à-dire que j'ai l'impression que c'est encore moi, maintenant. Mes âges s'accumulent sans s'additionner. Je me souviens d'avoir eu des étoiles plein les yeux et le corps plein de sève. Le ruban de l'avenir déroulé devant moi. Le film de ma vie sur une pellicule encore vierge, et moi, frémissant d'impatience juste avant de m'élancer. Mes âges s'accumulent sans s'additionner. Je ne suis pas un tout. Mais l'idée de vous perdre m'est insupportable. Je dois apprendre à compter. Je dois apprendre à compter sur moi.

Je suis encore, je serai toujours le petit garçon qui chasse le phoque entre les deux pommiers du jardin enneigé. Et je n'aurai jamais d'autre arme qu'un pauvre manche à balai.

Mais je t'aime. Mais je vous aime.

François

Message
(réception de l'hôtel des Ours, 9 heures)

On peut écrire au frère à l'adresse électronique suivante :

Mrosh99@hotmail.com

Ravi de vous rendre service,

Josef

Email
(de Fchevalier55@hotmail.com à Mrosh99@hotmail.com, 9 heures 15)

Cher monsieur Rosh,

Comme vous ne le savez peut-être pas, votre frère est actuellement en prison. Il est accusé de crimes de guerre dont il devra peut-être payer un prix élevé en l'absence de défense adéquate. Je suis l'un de ses avocats, et votre frère est bien seul devant l'adversité. J'ai besoin de votre aide. Il a besoin de votre aide. Je crains que le traumatisme de la guerre ne l'ait trop fortement secoué. Il refuse pour le moment de parler. De grands pans de sa vie et de sa personnalité nous sont inaccessibles. Or nous avons besoin d'y avoir accès pour préparer la stratégie de la défense. Pourriez-vous d'abord répondre à quelques questions qui m'apparaissent essentielles pour dresser le profil psychologique de votre frère ? Nous pourrons par la suite collaborer plus étroitement pour assurer à Viktor les meilleures chances d'un verdict clément.

1) Quel genre d'enfant était-il ?
2) Quel genre d'adulte est-il devenu ?
3) Vous rappelez-vous le moindre événement traumatisant qui pourrait être utile à la défense ? Vos parents m'ont parlé d'une chute avec blessures lors d'une sortie nocturne en votre compagnie ; pouvez-vous me donner des détails ?
4) Pouvez-vous vous libérer afin de venir témoigner en faveur de votre frère (j'ai appris que certaines restrictions légales pourraient vous en empêcher ; précisez s.v.p.).

Merci de votre diligence,

Maître François Chevalier

Conversation téléphonique
(hôtel des Ours, 10 heures 38)

— Qu'est-ce qui se passe ?
— De quoi voulez-vous parler ?
— De l'acte d'accusation.
— Et alors ?
— Rosalind n'y est plus.
— En effet.

— Vous trouvez ça normal ?
— Je vous avais dit que ça aurait pu être pire.
— Je ne comprends pas.
— Ce n'est pas à nous de comprendre.
— Voilà qu'on ne l'accuse plus du pire crime qu'il aurait commis ? Vous trouvez ça logique ? Ça cache quelque chose. Il faut savoir quoi.
— Sans doute les procureurs ont-ils pensé que Rosalind ne constituait pas le témoin idéal. Elle n'est pas exactement une blanche colombe, vous savez. Difficilement aimable.
— Le degré d'amabilité de la victime n'a rien à voir avec la gravité du crime.
— Holà ! N'oubliez pas qui vous êtes : avocat de la défense. Contentez-vous d'être heureux qu'on nous ait retiré cette épine du flanc. Sans Rosalind, nous avons une chance d'épargner à notre client quelques longues années de détention.
— Je sais, je sais. Seulement, je ne comprends pas. Je trouve ça louche. Ça ne me plaît pas. En quoi est-il un monstre sans Rosalind ?
— Il en a tué bien d'autres. Vous avez vu la photo de son arrestation. Il avait vraiment l'allure d'une bête féroce ! Suivez mon conseil : oubliez Rosalind.
— C'est ce que tout le monde me dit.
— Tout le monde ne peut pas avoir tort.
— Vraiment ?

Email
(de Mrosh99@hotmail.com à Fchevalier55@hotmail.com, 11 heures 50)

Maître Chevalier,

Je vous écris du Rwanda, mon pays d'adoption. Venant d'un pays en guerre, j'ai choisi de vivre dans un autre pays qui ne connaît pas la paix, du moins la paix telle que nous la définissons. J'ai troqué le fusil mitrailleur contre la machette. Mais au Rwanda, au moins, l'ignorance et l'acculturation peuvent être tenues responsables du génocide, tandis que là-bas...

Bien sûr que je suis au courant de la situation de mon frère. Je possède un ordinateur, et fonctionnel, comme vous pouvez le constater. L'Afrique n'est pas le trou noir de la planète, quoi que vous en pensiez. Quant à mon frère, si j'ai quitté mon pays, c'est précisément pour éviter de me retrouver dans sa position. Je hais mon pays avec passion. Je hais ses traditions. Je hais son avenir. Je hais ses habitants. Toute personne sensée devrait émigrer. Ceux qui restent sont responsables d'eux-mêmes, et cela vaut pour mon frère. Qu'il pourrisse en prison, là au moins il ne fera de mal qu'à lui-même.

Je travaille à deux cents kilomètres de Kigali, dans un camp de réfugiés qui ne désemplit pas depuis ce qu'on appelle péremptoirement la «fin de la guerre». Ici, la moitié des enfants se sont fait couper un bras à coups de machette par d'autres enfants de l'armée ennemie. Une armée de guenilles. La haine est tenace, elle se nourrit du ventre creux des hommes et s'engraisse de leur famine. On en vient à trouver normal de voir deux familles s'entretuer pour un sac de riz. Les seigneurs de la guerre contrôlent l'économie de la région et s'enrichissent au détriment de la population. Ceux qui exécutent les ordres ont pour seuls rêves les miettes qui tombent de la table des nantis.

Les gens de mon pays n'ont pas cette excuse. Ils ont le ventre plein, des frigos, des voitures. Alors pourquoi se sont-ils entretués ? Parce qu'ils le voulaient. Je ne les plains pas. Je les accuse.

Mais pour avoir, enfant, partagé avec mon frère une chambre à deux lits, et pour avoir aimé l'innocence que nous avions alors en commun, je veux bien répondre à vos questions.

1) Quel genre d'enfant était-il ?

C'était un enfant ordinaire, je ne vois pas quoi dire d'autre. Notre famille était ordinaire. Petit bout d'homme aux cheveux bouclés, il aimait les livres, les histoires d'enfants perdus dans la forêt, les sorcières et les hiboux. Notre père travaillait, notre mère restait à la maison. Nous avions des amis, des jeux d'enfants, des rêves d'enfants, des soucis d'enfants, c'est tout. Rien que du normal. Normal pour mon pays. À notre insu, on nous transmettait le virus de la haine. Notre monde était scindé en deux pour des raisons obscures de langue et de religion, et d'argent, n'oubliez jamais l'argent – car la langue et la religion sont avant tout des moyens de s'en procurer. Il y avait nous, et les autres. On a appris ça très vite. Nous, les nôtres. Eux, les autres. Nos parents n'avaient pas un discours belliqueux, mais quand un pays entier préfère le clivage à l'union, les enfants en font forcément les frais. La haine percolait en nous. Et s'il est vrai que les enfants sont naturellement cruels, quelle chance alors avons-nous eue d'être nés là plutôt qu'ailleurs !

2) Quel genre d'adulte est-il devenu ?

J'ai quitté le pays quand mon frère avait vingt ans à peine. Je ne l'avais pas vu depuis deux ans. C'est dire que je l'ai peu connu adulte. Je voyais d'un bon œil sa passion pour la cuisine, quoique j'y aie trouvé également un caractère désespéré qui me laissait perplexe. Je me méfie des monomaniaques. Les capitaines d'industrie travaillant vingt heures par jour à édifier leur empire, les inventeurs de génie qui en oublient de manger, les stars du cinéma prêtes à tout pour percer et soumettant leur corps au bistouri pour le rendre conforme à un idéal frelaté... Ceux-là perpétuent l'idée fausse, mais royale, que nous pourrions tous être riches et célèbres si seulement nous le voulions vraiment, de toutes nos forces, de toute notre foi. L'envers de ce discours, c'est que les pauvres et les miséreux sont responsables de leur pauvreté et de leur misère, car ils sont paresseux.

Il y avait de ça chez mon frère, un peu de cette passion exclusive qui lentement le coupait des autres. Je crois qu'il trouvait dans les cuisines de l'Institut un principe d'organisation qui le rassurait, un ordre strict du monde à opposer au chaos des humains. Dans une cuisine, on sait exactement quel est son rôle. Il n'y a pas de place pour le flou. Et chacun rêve de grimper les échelons plutôt que de remettre en question l'échelle au bas de laquelle il se trouve.

Cela dit, mon frère était également un être craintif, timoré, pas du tout fonceur. Plus du genre à recevoir des ordres qu'à en donner. Un bon soldat, en somme, mais avec des fantasmes de colonel. Pour ce que j'en sais.

L'adolescence nous avait éloignés. Je militais, je protestais, je marchais dans les rues en brandissant des pancartes. J'avais des convictions profondes. Mon frère, lui, potassait la cuisine méditerranéenne et l'almanach de la morue. Il vivait dans le déni. Mais au moins, il était bien nourri.

3) Vous rappelez-vous le moindre événement traumatisant qui pourrait être utile à la défense? Vos parents m'ont parlé d'une chute avec blessures lors d'une sortie nocturne en votre compagnie; pouvez-vous élaborer?

Si on exclut le fait de naître, je ne vois pas de quel traumatisme mon frère a bien pu souffrir, et cela n'a pas pu suffire à en faire un monstre. Ou alors nous sommes tous des monstres, et vous devriez peut-être fouiller cela un peu plus avant !

Quant à sa chute… C'est drôle, en vous lisant la première fois, je ne savais pas du tout de quoi vous parliez. Et puis, d'un seul coup, le souvenir m'est revenu, clair et précis, quoique embrumé de nostalgie. C'était l'été. Un été de balades à vélo, de boissons fraîches sous un soleil brûlant. Avec les amis, nous devisions gravement, nous avions des projets d'avenir, nous discutions de nos chances respectives de devenir astronautes ou pilotes de course, skippers ou chanteurs de rock. Les filles nous faisaient encore peur, mais nous étions à quelques mois de nous enhardir. C'était délicieux mais c'était un mensonge. Nous allions tout droit vers la déception de l'âge adulte, quand soudain les hommes et les femmes qui vous entourent cessent de vous parler en bébé et vous révèlent d'un seul coup tout ce dont ils vous avaient jusqu'alors protégés : la duplicité, les contorsions de la vie en société, l'épouvantable obligation de gagner sa vie, l'absence totale de pitié d'un monde qui vénère l'argent et sacrifie les hommes par cupidité. Cette horreur-là, j'allais bientôt l'apprendre. Mais pas encore. Pas cet été-là.

Viktor me suivait partout. Il était encore petit mais il adorait porter mes vêtements dans lesquels il flottait comme un drapeau sans vent. Je le traînais volontiers avec moi. Il n'était pas dérangeant. C'était un bon petit frère, qui me regardait avec adoration. Il levait sur moi ses grands yeux aux cils trop longs et je savais que d'un geste de la tête, je pouvais le faire fondre en larmes. Je n'aimais pas le faire pleurer, alors je l'invitais à me suivre, et il se précipitait comme un chien joyeux, tournant autour de moi, faisant cinq pas pour chacun des miens.

Nous avions pris l'habitude cet été-là de faire des excursions de nuit, à l'insu de nos parents. C'était notre façon de vivre dangereusement : rouler à vélo jusqu'à un immeuble abandonné, que nous explorions à la lueur d'une lampe de poche, et finir sur son toit pour fumer à cinq une scandaleuse cigarette volée à l'un de nos pères.

Deux de ces amis de l'époque sont morts depuis. L'un dans l'armée où il s'était enrôlé *pour l'adrénaline*, l'autre au cours d'un *interrogatoire* de police particulièrement musclé.

Nous avions projeté ce soir-là une sortie audacieuse, très loin de notre territoire habituel, en dehors des limites de la ville, presque à la campagne. Nous l'avions remarqué lors d'une excursion scolaire dans une ferme modèle, pas très loin de la route principale, sa coupole dépassant à peine la cime des arbres. C'était un vieil observatoire abandonné, à en juger par son état de délabrement et par le vieux portail rouillé qui fermait le chemin broussailleux y conduisant.

Nous en avions longuement débattu. À vélo, il fallait compter plus d'une heure de trajet. Nous allions y passer la nuit. Mais l'été achevait et l'école allait bientôt recommencer. Ce serait la fin des grasses matinées, des temps libres, des improvisations. L'attention des parents allait de nouveau se concentrer sur nous et nous réduire à l'impuissance. C'était maintenant ou jamais.

Viktor évidemment était au courant de nos plans. Mais il était trop petit encore pour nous suivre, ses jambes étaient trop courtes, et il ne pouvait pas passer la nuit dehors, à rester éveillé, lui qui s'endormait sur les cuisses de notre père pendant les émissions du soir !

Mais il insista, il geignit, il pleura, il tournoya sur lui-même en se tenant sur la pointe des pieds pour montrer comme il avait grandi. Bref, il vendit sa salade avec tous les moyens à sa disposition et je me laissai amadouer. J'apportai une couverture pour l'en envelopper quand, inévitablement, il s'endormirait près du feu.

Nous pédalâmes doucement pour qu'il puisse suivre la cadence. Nous avions mis sous nos draps des oreillers censés tromper la vigilance de nos parents. La ville était silencieuse, c'était magique. Il fallait traverser les faubourgs, toutes ces maisons endormies qui abritaient des familles comme la nôtre. Puis les maisons s'espacèrent, il y avait davantage d'arbres, de petits champs. On commençait à voir des bâtiments de fermes, et puis plus rien. La campagne. Pas d'éclairage non plus. Nous roulions sur un mauvais asphalte qui semblait absorber la faible lueur des étoiles. Je sentais bien que Viktor avait peur, et je le rassurais de mon mieux, mais j'avais peur moi aussi. Dans le noir grouillaient des formes inconnues, les herbes bruissaient sans raison, et parfois, en bordure des bois, des paires d'yeux luisaient puis s'éteignaient brusquement.

Nous arrivâmes enfin. Il nous fut facile même avec nos vélos de contourner le portail rouillé. Nous suivîmes le chemin envahi de broussailles qui montait doucement jusqu'au sommet de la colline, et nous arrivâmes au pied de l'observatoire.

C'était une construction ancienne et artisanale, l'œuvre d'un fou du ciel, sans doute, qui avait consacré toutes ses économies à ériger cette tour de trois étages avec des matériaux de fortune, du bois et de la tôle peinte. Nous avions laissé tomber nos vélos et nous nous dévissions le cou pour en contempler le sommet.

— Il n'y a pas de télescope, dis-je, pas après tout ce temps.

— Mais peut-être qu'il y en a un, souffla Viktor.

Je lui caressai les cheveux.

— Ouais, peut-être.

Mais il n'y en avait pas. Les deux premiers étages avaient sans doute servi de maison au fou du ciel, mais les pièces étaient sales et à peu près dénuées d'intérêt. Le troisième était tout à fait vide à l'exception d'une plate-forme à trois mètres de hauteur où était vissé ce qui avait dû être le socle du télescope aux beaux jours de l'observatoire. Il y avait finalement bien peu de choses à voir, et nous étions un peu déçus. La moindre usine abandonnée recelait des trésors de ferraille.

Nous sortîmes pour préparer un feu. Un copain avait piqué à son père quelques bouteilles de bière, il y avait plein de cigarettes, la nuit ne serait pas perdue puisque nous pouvions toujours parler de l'avenir.

Viktor me demanda la permission de rester à fouiller dans les pièces basses. Je ne voulais pas qu'il fume ni qu'il boive, alors je le laissai aller en lui recommandant d'être prudent.

Je suis sûr qu'il l'a été. C'était un bon petit gars, gentil, obéissant. C'était un accident, rien de plus. N'est-ce pas ?

Nous avions tout un tas de branches mortes que nous jetions dans le feu pour le seul plaisir de voir jaillir des gerbes d'étincelles. La bière nous montait gentiment à la tête et les cigarettes engourdissaient nos corps. La conversation avait atteint ce stade où chacun, plongé dans ses pensées, émergeait parfois pour émettre une grande vérité à laquelle tous se ralliaient avant de retomber dans le silence. Le silence… Je méditais sur le silence. Tout ce silence. Puis je bondis en criant : Viktor ! Depuis combien de temps était-il parti ? Depuis combien de temps ne l'avais-je pas entendu ? Je criai à nouveau.

Je m'engouffrai dans l'observatoire en criant son nom. Il n'était pas au premier ni au second. Je le trouvai au troisième. Il était au pied de la plate-forme, couché sur le dos dans une mare de sang. Je m'approchai. Il avait les yeux ouverts. Je l'ai cru mort. J'ai encore crié son nom. Il a cligné des yeux et tourné la tête vers moi.

— Ne bouge pas ! lui dis-je. Je vais chercher de l'aide.

Chercher de l'aide ! À trois heures du matin, en pleine cambrousse. À vélo. À quinze ans.

J'enfourchai ma bécane et pédalai en pleurant. Je disais : Attends-moi, Viktor, attends-moi, j'arrive.

Je trouvai une ferme, je sonnai à la porte jusqu'à ce qu'on vienne m'ouvrir. J'expliquai l'accident en braillant. On appela une ambulance, puis un homme me tendit le téléphone pour que j'appelle mes parents. Je leur racontai tout, en m'excusant, en pleurant, en criant que je voulais y retourner, tout de suite, puis je leur indiquai le chemin et raccrochai. Le fermier me fit monter dans son camion et nous reprîmes la route de l'observatoire. Mes amis étaient restés au chevet de Viktor, terrifiés, à éponger le sang avec la couverture.

Les ambulanciers arrivèrent peu après et nous demandèrent de reculer. Je levai les yeux et, sur la plate-forme, je vis le télescope. Sans doute était-il caché en bas quelque part. Viktor l'avait trouvé, l'avait monté jusque-là et installé dans son socle. Puis il était tombé.

Mon père arriva alors que l'ambulance s'apprêtait à partir pour l'hôpital. Il ne me dit pas un mot. Il me prit par le bras et m'assit sur la banquette à côté de lui. Je voulus lui dire pour mon vélo mais je devinais à son regard et à la crispation de sa mâchoire qu'il valait mieux que je me taise. Je n'ai plus jamais eu de vélo depuis. Ma vieille bécane rouille-t-elle encore devant la ferme près de l'observatoire ?

Nous passâmes la nuit à l'hôpital. Viktor avait eu de la chance. Des fractures, une commotion cérébrale, mais rien de très sérieux. Plâtre et repos. Il n'y aurait pas de séquelles, disait le médecin.

Mais il y a toujours des séquelles. Nous reprîmes le chemin de l'école, mes amis et moi, mais consacrâmes désormais nos temps libres à des activités plus conventionnelles. Nous étions devenus sérieux, déjà de petits hommes, avec des préoccupations d'hommes, et des divergences d'hommes. Cet automne-là, je commençai à m'intéresser à la politique.

À la maison, sous les attentions démesurées de notre mère, Viktor prolongeait inutilement une convalescence qui l'avait renfrogné. Pensait-il que je l'avais laissé tomber ? Ma propre culpabilité m'empêchait de le lui demander. Peut-être aussi croyait-il m'avoir déçu. Le résultat, c'est que nous ne nous parlions plus. À la longue, tout l'amour qui nous liait finit par être balayé sous ce tapis de silence. Quant à mes parents… Puisque vous les avez rencontrés, vous savez ce que j'en pense.

Voilà. Dorénavant nous suivîmes des chemins séparés, et le temps aidant, nous devînmes à peine plus que des étrangers, et c'est assez pour cette histoire.

4) Pouvez-vous vous libérer afin de venir témoigner en faveur de votre frère (j'ai appris que certaines restrictions légales pourraient vous en empêcher ; précisez s.v.p.).

Les restrictions légales, comme vous les appelez, sont tout à fait réelles et m'empêcheraient absolument de revenir au pays s'il me venait l'idée d'en caresser le projet, ce qui ne risque pas d'arriver.

Je suis pacifiste. Or, dans mon pays, on pourchasse les pacifistes. Et les pacifistes, malgré eux, en viennent à recourir à la force pour se faire entendre. Ce fut mon cas, et je le regrette. J'ai tué un homme. Voilà l'absurdité à laquelle m'a poussé mon pays. Au nom de la paix, j'ai tué un homme. Je n'entrerai pas dans les détails. Il suffit de dire que la violence est à ce point contagieuse qu'elle peut contaminer jusqu'à l'idée de paix. C'est cette contagion que j'ai fuie, pas la justice. J'ai fui pour ne pas devenir violent. Mon frère aurait dû faire la même chose.

Je renie mon pays et je renie ceux qui l'habitent. J'ai ici des milliers d'enfants qui dépendent de moi pour se nourrir. Leur existence est un enfer. Mon frère, lui, sera nourri et logé pour le reste de ses jours, c'est là un privilège que beaucoup lui envient.

Et puis, maître Chevalier, si j'ai répondu à vos questions, je ne vous en tiens pas moins responsable d'une partie des maux qui affligent notre planète. Ici, là-bas, vous et vos semblables vous gargarisez de vos efforts humanitaires et de vos casques bleus, mais vos remèdes sont souvent pires que le mal.

Avant, dans mon pays, nous faisions nos petites affaires entre nous. C'était en somme une affaire privée : nos meurtres, nos injustices, nos inconséquences, nos passions dévorantes et nos haines ancestrales. Nos remords aussi. Et nos deuils véritables.

Notre peine nous appartenait. Tout cela a changé. La mondialisation, les reportages télé, les casques bleus, les ceci sans frontières, les cela sans frontières, le tribunal pénal international… Le regard du monde, en se posant sur nous, en nous jugeant, nous a dépossédés de tout. Il n'y en a plus maintenant que pour vous. Votre compassion. Votre pitié.

Certes, nous étions, nous sommes belliqueux, sanguinaires et dangereux pour nous-mêmes, mais que nous reste-t-il maintenant ? La sensation d'être sans cesse observés ? Constamment pris en faute, la main dans la jarre à biscuits ? Infantilisés.

Quand nous nous jugions nous-mêmes, nous savions de quoi il était question, mais vous ! Vous pensiez bien faire mais, c'est vrai de mon pays comme du Rwanda, vous nous avez retiré la responsabilité de nos actes. En nous jugeant, plutôt qu'en nous laissant nous juger nous-mêmes, vous nous retirez ce que nous avons de plus précieux, fût-elle abominable à bien des égards : notre identité.

Qu'est-ce qu'une haine entre deux peuples frères sinon un trait de famille cimentant son histoire ? Vous nous retirez le ciment en nous objectivant. Vous avez transformé en spectacle planétaire ce qui était une tragédie privée ; à nos débordements, vous avez appliqué votre propre théorie de la mise en scène. Nous sommes devenus les acteurs de votre théâtre, les marionnettes de votre arrogante compassion.

Peut-être étions-nous mieux pendant la guerre, avant que vous n'interveniez. Au moins, c'était notre guerre, notre haine, notre problème à résoudre. Vous nous avez volé notre guerre. Avant, chez moi, il y avait toujours un camp gagnant et un camp perdant. C'est fini depuis que vous êtes là. Sans même l'avoir faite, vous avez gagné notre guerre. Et pour la première fois dans l'histoire de mon pays, nous sommes tous perdants.

Vous voulez nous sauver ? Allez-vous-en. Laissez-nous nous détruire. Laissez-nous souffrir. Quand nous aurons eu assez mal, quand nous aurons tué assez de femmes et d'enfants, peut-être alors nous résoudrons-nous à apprendre à vivre.

Mais d'ici là, je ne serai pas un clown dans votre cirque.

Milos Rosh

7. L'ÉVEIL DU DORMEUR

Bon, on ne va pas s'attarder trop longtemps là-dessus. Les amputés se plaignent souvent d'une douleur à leur membre fantôme que rien ne peut soulager. Maria partie, j'avais mal et je n'y pouvais rien. Je sais que je passai quelques jours à m'abrutir de frizz, mais l'alcool n'engourdissait rien, il me poussait au contraire à pleurer de plus grosses larmes, à sangloter plus violemment, à hurler sans retenue.

L'amour est le plus fort, l'amour peut déplacer des montagnes, l'amour, la force de l'amour… Je m'en voulais d'y avoir cru, mais d'un même mouvement, j'en voulais à Maria de ne pas y avoir cru. J'oscillais entre le dégoût de l'amour et le dégoût de moi-même qui n'avais pas su aimer assez pour deux. En fait, mon esprit affolé cherchait une issue, un bouton sur lequel appuyer pour que cesse la douleur d'aimer sans être aimé en retour. Mais il n'existe pas un tel bouton, ou alors oui, et c'était le bouton de la sonnette d'entrée, où aurait appuyé le doigt de Maria pour m'annoncer son retour. Et c'est cela, au fond, que je guettais en tournant en rond dans ma petite maison. Je maudissais Maria et je souhaitais son retour. Je conspuais l'amour et je rêvais qu'il fleurisse à nouveau.

Il n'y a que la fatigue, je crois, pour arriver au bout de ces contradictions. On cesse de pleurer parce qu'on n'a plus de larmes. On cesse de hurler parce qu'on n'a plus de voix. On cesse de chercher parce qu'on est complètement perdu. La crispation du corps se noie dans l'acide lactique, et quand bien même on voudrait continuer à hurler dans la nuit, il vient un moment où il faut dormir. Et c'est en s'éveillant, des heures plus tard, qu'on comprend qu'on n'en mourra pas. Et même cela semble alors injuste.

Je n'étais pas beau à voir. J'errais dans ma maison comme un clochard. Je dormais partout sauf dans mon lit. Je mangeais des conserves à même la boîte. Ces journées. Elles sont passées sans laisser d'autres traces que la barbe sur mes joues et les poches sous mes yeux. Quand, au bout d'un certain temps, la raison commença à percer sous la douleur comme des crocus sous la neige, quand un peu de vie reflua dans mes veines, quand la solitude devint trop lourde à porter – quand l'image de Maria commença à se brouiller aux contours (comme si je n'avais eu de l'amour qu'une vision de myope) –, je me rendis compte que je n'osais pas sortir de chez moi.

J'avais trahi, après tout. Par amour, j'avais trahi la confiance de Manu, et celle de ma communauté. Je ne me faisais aucune illusion : j'étais responsable de la présence militaire et de l'occupation de la scierie. Par amour, j'avais vendu l'amitié. Par amour ?

Il ne me semblait pas y avoir d'autre choix que de quitter la région, mais pour aller où ? Ce pays était stupide, et nous traînions son histoire comme un boulet au pied. Émigrer ? J'avais un métier, et partout il fallait manger. Mais j'étais lâche. J'évitais les fenêtres de peur que l'on me vît et quand, un matin, j'entendis cogner à ma porte, je retins mon souffle et ne répondis pas. On cogna longtemps, puis on cessa de cogner. Je m'aperçus que j'étais couvert de sueur, terrifié, haletant. J'allai dans ma chambre et me jetai sur mon lit en enfouissant ma tête dans l'oreiller. Si la maison avait eu un sous-sol, je m'y serais terré en me laissant mourir de faim. Puis j'entendis quelqu'un se racler la gorge.

C'était Manu. Il était appuyé au chambranle de la porte. Il souriait. Des larmes se formèrent au coin de mes yeux et roulèrent sur mes joues, mais ce n'étaient pas de mauvaises larmes, pas des larmes de douleur ou de tristesse. Je pleurais devant son sourire, le sourire d'un visage ami.

— Quoi de neuf ? demanda-t-il en venant s'asseoir sur le lit.

— Tu le sais, répondis-je en m'essuyant le visage d'un coin de drap.

— Ouais.

Il me toucha l'épaule.

— Ça n'aurait pas marché de toute façon.

— Pourquoi tu dis ça ?

Manu me regarda, interloqué, puis éclata de rire.

— Je parlais de la scierie ! Tu n'es pas au courant ? Tout le pays est paralysé. On n'aurait jamais pu faire sortir le bois de la région. En un sens, elle nous a épargné quelques jours de travail inutile, ta Maria.

Était-il sincère ? Peu importe, je le remerciai d'une esquisse de sourire, mais je n'avais pas le courage d'aller plus loin.

— Écoute, dit-il encore, personne ne t'en veut. C'est à moi qu'ils s'en prennent ! C'est moi qui t'ai tout raconté. Les autres, ils comprennent. Elle t'a pris la tête, cette fille-là, elle sait y faire. J'aurais dû savoir. J'ai essuyé quelques coups de gueule, rien de bien grave. Et puis Mistral ne permet pas qu'on dise du mal de toi.

— C'est vrai ?

— Il n'est pas le seul. Et puis tu n'y es pour rien si on est dans la merde. C'est la faute à ces cochons-là, dit-il en désignant du pouce le monde extérieur. Allez, viens, on va se promener.

— On peut ?

— On n'a rien fait de mal ! On n'en a pas eu le temps ! dit Manu en riant. Légalement, ils ne peuvent rien faire. Ils se contentent de nous surveiller du coin de l'œil. Ils ont l'air de bien s'emmerder.

— Fais du café, j'arrive.

Je me douchai, me rasai. Je mis au panier les taies et les draps de mon lit, puis j'enfilai des vêtements propres et descendis à la cuisine.

— Manu… commençai-je

— Ben, dis donc, me coupa-t-il, tu bois du Nescafé maintenant ? Où va le monde ! Allez, assis-toi et avale cette chiasse.

Nous bûmes le café en silence. Je me sentais mieux sous le regard à la fois amusé et protecteur de Manu. Soudain mon estomac émit une longue série de borborygmes en guise de protestation contre les sévices en conserve que je lui avais infligés.

— J'ai faim, dis-je.

— Allez, viens, répondit Manu.

Il m'entraîna dehors et je le suivis avec un peu de réticence. La forte présence militaire ne semblait pas le déranger. Il s'y était fait, j'imagine, comme on se fait à tout. Mais pour moi, c'était nouveau. Ils patrouillaient deux par deux, et je ne pouvais m'empêcher devant eux de me sentir coupable, mais coupable de quoi ? Ils me donnaient envie de raser les murs, de sauter la clôture et d'aller me cacher dans les bois. Je ressentais leur potentiel de danger. Leur simple existence était une invitation à la catastrophe. Voilà en quoi se distingue une armée : elle met des armes automatiques entre les mains de gamins dont l'entraînement consiste essentiellement à ne surtout pas réfléchir.

Mais Manu rigolait. Il avait raison sur un point : au moins, les choses étaient claires. Finie la scierie, finis les élevages, les cultures, le bon fromage. Finie la paix. Finis la complexité de la paix, les impôts, les lois et les règlements. Après des mois d'attente oppressante, c'était un soulagement. On sentait dans l'air une certaine fébrilité, une ivresse révolutionnaire. Quand on n'a plus rien à perdre, on est libre. Et tandis que Manu babillait comme un enfant surexcité, je commençais à ressentir les premiers effets de cette ivresse.

Même les femmes sur les balcons balayaient les planchers avec une arrogance ostentatoire, comme si la poursuite des activités quotidiennes acquérait une sorte de qualité d'héroïsme. Rien de tel qu'un ennemi en face pour aviver les couleurs et redonner aux choses le goût des premières fois. Les poings dans les poches, je traversais un village en état de siège qui semblait ne s'être jamais mieux porté depuis les beaux jours de la scierie. Partout les gens se saluaient d'une voix forte et s'envoyaient de la main des signes exagérés. C'était contagieux, comme si nos sourires étaient des armes et notre insouciance, des bombes à retardement.

Les militaires ne s'y trompaient pas. Ils grimaçaient, le poing crispé sur la crosse de leur arme, ce qui nous encourageait à les provoquer un peu plus. Plutôt que de se tenir au large, les passants fonçaient droit sur les patrouilles comme si elles n'existaient pas, forçant les soldats à leur céder le passage – ou à tirer. Mais pourquoi tirer sur un passant désarmé qui, le nez en l'air, fait mine de contempler le ciel ? Sans doute avaient-ils reçu des ordres stricts, ce qui ne les empêchait pas de devenir de plus en plus nerveux. Alors, à leur tour, ils bombaient le torse et marchaient les jambes écartées comme des parodies de John Wayne dans ses films de cow-boys. C'était la bataille des apparences ; il n'y avait pas encore de vies en jeu, seulement des ego qui se mesuraient, comme un concours de bites dans les douches d'un collège de garçons.

Manu m'amena manger un sandwich à l'hôtel, qui était bondé, mais les gens buvaient du thé ou de l'eau parce qu'il n'y avait plus d'argent. Ils semblaient contents de me voir, me saluaient avec de si larges sourires que je finis par les croire. J'en oubliai un moment que j'étais dévasté. Je souriais en retour. Je mangeais de bon appétit et la patronne m'offrit une bière que je refusai avec joie. Je me sentais mieux. Je passai mon bras autour des épaules de Manu, il eut la délicatesse de faire comme s'il ne s'en était pas aperçu.

* * *

C'était une espèce de convalescence. Pendant trois jours consécutifs, Manu vint me chercher à l'heure du thé pour une promenade sans but avoué. Il me racontait les potins du village et commentait avec une hargne qui me surprenait les derniers développements politiques. Il crachait sur la Capitale et ceux qui dirigeaient le pays. J'en étais atterré : cet enfant des champs et des bois n'avait intégré la civilisation que pour la décrier ? Mais il était difficile de défendre les décisions de l'État et la situation du pays se dégradait à un point tel que l'issue en devenait trop prévisible. Manu rêvait d'en découdre. Je comprenais pourquoi. Quand je l'avais connu, il n'avait rien, et donc rien à perdre. Mais depuis… C'était un peu de ma faute. Je l'avais élevé, en quelque sorte, avec pour seul résultat de le faire tomber de plus haut. Peut-être avait-il la nostalgie de sa vie d'antan, mais revenir en arrière était impossible comme il est impossible d'oublier le goût du chocolat.

Je tentais de mettre les choses en perspective, mais c'est lui qui m'éperonnait. Il avait à portée de bouche tout un tas d'arguments qui me laissaient songeur. Sans doute le terrain était-il propice ; j'avais désespérément besoin de transformer ma peine en colère, mon impuissance en frustration. C'est ainsi que, lentement, j'acceptai de devenir une victime.

Maria n'était pas partie parce qu'elle ne m'aimait pas, mais parce que ceux qui avaient abusé d'elle l'avaient mise dans l'incapacité d'éprouver de vrais sentiments. Le patron de la scierie en avait fait sa chose, et une chose est incapable d'amour. Chacun des soldats en patrouille était une excroissance de ce patron et de tous ceux qui tentaient de nous *chosifier*.

Dans le chaos de mes pensées, dans les marécages de l'impuissance où je pataugeais depuis le départ de Maria, ces considérations avaient quelque chose de profondément rassurant : ma faiblesse n'existait pas, c'était une illusion entretenue d'en haut pour m'empêcher d'agir. Au fil de mes promenades avec Manu, j'en vins presque à croire que je n'avais jamais vécu ma propre vie, mais que je jouais en fait le rôle qui m'avait été assigné dans un scénario écrit par d'autres. Tout ce que je n'avais pas, tout ce que je n'avais pas vécu, toutes mes idées, chacun de mes désirs et la matière même de mes rêves étaient conditionnés par ceux qui voulaient garder le pouvoir plutôt que de le partager. Ce qu'ils ne voulaient pas donner, il fallait le prendre, disait Manu. Mais je n'étais pas d'accord. Le recours à la violence n'était pas une solution. Mon frère m'en avait assez rebattu les oreilles.

— Mais alors quoi ? demandait Manu. Crever de faim ? Laisser mourir mon peuple ? Courber l'échine et vivre de miettes ?

Ce gamin, encore à peine un homme, m'expliquait tout cela avec un grand sérieux, et si j'écoutais avec attention, il m'arrivait parfois de pouffer intérieurement en songeant qu'il employait aujourd'hui des mots dont le sens, voilà dix ans, appartenait à un univers dont il ne soupçonnait même pas l'existence. Je lui passai une paternelle main dans les cheveux.

— D'où sors-tu tout ça ?

— Tu comprendras maintenant qu'il me faut garder des secrets, dit-il en se recoiffant avec tout le sérieux d'un jeune révolutionnaire.

Je fis semblant d'en rire, vexé au fond, mais qu'y pouvais-je ?

La vie semblait se poursuivre comme avant, quoique dans l'austérité. Un soir, Manu m'invita à manger chez lui, avec Jana et les enfants. La soupe était trop claire et le pain rassis, mais il était bon de ne plus parler politique pendant quelques heures. Malgré les vêtements effilochés aux manches et les semelles usées des chaussures, j'avais l'impression de réintégrer le bercail. Les enfants étaient si heureux de me voir qu'ils en étaient surexcités. Ils sautaient sur place en criant et tourbillonnaient sur eux-mêmes pour s'étourdir. L'un après l'autre, puis les trois à la fois, ils grimpèrent sur mes genoux et jouèrent un moment à mettre leur index dans mes oreilles, puis mes narines. Au dessert (une demi-pomme ridée par enfant), l'aîné, Andreï, me regarda en silence, son petit front plissé par un effort de réflexion.

— Qu'est-ce qu'il y a, mon bonhomme ?

— Pourquoi tu as fait une bêtise ?

— Qui t'a dit que j'avais fait une bêtise ?

Andreï haussa les épaules et garda le silence.

— Tout le monde fait des bêtises, expliqua Manu à son fils.

— S'il n'y avait jamais de bêtises, le monde serait ennuyeux, ajouta Jana.

— L'essentiel, quand on fait une bêtise, c'est de ne pas recommencer, dis-je en regardant Manu droit dans les yeux.

— D'accord, dit-il.

— Et quand on pardonne, on pardonne, continuai-je.
— D'accord.
— On passe l'éponge, on recommence à zéro. On fait confiance.
— Oui, dit Manu.
— Sinon ça ne vaut pas la peine.
— La peine de quoi ? demanda Andreï.
— La peine d'aimer, répondit Jana en se penchant pour l'embrasser.
— Je peux encore avoir une pomme ? demanda Andreï.
— Il n'y en a plus, mon chéri.
— J'ai encore faim !
— Mais il y a des choses qu'on ne peut pas pardonner, dit Manu.
— C'est vrai, répondis-je.
— La faim des enfants, par exemple.
— Oui.
— On ne peut pas pardonner la faim des enfants.
— Oui.
— Il faut la combattre.
— Je comprends.
— Par tous les moyens !
— …
— Par tous les moyens.
— Oui, dis-je enfin. Oui, je comprends.
— La compréhension ne remplace pas un repas. La compréhension ne tient pas aux côtes. Il n'y a pas de protéines dans la compréhension.

— Ça va, Manu.

— Ce n'est pas assez de comprendre, dit-il encore.

Je m'appuyai au dossier de ma chaise et je fermai les yeux. Vient un moment où il faut choisir son camp. Je rouvris les yeux.

— Qu'est-ce que je peux faire ? demandai-je.

* * *

Manu vint me chercher à l'heure habituelle mais m'entraîna très vite hors du village. Nous empruntâmes un moment la route goudronnée, puis il obliqua et disparut dans la forêt. Par un inextricable réseau de petits sentiers connus des seuls chasseurs, nous nous enfonçâmes dans les bois. Comme tous les braconniers, je connaissais bien cette région et je savais qu'on allait sous peu aboutir à une assez grande clairière où j'avais l'habitude de tendre des collets. L'idée d'un civet ne me déplaisait pas.

Nous avancions d'un bon pas, en hommes habitués à la vie en plein air, familiers de la forêt et des montagnes qui la bordaient. Je marchais en silence. C'était apaisant. Quand nous débouchâmes dans la clairière, à la place de quelques lièvres cravatés de fer, je vis une dizaine d'hommes de la région, le fusil en bandoulière, assis sur des souches, qui fumaient en silence et me saluèrent en hochant la tête.

Je les connaissais tous, j'avais nourri la plupart d'entre eux, bu un coup avec certains, chassé avec d'autres. C'étaient des travailleurs de force, des hommes secs, noueux, mal rasés, dont le passé n'était pas clair. Des hommes ordinaires pourtant. Je savais qui avait des enfants, qui un problème d'alcool, qui une faiblesse aux reins. Des hommes ordinaires, mais qui se tenaient là, armés, cachés dans la forêt et silencieux.

Je m'assis sur une branche pourrie pour attendre avec eux. Attendre quoi ? Attendre mon destin, j'imagine. Il n'y avait rien d'autre à faire : être avec eux, partager leur vie, leur combat. Nous étions déjà en pleine bataille ; il était impossible de rester neutre. Mon sort était lié au leur depuis trop longtemps maintenant, depuis ma première commande de lait, depuis la première récolte de pommes de terre. Depuis ma première soupe servie à la cantine.

Soudain, dans un bruissement de feuilles, la clairière se remplit d'hommes aux visages peinturlurés qui pointaient sur nous la gueule noire de leurs armes automatiques.

— Pas un geste, ordonna une voix qu'il me sembla reconnaître.

Et puis, tout le monde se mit à rire et j'identifiai enfin la voix. C'était celle de Mistral.

Habillé de pied en cap en treillis militaire, il portait des grenades en bandoulière et plusieurs chargeurs à la ceinture. Il était magnifique, un seigneur de la guerre. Il riait lui aussi en passant parmi les hommes et en distribuant des accolades. Enfin, il arriva devant moi.

— Bonjour, Chef, dit-il sans m'embrasser.
— Salut.
— Ils sont venus la chercher en pleine nuit, tu sais.
— Je m'en doute.
— Une voiture, deux hommes. Elle avait préparé ses valises.
— Je sais.
— Tu lui avais dit, pour nous.
Ce n'était pas une accusation, une simple constatation. Mais j'aurais préféré qu'il sourît.
— Oui.
— Tu n'aurais pas dû, Chef. C'est une pute.
— Oui.
— Pas une pute pour toi. Tu ne te rends pas compte.
— Non.
— Tu n'aurais pas dû lui raconter nos affaires.
— Je sais, je suis désolé.
Je l'étais. Le regard de Mistral s'éclaircit.
— Au fond, ça nous a évité bien des efforts. On n'aurait pas tenu deux jours qu'ils seraient quand même venus nous déloger. Il y aurait eu des morts, ça n'aurait pas été joli.
— Peut-être.
— Mais attention ! Je ne dis pas que tu as eu raison, Chef.
Il me fixa un instant en serrant les mâchoires.
— Ne recommence plus, Chef.
— D'accord.

Il prit encore une pause, se tourna à moitié vers les autres, qui nous écoutaient avidement.

— Les hommes travaillent mieux quand ils sont bien nourris, n'est-ce pas, Chef ?

J'attendais.

— Et ils se battent mieux quand ils sont bien nourris, oui ?

— Oui.

— Oui ?

C'était à mon tour de le regarder droit dans les yeux. Mistral souriait.

— Oui, dis-je. Oui.

Et c'était fait. Comme ça. Une simple syllabe bégayée : oui oui, et j'appartenais maintenant à la Milice. Sans plus de réflexion, sans contrat ni préavis, j'étais devenu un cuisinier-combattant. J'allais combattre pour une cause – et toute trahison serait punie de mort.

* * *

C'était comme un rêve en fin de nuit, Vous savez ? Juste au moment où on s'apprête à s'éveiller ? On dort encore, mais on sait qu'on dort. On rêve, mais on sait que ce n'est qu'un rêve.

Pendant toutes les semaines qui ont précédé le début de notre action, j'ai eu plusieurs fois l'impression diffuse d'être un personnage dans le rêve d'un autre. Je voyais le rêve à travers la réalité et la réalité à travers le rêve. J'assistais à des réunions clandestines, à des séances d'entraînement, je manipulais des explosifs avec l'insouciance du rêve, en attendant que quelqu'un quelque part se réveille. Mais qui était le Dormeur ?

Je sais que j'étais dans le rêve de Mistral et que Mistral était le personnage rêvé d'un autre. Mais cet autre, de qui était-il le personnage ? Et jusqu'où remontait cette chaîne du rêve ? Était-elle sans fin ? Existait-il autre chose que ces projections fantasmatiques ? Quelqu'un allait-il ouvrir les yeux et mettre fin à tout cela ?

Mais personne ne se réveillait. Par je ne sais quels canaux tenus secrets nous arrivaient sur une base hebdomadaire des armes et du matériel de communication, et jusqu'à des tenues militaires à peine défraîchies quoique dépareillées, des brodequins cloutés et même des chaussettes. L'armée gouvernementale commençait à devenir nerveuse. Elle ne pouvait mettre le doigt dessus, mais elle sentait bien que quelque chose clochait.

Ce qui se passait chez nous se passait partout, disait Mistral. L'opposition, que le pouvoir avait tenté de museler, était entrée dans la clandestinité. Patience, disait-il. Quand nous serons assez forts…

Mistral était comme un poisson qui découvre l'eau à l'âge adulte et n'en revient pas de comprendre enfin l'utilité de ses branchies. Il était fait pour ça. Il lançait des grenades comme s'il avait toujours lancé des grenades, d'un grand geste ample du bras et du corps. Le projectile parcourait vingt mètres dans les airs avant d'atterrir exactement au centre de la cible (un vieux pneu de camion) moins d'une seconde avant d'exploser.

Son charisme naturel faisait de Mistral un parfait meneur d'hommes, et la violence qui l'avait toujours habité trouvait dans l'entraînement militaire un exutoire idéal, contrôlé, productif. Depuis des années, son livre de chevet (le seul livre qu'il ait jamais eu en sa possession) était un vieil exemplaire écorné de *L'art de la guerre*, de Sen-tsu, dont il aimait nous lire des passages après nous avoir fait ramper dans la boue :

L'acte guerrier est basé sur le mensonge et la duplicité. Tromper l'ennemi est la seule vérité.

Celui qui est fort doit paraître faible. Celui qui est faible fera croire à sa force.

Celui qui est loin fera croire qu'il est près. Celui qui est près fera croire qu'il est loin.

Etc.

Il exultait, à sa manière. C'est-à-dire qu'on le surprenait parfois à sourire ou à nous féliciter après un exercice particulièrement réussi. Son plaisir était communicatif. Nous nous préparions à la guerre comme des boy-scouts en colonie de vacances, farceurs et virils.

Manu était aux anges. Dans un petit camp d'entraînement que nous avions monté en pleine forêt, il s'initiait au maniement de la radio et riait comme un enfant des phrases codées qu'il prononçait d'une voix grave pour faire plus *espion*. Son jeune corps plein de sève trouvait à se dépenser dans les épreuves maniaques auxquelles Mistral nous soumettait pour nous préparer à la suite des choses.

Entre Mistral et Manu, je me laissais porter. Il est vrai qu'un pistolet mitrailleur déchargé sur une cible en carton vous procure un certain sentiment de puissance, mais il est vrai aussi qu'on peut facilement éprouver de l'empathie pour le carton si tant est qu'on se mette à sa place. Mais mieux valait ne pas parler de ça.

Au milieu de l'automne, l'occupation militaire se fit plus agressive. Après les avoir pillées pour distraire la troupe, ils avaient incendié quelques fermes misérables. De simples soldats, imberbes et hilares, avaient pratiqué le tir sur les dernières poules en panique de la vieille Elena, qui malgré son vieil âge avait couru, en larmes, d'une explosion de plumes à l'autre pour racler la chair du sol et sauver de la catastrophe de quoi faire une dernière soupe. Puis elle s'était résignée à venir chercher refuge au village, après s'être fait une fierté toute sa vie de ne jamais rien demander à personne. Quelques semaines plus tard, une embolie l'emportait.

Nos hommes, devant de tels gestes, trépignaient d'impatience et criaient vengeance. Ils n'étaient, après tout, qu'une petite centaine de soldats pour couvrir un immense territoire que nous avions l'avantage de connaître en détail. Mais Mistral tempérait les esprits :

— Patience. Ils nous provoquent. Ils veulent nous faire sortir du bois. Ils ont pris l'initiative. Y répondre, c'est jouer leur jeu.

Mistral n'était pas le seul à prêcher la patience. Le commandant Cousteau s'y employait aussi, chaque fois qu'il venait en inspection. Nous l'appelions ainsi par jeu, parce que nous étions des civils déguisés en soldats et aussi en mémoire des soirées de télé de notre jeunesse. Nous ignorions évidemment son vrai nom. Il était le supérieur immédiat de Mistral et, à ce titre, coordonnait toutes les unités de guérilla de la région. Il débarquait toujours à l'improviste. C'était un homme calme, grand et large, qui aurait été doux s'il n'avait été implacable. Il tenait mordicus à faire de notre bande de bûcherons mal dégrossis une unité d'élite respectueuse de la hiérarchie militaire. Il surgissait, deux ou trois fois par mois, surveillait l'entraînement, disait un bon mot à chacun de nous, puis s'enfermait pendant des heures avec Mistral pour discuter de je ne sais quelle stratégie militaire censée nous procurer la victoire totale.

Quand il sortait de ces conciliabules, Mistral était tétanisé. L'effet qu'il avait sur nous, le commandant l'avait sur lui. Chacune de ses visites fouettait Mistral qui nous fouettait à son tour.

La patience et les coups de fouet firent leur effet. À la fin de l'automne, nous en étions arrivés ma foi à ressembler à quelque chose de guerrier.

La nature du terrain et la pauvreté de notre matériel lourd interdisaient à la Milice de se constituer en bataillon classique marchant d'un seul pas vers l'ennemi. Pour unique artillerie, nous avions deux lance-grenades et un seul mortier. Nos forces étaient donc éparpillées en petites compagnies très mobiles. À ce que je sache, il y en avait six qui s'entraînaient comme nous en secret dans la région. Le commandant Cousteau coordonnait l'ensemble des opérations. Mistral dirigeait notre compagnie. Une cinquantaine d'hommes au début de la guerre. Cent cinquante hommes et femmes vers le milieu de la guerre. Une poignée à la fin.

Je me souviens très bien du jour où le Dormeur a ouvert les yeux. C'était le 9 novembre. L'air était frais et le sol jonché de feuilles. Le village était encore endormi, grelottant sous les couettes. Les autorités militaires avaient réduit de moitié la quantité de bois de chauffage que les foyers pouvaient aller couper sur les terres de la compagnie. Le problème, c'est que toute la forêt appartenait à la compagnie, sur décret gouvernemental, et que l'hiver, lui, n'allait pas obligeamment durer moitié moins longtemps. Alors, on économisait le bois et on grelottait dans les maisonnées d'un village niché au cœur d'une immense provision de combustible.

Le problème de la faim se faisait de plus en plus pressant. Il n'y avait plus de réserves, plus d'argent, rien dans les magasins. Les autorités militaires avaient saisi ce qu'elles avaient pu trouver comme armes de chasse. Même si la plupart des foyers avaient planqué une arme, il fallait prendre d'infinies précautions et s'éloigner d'une bonne trentaine de kilomètres avant de commencer à songer à la chasse. Mais le gibier, lui, ne se laissait pas plus facilement abattre parce que nous avions faim. Il n'en faisait qu'à sa tête sans écouter les grondements de nos ventres.

Des enfants aux côtes saillantes posaient partout des collets (le fil de fer n'ayant pas encore été interdit), mais le lièvre se faisait rare. Il ne restait que le chapardage. Et les seuls à qui on pouvait encore chaparder quelque chose, c'étaient les militaires.

Ce jour-là, peut-être Andreï avait-il eu très envie de sucre. Ou alors de chocolat. Quelque chose à faire fondre dans la bouche en fermant les yeux. Depuis des semaines déjà il connaissait l'emplacement des cantines et les habitudes des cantiniers. Qui se méfie d'un gamin de neuf ans aux lèvres si rouges qu'on les croirait teintes au sirop de fraises ?

Le camp grouillait tous les jours d'enfants fascinés par les armes, les uniformes ; ils rigolaient pendant la revue et, de loin, tentaient de faire rire la piétaille en se moquant du garde-à-vous. Descendu des collines avec son père qui avait des rendez-vous au village, Andreï était le seul enfant à rôder aux alentours de si bon matin.

Je revois la scène très clairement. J'étais à la maison, sur la véranda. J'aiguisais encore une fois mes couteaux. Je n'avais qu'à tourner la tête vers la gauche pour voir, droit devant, dans l'enfilade de la route, le camp de l'armée gouvernementale, à trois cents mètres environ. Peut-être les officiers avaient-ils ce jour-là reçu des ordres. Peut-être que la tension d'une guerre larvée avait fini par gruger les nerfs des simples soldats ? Peut-être.

Je ne vis pas Andreï quand il pénétra dans le camp. Je ne faisais pas attention. J'aiguisais mes couteaux. Il était passé me voir en coup de vent, avait monté en courant les trois marches de la véranda et m'avait embrassé avant de repartir aussitôt. Je me souviens de la fraîcheur de ses lèvres sur ma joue rasée de près, une impression qui persista pendant une minute ou deux, longtemps après qu'Andreï eut disparu de ma vue et que je me fus à nouveau concentré sur le fil de mes lames.

Le vent soufflait, transportant jusqu'à mes narines frémissantes des odeurs de bacon en provenance du camp. Le vent soufflait, fort, soutenu. Sans répit.

Il y avait un périmètre de sécurité autour du camp. On en riait souvent. Troué comme un gruyère. Les gamins s'y faufilaient pour chaparder, sous l'œil attendri des fantassins qui les chicanaient comme les grands frères chicanent les petits – par principe, en rigolant. C'était l'impunité de l'enfance, jusque-là du moins.

J'aiguise mes couteaux. Soudain me parviennent, portés par le vent, des éclats de voix, des lambeaux de cris. Je lève la tête et la tourne vers le camp. Courant vers moi, à deux cents mètres, Andreï, un paquet sous le bras. Derrière lui, cent mètres plus loin, un planton épaule sa carabine et le met en joue. Un sergent est penché vers lui et l'engueule. Ce sont les fragments de cette engueulade qui arrivent jusqu'à moi, confus, pêle-mêle. J'entends ce mot :

— Tire !

Andreï l'entend aussi, sans doute. Je vois son visage effrayé, il court sur ses petites jambes, il me voit au loin et relève la tête.

Le sergent engueule le soldat qui ne veut pas tirer. Le soldat crie à son tour :

— Halte ! Halte !

Mais Andreï continue à courir. Je descends d'un bond dans la rue, je cours vers Andreï en agitant les bras et je lui crie à mon tour :

— Arrête ! Arrête !

Mais le vent, le maudit vent repousse dans mon dos les mots à peine sortis de ma bouche. Andreï ne m'entend pas. Si seulement il m'entendait ! Il me voit, il croit que je l'appelle, il se rapproche et la grimace de peur sur son visage lentement s'efface. Plus il s'approche de moi, plus il se croit en sécurité. Il sourit maintenant. Dans ses bras, contre sa poitrine maigre, un sac de sucre. Soudain, Andreï s'arrête, surpris. Il ouvre de grands yeux. Le bruit de la détonation suit, avec un peu de retard, la même trajectoire que la balle et parvient à ses oreilles puis aux miennes. Je cours vers lui. Le sac de sucre tombe sur l'asphalte et s'éventre sous le choc. Andreï vacille. Il ne tombe pas, il met un genou, puis une main par terre, dans le sucre. Je cours vers lui, j'arrive juste à temps pour lui soutenir la tête avant qu'elle ne frappe le sol. Je m'agenouille, je pose sa tête sur mes cuisses. Je crie :

— À l'aide !

Je hurle :

— À l'aide !

Je murmure :

— Andreï.

Il a les yeux ouverts, il me regarde, il me voit à l'envers. Ses lèvres rouges, son visage blanc, ses grands cils battent. Une larme unique perle au coin de l'œil gauche. Je crie encore à l'aide. Je regarde à droite, les gens sortent des maisons mais hésitent à s'avancer. Je regarde à gauche. Le sergent est parti. Le soldat qui a tiré est resté à son poste, carabine en bandoulière, et ses épaules tressautent comme s'il sanglotait. Mais il regarde ailleurs.

Je vois remuer les lèvres d'Andreï. Je me penche en lui caressant les cheveux.

— J'ai... j'ai fait une bêtise, murmure-t-il.

Je n'ai rien à répondre, je n'ai pas le temps de trouver. Son œil se fige, et un dernier souffle s'échappe de sa bouche. Son corps d'enfant devient lourd.

Sur l'asphalte, le sang se mêle au sucre.

* * *

Le Dormeur s'est éveillé, le rêve a pris fin dans un dernier déchirement de voiles blancs. Il a ouvert les yeux sur un cauchemar. Le réel n'est pas plus logique que le rêve. Le réel ne signifie rien, il ne raconte rien, il déboule, il tombe, il dévale la pente du temps comme une avalanche d'événements, d'objets et de gens. Tout s'y mêle, tout s'y brise, tout s'y perd. Pour rien. Pour suivre la pente. Parce que c'est comme ça.

Je n'avais pas bougé d'un poil quand Manu arriva enfin pour me prendre des bras le cadavre de son fils. Il ne pleurait pas. Je me relevai péniblement, les jambes ankylosées. Mes genoux craquèrent dans le silence.

Il n'y avait rien à dire. Le corps était si léger, Manu n'avait pas besoin de mon aide pour le porter. Alors je les escortai, inutile, jusqu'à la camionnette. Manu déposa son fils sur le siège du passager et boucla la ceinture de sécurité. Il fit le tour du véhicule, s'assit et démarra sans me regarder. Longtemps après que la camionnette eut disparu de ma vue, j'entendis le bruit de son moteur, porté par le vent maudit.

L'enterrement eut lieu deux jours plus tard, dans le vieux cimetière, devant une poignée de gens. Les autres avaient peur. Pas de discours. Pas de prières. Un seul cri, bref, vite étouffé par un poing entre les dents, quand la première pelletée de terre frappa le couvercle du cercueil avec un bruit de tambour. C'était Jana. Le premier cri de mère de la guerre qui commençait.

* * *

En décembre, nous étions maîtres de la région. Nous avions refoulé l'armée gouvernementale vers le chef-lieu de la province.

Les gouvernementaux, cette pauvre centaine d'hommes, n'avaient jamais eu d'ennemis clairement identifiés. Nous avions surgi de partout : des maisons, des toits, des bois, des voitures. Nous étions inférieurs en nombre mais nous avions la haine. Nous n'avions pas à défendre un territoire sur ordre de nos supérieurs au nom d'intérêts économiques abstraits. Nous nous battions pour reprendre nos maisons, notre vie, nos morts.

Le commandant Cousteau avait décidé d'attaquer à l'aube. Quand nous avons ouvert le feu, plus de la moitié des soldats étaient encore en sous-vêtements, une brosse à dents à la bouche.

En quelques minutes, c'était fini. Peu d'hommes avaient réussi à prendre la fuite à bord des jeeps. Les autres gisaient là où nos rafales les avaient fauchés. Je n'avais pas eu le temps de bien réaliser, tout s'était passé trop vite.

Après la mort d'Andreï, Manu avait milité pour une action immédiate. Mistral l'avait calmé, puis Cousteau.

— Bientôt, avait-il dit.

Des centaines, des milliers de groupes comme le nôtre attendaient dans tout le pays le signal de l'insurrection.

C'était exaltant, il faut bien le dire. Malgré la douleur, le deuil. Avoir un ennemi est grisant.

Le choc de deux armées trace une ligne de front bien nette dans un monde jusqu'alors confus, complexe, incompréhensible. Soudain il y a lui, et moi. Eux et nous. Leur mal, notre bien. La présence de l'ennemi justifie mon existence, mes moyens d'action. Je ne prends pas les armes parce que je le veux, mais parce qu'il ne me donne pas le choix. Je n'agis plus, je réagis. Je ne suis plus responsable de mes actes, l'ennemi l'est. L'ennemi l'aura cherché. L'ennemi est mon objectif, mon repoussoir, mon excuse, ma justification. C'est l'ennemi qui me donne un sens. C'est ma relation avec l'ennemi qui suspend toutes les règles de procédures habituelles. C'est ma haine pour lui qui irrigue mon corps d'adrénaline et fait de moi un peu plus qu'un homme : plus fort, plus courageux, plus intraitable, plus concentré.

Bien sûr il y a la peur. Dans les jours qui ont précédé notre action, la peur primait tout. Peur de mourir, d'être blessé. Peur d'être lâche. Et si mes jambes se dérobaient sous moi ? Et si je ne pouvais résister à l'envie de fuir et qu'on me retrouvait caché dans un placard, geignant comme une petite fille ? On ne parlait pas de ça. Moi, du moins, je n'en parlais à personne. Je gardais pour moi mes craintes, ma peur d'avoir peur. Nous disions des phrases comme :

— Je vais leur arracher les couilles.

Ou encore :

— Ils vont l'avoir dans le cul.

Mais la vérité c'est qu'aucun d'entre nous n'avait jamais tué personne et qu'il fallait s'y faire, à cette idée, qu'il fallait jouer avec comme avec un petit chat, l'agacer, la chatouiller, la bousculer un peu jusqu'à ce qu'elle montre les dents, sorte les griffes et se mette à feuler. Cousteau et Mistral s'y entendaient. Ils disaient à Manu :

— Ce qu'ils ont fait à ton fils, il ne faut pas leur pardonner. Je sais que tu as mal, mais ça ne sert à rien d'avoir mal. Ta douleur, ils s'en moquent. Ta douleur les fait rire. Laisse à ta douleur le temps de se transformer en haine. De ta haine ils auront peur. Affûte ta haine, aiguise-la comme un couteau, et de ta haine aiguisée, tu leur trancheras la gorge, pour ton fils, pour tous nos fils, pour toutes nos vies qu'ils ont brisées.

— Quand ? demandait Manu.

— Bientôt.

Cette rhétorique guerrière s'abreuvait aux sources d'une réelle douleur, d'une réelle culpabilité, d'un réel sentiment d'impuissance, mais promettait de transformer la douleur, la culpabilité et l'impuissance en pouvoir tout aussi réel. Le pouvoir de la vengeance.

Manu en effet n'eut pas à attendre bien longtemps. Des « bavures » comme celle qui avait causé la mort de son fils se multipliaient dans tout le pays, et même si la télévision et la radio étaient aux mains des amis du pouvoir, il ne fallait pas être bien futé pour deviner, sous les circonlocutions, qu'en s'additionnant les bavures formaient un raz-de-marée qui menaçait d'engloutir le pays.

Manu avait envoyé sa femme et ses enfants dans un village voisin et tous les pères de famille de la compagnie avaient voulu l'imiter. Cousteau les en avait dissuadés.

— Vider le village, c'est dire à l'armée que nous nous préparons à les attaquer. Si, par contre, les enfants continuent à jouer dans les rues, ils seront rassurés. Nous les voulons rassurés.

— Je ne veux pas que mes enfants me servent de bouclier, dit Rossi, cet énorme nounours.

— Ils ne sont pas des boucliers. Ils sont des combattants, au même titre que vous.

— Ce sont des enfants !

— Regardez ce qui est arrivé à Andreï ! Il n'était qu'un enfant lui aussi, et quel est l'avenir de nos enfants si nous ne regagnons pas notre liberté, notre dignité ? La famine ? Une balle dans le dos ? L'esclavage ? Aujourd'hui vous voulez les mettre à l'abri, mais demain il n'y aura pas d'abri. Partout nous nous battrons, et nos femmes et nos enfants se battront aussi, à leur manière. Et leur manière de se battre, aujourd'hui, c'est de ne pas fuir, rester ici et continuer comme avant. Ils ne sont pas un bouclier, Rossi, ils forment un écran de fumée.

C'est ainsi que les femmes et les enfants restèrent. Au jour J, un peu avant l'aube, je traversai la cuisine d'une maison du village que je n'avais jamais visitée. Une femme m'attendait, une cafetière fumante à la main. Voilà peu de temps encore, elle feuilletait des magazines en répondant au téléphone au service des ventes de la scierie.

Je pris position à la fenêtre de la cuisine qui donnait sur la route, mon pistolet-mitrailleur posé en travers de l'évier.

— Merci pour le café.

— Bonne chance, dit la femme, puis elle rassembla ses trois enfants et les entraîna dans une pièce du fond, là où ils seraient relativement à l'abri des balles perdues.

Je les regardai s'éloigner, but une gorgée de café, posai la tasse sur le comptoir, pris mon arme et portai mon regard vers la route. Puis j'attendis. Je devais faire un effort pour ne pas poser mon index sur la gâchette, mais il y revenait tout seul, inlassablement, tremblant d'impatience.

* * *

Je me souviens, petit, à la piscine publique. J'avais une peur bleue du tremplin de trois mètres, et pourtant j'en rêvais. Je me voyais voler. Je m'imaginais sans peine grimper à l'échelle et marcher d'un pas assuré jusqu'au bout de la planche, prendre mon élan et sauter très haut, puis rebondir et filer vers le ciel. Je me voyais les bras en croix, la poitrine en avant et les yeux clos, fendre l'air puis retomber, bien droit, et crever la surface de l'eau comme un couteau pointu. Je me voyais. C'était facile. Il me suffisait de fermer les yeux.

C'était une autre paire de manches quand je les gardais ouverts. J'étais tellement déterminé, j'en avais tellement envie. Mais à mi-parcours de l'échelle, déjà, je sentais la peur me gagner. En mettant le pied sur la planche, je savais que je n'y arriverais pas. J'essayais, pourtant, mais ce n'était plus par désir. C'était la peur des quolibets qui me faisait avancer. Jusqu'aux deux tiers du tremplin, la peur des moqueries était encore plus forte que celle du vide.

J'avançais comme en terrain miné, m'agrippant de toutes mes forces à la balustrade, et j'entendais de très loin les rires et les railleries de mes camarades. En penchant la tête, je voyais le fond de la piscine, si loin, si incroyablement loin ! J'avançais encore d'un orteil, puis de deux, et j'atteignais alors l'exact point d'équilibre entre la peur du vide et celle du persiflage. Je ne pouvais plus bouger. J'étais pétrifié. Je m'accrochais maintenant des deux mains, et chaque fois, on devait envoyer quelqu'un pour m'aider à descendre.

Sans prendre le temps de chercher ma serviette, je disparaissais dans le vestiaire pour m'habiller en vitesse et courir à la maison m'enfermer dans ma chambre.

Je ne comprenais pas. Je pleurais, bien sûr, j'étais blessé, honteux. Mais surtout, j'enrageais de ces images derrière mes paupières qui me montraient exécutant un impeccable saut de l'ange – j'enrageais, parce qu'elles ne correspondaient pas à la réalité. J'enrageais, car j'en étais capable, de toute évidence j'en étais capable puisque je me voyais le faire, je sentais le vent, je comprenais instinctivement la courbe du vol et la dureté de l'eau. Comment se pouvait-il que mon esprit sache ce que le corps était incapable d'accomplir ? D'où venait cette peur, qui me l'avait donnée ? Mon corps était lâche. J'étais enfermé dans un corps lâche et j'étais convaincu que j'en mourrais.

C'est au tremplin de trois mètres que je pensais en regardant par la fenêtre de la cuisine, le doigt sur la gâchette. D'une certaine manière, j'avais atteint à ce moment l'exact point d'équilibre entre l'envie d'en découdre et la peur d'être lâche.

* * *

Par la fenêtre, juste au-dessus de l'évier, je voyais un segment de route que j'étais censé arroser de balles si des gouvernementaux l'empruntaient pour tenter de s'enfuir. Dès les premiers coups de feu, je devais fracasser la vitre de la crosse de mon arme, puis me tenir prêt à tirer à vue. Je me suis contenté d'ouvrir la fenêtre sans la briser et d'attendre.

Seulement, personne n'est passé par là.

Une fusillade nourrie avait éclaté vers le camp, mais la portion de route devant moi était restée déserte. Les tirs commençaient à s'espacer lorsque j'entendis le bruit d'un klaxon qui se rapprochait. Une jeep bâchée est alors entrée dans mon champ de vision en roulant au pas. Affalé sur le volant, je pouvais distinguer le visage ensanglanté du conducteur. Ses pupilles mortes étaient tournées vers moi. Le véhicule quitta lentement la route et termina sa course contre un arbre. Le choc, léger, suffit à faire glisser le conducteur à côté du volant, débloquant ainsi la commande du klaxon. Par acquit de conscience, je tirai trois balles en direction de la jeep. Rien ne se passa. Peu de temps après, les derniers tirs cessèrent du côté du camp. C'était fini. Mon premier affrontement armé. Avais-je fait la preuve de mon courage ? Non. Pas plus que celle de ma lâcheté. Je n'avais fait la preuve de rien.

J'entendis pleurer derrière moi. Je me retournai. La femme serrait contre elle une petite fille aux boucles brunes qui sanglotait doucement.

— C'est fini ? demanda la femme.

— Je crois.

Mais je savais que ça ne faisait que commencer.

Je me penchai pour ramasser les trois douilles qui avaient roulé sur le plancher de la cuisine et je les fis sauter dans la paume de ma main. Elles étaient encore chaudes. Je m'approchai pour les donner à l'enfant.

Entre deux sanglots, elle referma son petit poing sur mon cadeau puis, en levant son visage vers moi, elle esquissa un sourire.

* * *

Manu s'était acharné sur le corps du sergent qui avait ordonné qu'on abatte Andreï. À coups de couteau, de bottes, de poings, il avait réduit son cadavre à une bouillie de chair ensanglantée et d'os réduits en poudre. À force d'avoir été piétinée, la tête déformée s'était enfoncée dans le sol jusqu'aux oreilles. Quand j'arrivai, ils étaient une dizaine à le regarder faire, debout en demi-cercle derrière lui, à distance respectueuse.

À genoux devant le corps, Manu frappait en pleurant, répétant le nom de son fils comme une incantation. Peut-être s'attendait-il à le voir revivre ? Mais l'épuisement le gagnait sans résultat. Je m'avançai et je mis ma main sur son épaule. Il cessa aussitôt de frapper, comme s'il n'avait attendu que cela : une main sur son épaule, un ami pour murmurer son nom :

— Manu.

* * *

L'essentiel de la troupe s'était rendu sans combattre. Une quinzaine de morts, une vingtaine de blessés, pour la plupart assez légers. De notre côté, notre seul blessé s'était ouvert une fesse en enjambant un bout de barbelé pour se rendre à son poste. Sa blessure le gênait moins que le fait d'avoir eu le cul à l'air pendant toute la durée de l'opération.

— Je me sentais… vulnérable.

Même Manu parvint à en rire. Il fallut néanmoins qu'un infirmier lui recouse le postérieur.

— Pourriez-vous me faire le pantalon en même temps, docteur ? dit celui qui dorénavant ne fut plus connu dans notre compagnie que sous le sobriquet de Cousu.

Pendant que Cousu se remettait de ses émotions et partait à la recherche d'un pantalon à sa taille, nous rassemblâmes les prisonniers pour les entasser dans les camions. Mistral en avait interrogé quelques-uns. Ce qu'il avait appris n'était pas de notre ressort. Une dizaine d'hommes fortement armés devaient convoyer les prisonniers jusqu'aux limites de la province voisine où certains de nos alliés les prendraient en charge. Les hommes désignés, les camions partis, nous mîmes le camp à sac dans une ambiance joyeuse digne d'un rallye sportif. Ce qui pouvait être brisé le fut. Ce qui pouvait être pris le fut. Ce qui pouvait être souillé par de l'urine ou des excréments le fut également.

Je réquisitionnai la cantine et les cuisines. Il fallait préserver les vivres, et je n'avais pas le cœur de participer à la fête puisque je n'avais pas participé à l'assaut. C'était la victoire de mes camarades, pas la mienne, et j'étais peut-être un lâche.

Avec les vivres prélevés à l'ennemi, je leur promis un banquet mémorable. Je recrutai quelques volontaires pour m'aider aux cuisines et me mis vaillamment à la tâche de préparer le repas de la victoire. Mais toute la journée à manier le couteau sur la planche à découper, tandis que je tranchais la viande, je savais qu'il me restait à tuer un ennemi pour enfin appartenir à ceux de ma race.

Au lendemain de la victoire, dans les brumes de l'alcool qui se dissipaient, tandis que le sang battait à lents coups lourds dans nos oreilles et que nos ventres distendus faisaient résonner les borborygmes d'une digestion catastrophique, Mistral nous ordonna de faire nos paquetages, car il était temps pour nous de disparaître dans la nature.

Les représailles gouvernementales ne pouvaient tarder, et nos forces sous-équipées ne pouvaient rivaliser avec les véhicules blindés et l'artillerie légère d'une armée de métier. La seule façon d'être efficace, soutenait Mistral, était d'utiliser les tactiques de la guérilla. Frapper puis disparaître, frapper puis disparaître.

— Disparaître où ?

— Là, dit Mistral en désignant la forêt.

— Là ?

— Notre forteresse.

Personne ne connaissait la forêt mieux que nous. Sur des milliers de kilomètres carrés, des chemins de coupe et de prospection avaient été tracés, dont certains, pour éviter les écueils de la topographie, finissaient par se perdre dans un marais ou s'interrompaient sans prévenir au pied d'une falaise. C'était un véritable labyrinthe que les travailleurs de la forêt avaient creusé de leurs mains, dans la matière vivante des arbres et la pourriture de l'humus. Des abris de planches, des cabanes de prospecteurs et des camps de chasse avaient poussé un peu partout pendant toutes ces années où la forêt avait été à la fois un gagne-pain, un terrain de jeu et un continent à explorer. Si de vastes parcelles avaient été défrichées, de bien plus vastes encore n'offraient au regard qu'un fouillis inextricable de branchages et d'épines, de rocs et de taillis. Sous le couvert des arbres, les hélicoptères de l'armée ne pouvaient nous repérer. Dans le dédale des chemins de traverse, les blindés gouvernementaux ne pouvaient que se perdre et s'enliser. Dans notre forêt, nous étions invulnérables.

Par un beau matin de décembre froid et clair, après les adieux déchirants des hommes à leur famille, dans une caravane de véhicules légers pris à l'ennemi, nous nous enfonçâmes donc dans la forêt. Je n'avais, quant à moi, personne à qui dire adieu et je n'éprouvais pas au moment du départ le pincement au cœur de ceux qui perdaient quelque chose. L'hiver s'annonçait long.

— Une fois les provisions épuisées, tout ce que nous aurons à manger sera ce que nous pourrons voler, piéger ou chasser, m'avait dit Mistral.

— Rien de neuf, avais-je répondu.

J'en avais presque le cœur léger et je n'étais pas le seul. Beaucoup sifflotaient pendant que la forêt refermait sur nous ses bras bruns et verts. Au fond, ne nous étions-nous pas préparés toute notre vie à mener cette existence-là ? Cet attrait pour la pêche et la chasse, cet amour de la nature rude, ce goût des couteaux et des haches bien affûtées… Étions-nous encore assez humains pour vivre de la nature, dans la nature, ou avions-nous été à ce point pervertis que nous ne pouvions survivre sans cafetière électrique, sans four à micro-ondes, sans toit de bardeaux et sans moteur à explosion ?

Il neigeait ce jour-là, d'abord en légers flocons duveteux, qui hésitaient, comme suspendus dans les airs, avant de se résigner à se poser au sol. Puis la neige se fit plus lourde, plus dense, effaçant nos traces, étouffant nos bruits tandis que nous nous enfoncions comme une hache humaine dans la chair de la forêt, toujours plus profondément, jusqu'à son cœur secret.

* * *

Nous sommes restés dans la forêt pendant près de quatre semaines et notre occupation principale consistait à chercher un peu de chaleur, tout en évitant les patrouilles gouvernementales lancées à notre recherche. Jusqu'à nouvel ordre, nous devions à tout prix éviter l'affrontement. Des hélicos traversaient le ciel à basse altitude, d'où l'interdiction de quitter le couvert des arbres. Nous vivions comme des bêtes traquées, et une fois nos provisions épuisées, nous devions nous nourrir de gibier cru ou à peine cuit sur un feu d'herbes sèches. Nous étions incroyablement sales, nos vêtements étaient raidis de boue et de crasse, nos visages mangés de barbe. Nous dormions à tour de rôle dans les deux paillasses d'un petit camp de chasse, sinon sur des lits de feuilles mortes et de branches de sapin sous des abris de fortune. Cinquante hommes des bois, déjà soudés par l'épreuve du feu, maintenant soumis à l'épreuve du froid.

Survivre ? Oh ! Nous en étions capables, sans aucun doute. Mais pourquoi ? Dans quel but ? Qu'attendions-nous ?

Je me suis longtemps demandé si le commandant Cousteau n'avait pas volontairement entretenu cette situation, une façon comme une autre de nous laisser mûrir et d'alimenter notre rage. Le résultat était qu'au bout de ces quatre semaines, nous nous étions progressivement dépouillés des attributs de la civilisation, nous rêvions d'action et des ripailles de la victoire, car l'énergie brute se récompense brutalement.

En attendant, nous faisions des feux dont nous devions disperser la fumée en agitant des branches de sapin au-dessus des flammes. L'exercice réchauffait plus que le feu – et les vrais grands froids n'étaient pas encore arrivés ! Les hommes, d'ordinaire particulièrement empressés d'attester leur virilité, dormaient étroitement emboîtés les uns dans les autres, comme des petites cuillères dans un tiroir de cuisine – et ce, sans qu'une seule blague sur le sujet se fisse jamais entendre.

Alors quand vint l'ordre de nous mettre en route, ces même hommes sautèrent sur leurs pieds, se grattèrent les couilles à travers leurs moufles et émirent en chœur des grognements de bêtes qui ne laissaient aucune place au doute quant à leur véritable nature de guerriers. Mieux valait la mort que la petite cuillère.

Je dis : les hommes, mais je m'inclus. Enfin, je tentais de m'inclure. La question de mon courage restait toujours pendante. J'agissais comme les autres, je riais de leurs blagues, j'acceptais leurs remerciements après les repas pourtant frugaux, je chassais avec eux, je les écoutais d'une oreille attentive raconter leur enfance, leurs exploits amoureux, leurs rêves de bagnoles. J'avais l'allure de l'un d'eux, j'étais accepté comme un des leurs, mais je ne l'étais pas, et je le savais trop bien.

Je joignis pourtant mes grognements aux leurs quand vint le temps de partir. Et je pris la route en leur compagnie, l'arme au poing et la peur au ventre.

J'avais peur d'avoir peur.

* * *

Je ne vous raconterai pas les détails de l'opération. Ils sont dans vos dossiers. Il suffit de dire que nous devions intercepter, sur la route du sud, un convoi d'armes destiné à la garnison de la ville de M. Il s'avéra que c'était un piège.

Une marche forcée de deux jours nous avait amenés à la route de chaque côté de laquelle nous avions pris position après en avoir miné quelques segments. Ensuite, nous avions attendu, cachés par les arbres ou enfouis dans la neige.

Je me retrouvais encore une fois sur le tremplin, essayant sans résultat de calmer les battements désordonnés de mon cœur. Sous les gants, mes mains moites sentaient glisser mon arme hors de ma poigne. Mais cette fois-ci, personne n'allait venir me chercher pour m'aider à descendre.

Cet été-là, je n'étais pas retourné à la piscine pendant tout un mois. Je me souviens d'un été chaud et poisseux. Chacun des plis de mon corps se remplissait de crasse dès que je mettais le pied dehors. Mais j'avais peur de ma peur et je voulais me tenir bien loin du tremplin de trois mètres.

Un soir, mon frère vint me tirer du sommeil en chuchotant.

— Viens.

— Où ?

— Viens, je te dis.

Je m'habillai en silence et je passai par la fenêtre à sa suite. Il lui arrivait parfois de m'amener avec lui dans ses expéditions nocturnes, et je croyais que nous allions rejoindre ses amis pour fumer sur le toit d'un immeuble abandonné. Mais il n'y avait pas d'amis et il m'amenait à la piscine.

— Non, dis-je.

— Allez, viens, insista-t-il en me tirant par le bras.

Nous escaladâmes la clôture et je suivis mon frère jusqu'au pied du tremplin.

— Il ne faut pas regarder le fond, dit-il après s'être allumé une cigarette et en avoir inhalé une profonde bouffée.

— Quoi ?

— Le fond, il ne faut pas le regarder. Quand tu plonges du tremplin, tu es à trois mètres de l'eau, c'est ça qui compte. Mais le fond, lui, il est à six mètres. Alors si tu regardes le fond, t'as l'impression de plonger de beaucoup plus haut.

— C'est quand même haut, trois mètres.

— Ben, tu fais quoi, un mètre vingt-cinq ?

— Un vingt-huit.

— C'est pas trois fois ta hauteur, et t'es tout petit. Trois mètres, c'est trois fois rien.

Je n'étais pas convaincu. Mais mon frère me persuada de grimper à l'échelle avec lui, tout habillé, juste pour voir. Je lui serrais très fort la main.

— Regarde, dit-il. On voit pas le fond.

C'était vrai. On ne voyait pas le fond, mais plutôt les reflets de la lune qui ondulaient à la surface de l'eau, si près que j'avais l'impression de pouvoir les toucher juste en tendant la main.

— Tu crois que tu peux y arriver ? m'a demandé mon frère.

— Oui, je crois.

Alors, par un soir de pleine lune, je me suis déshabillé tout en haut d'un tremplin de trois mètres, et je me suis avancé sur la planche avec l'espoir au cœur. Il faisait noir et c'était comme si j'avais eu les yeux fermés.

Je me voyais plonger. Et je l'ai fait. J'ai sautillé au bout de la planche, et j'ai plongé. Je suis tombé comme une brique, le ventre en avant, et j'ai fait le plus beau et le plus douloureux des plats qu'un plongeur puisse redouter. Quand j'ai émergé de l'eau, je hurlais encore de douleur. Je ne sais trop comment j'ai réussi à nager jusqu'au bord, haletant et les yeux rougis par le chlore et les larmes. Mon frère m'attendait, accroupi, un sourire aux lèvres.

— Tu vois, ça se fait tout seul, avait-il dit en me tendant la main.

Ça se fait tout seul, me répétais-je tout bas tandis qu'au loin on entendait le vacarme du convoi qui s'approchait.

Tu parles. Jamais, depuis, je n'avais été foutu de faire un plongeon digne de ce nom.

Ne regarde pas le fond, me disais-je tandis que les premiers camions bâchés émergeaient du virage.

Quand les premières mines ont sauté, tout le convoi s'est immobilisé. Soudain, les bâches des camions se sont écartées et ont vomi des soldats par centaines qui se sont déployés immédiatement pour nous prendre en tenaille et nous exterminer.

Ne regarde pas le fond, me dis-je, ne regarde surtout pas le fond. Et je commençai à tirer.

8. OÙ EST LE MAL ?

Je m'étais réveillé tôt ce matin-là, dans ma chambre de l'hôtel des Ours, en proie à une gueule de bois qui était moins redevable aux excès d'alcool de la veille qu'aux innombrables questions sans réponse qui se bousculaient violemment dans la cavité osseuse censée abriter ma cervelle. Je m'étais cependant mis au travail avec un certain entrain, confiant malgré les circonstances de pouvoir reconquérir l'amour de Florence. Aussi lui avais-je écrit un joli email destiné à la faire craquer.

Cette extraordinaire inconscience (sans doute restait-il de l'alcool dans mon sang) s'étendait jusqu'à la cause du Monstre, dont je me voyais déjà gagner le procès. Armé d'un pot de café, je m'étais attaqué à la lecture du dossier de l'accusation. L'absence, dans celui-ci, de Rosalind et du meurtre de son enfant par Viktor Rosh m'avait laissé perplexe. Un coup de fil à maître Cevitjc ne m'avait été d'aucune aide. Soudain (sans doute l'alcool commençait-il à se dissiper) les perspectives d'avenir m'apparaissaient plus sombres. Je doutais maintenant du pouvoir de conviction de ma lettre à Florence. Je doutais de mes qualités d'avocat. Je doutais de mes qualités d'être humain. Comme un ballon qui se dégonfle, mon esprit s'affaissait sur lui-même. C'était la réalité qui, de la pointe d'une épingle, titillait mes neurones.

Je repris un peu espoir quand on me fit porter le message de Josef. Je me ruai sur l'ordinateur pour écrire au frère du Monstre, convaincu de tenir là un filon juteux.

Quand, trois heures plus tard, le filon juteux m'éclaboussa de sa bile, je n'étais plus qu'un misérable Occidental incapable et malheureux. Le découragement me prit par la main et me conduisit vers le contenu du mini-bar qu'aucune femme de chambre n'avait encore eu le temps de regarnir. Il n'était pas encore treize heures, mais l'Opération Anesthésie pouvait commencer tandis qu'alentour l'univers connu s'effondrait sur lui-même pour un Big Crunch qui m'était personnellement destiné. À moins qu'il ne s'agisse d'une crise de paranoïa aiguë, auquel cas une bonne lampée de whisky était également prescrite.

Bon, faisons les comptes, me disais-je en remplissant mon verre.

Ma femme me quitte.

Mon client ne me parle pas.

L'avocat de mon client me cache des choses.

Le frère de mon client me considère comme un meurtrier.

Le pays de mon client me considère comme un envahisseur.

Pourquoi diable l'histoire de Rosalind n'est-elle plus consignée dans l'acte d'accusation ?

J'errais dans la chambre en caleçon et chaussettes, le verre à la main. Par la fente des rideaux tirés, je devinais un soleil vif, et soudain j'eus envie de lumière, d'un bain de lumière. J'écartai les rideaux et j'ouvris les yeux au soleil aveuglant. Je me brûlais les rétines, je sentais à travers la vitre les rayons me darder, réchauffer ma peau. J'abaissai enfin les paupières et le monde à travers leur peau était devenu orange. Je restai là un bon moment, tout surpris d'y prendre autant de plaisir. Tout surpris que le plaisir existe encore.

Allez savoir pourquoi, sous l'effet bienveillant de la lumière, je sentais mes forces revenir. Oh ! trois fois rien ! Mais il y avait de la lumière. J'eus un long frisson, comme si mon corps s'ébrouait. Sans ouvrir les yeux, je vidai à tâtons le contenu de mon verre dans la terre d'une plante en pot. Comment expliquer l'espoir ? Je ne me faisais pas d'illusions, le soleil n'avait que temporairement asséché ma soif. Mais que faire lorsque tout est perdu ? Or je n'avais aucune envie de mourir. Au contraire, quelque chose en moi s'insurgeait, une saine colère secouait mes neurones en les réactivant. Je me retroussais mentalement les manches, j'esquissais, sur la page blanche de mon avenir, l'itinéraire de mon retour à la vie.

Si un nuage avait voilé le soleil ou, pire, s'il avait plu ce jour-là, rien ne se serait produit et la suite des choses aurait pu n'être que la continuation du passé. Et si j'avais d'un coup sec refermé les rideaux au lieu d'ouvrir les yeux pour voir la cohue des journalistes à l'entrée de l'hôtel, j'aurais sans doute abandonné l'affaire, fait mes bagages et je serais rentré au pays pour tenter de recoller, à la salive, les morceaux de ma famille et de ma carrière.

Mais j'ouvris les yeux et je vis bel et bien une cohue de journalistes faisant le pied de grue sur le trottoir en face de l'hôtel. Deux ou trois cars de reportages étaient garés n'importe comment en bloquant à moitié la circulation. De peur qu'ils ne m'aperçoivent, je reculai aussitôt de deux pas, puis je téléphonai à la réception qui confirma mes craintes.

Ils étaient là pour moi. Une douzaine de demandes d'entrevues pour la presse écrite, la radio et la télé, sans compter les photographes.

À en juger par le bulletin de nouvelles de la veille, ils n'étaient pas là pour suivre les progrès d'une affaire en justice, mais pour monter en épingle un soi-disant affront politique de la part d'un pays riche envers un autre qui l'était moins. J'étais outré. Ce coup-ci, je n'avais aucune envie d'accepter le mauvais rôle qu'on voulait me faire jouer : s'il y avait une chose dont j'étais certain, c'était ma bonne foi dans cette affaire.

Je tentai de joindre maître Cevitjc, mais il plaidait ce jour-là.

— Alors donnez-moi le numéro de téléphone de Josef, je vous prie, demandai-je à sa secrétaire.

— Oh non ! On ne l'appelle pas ! Il vous téléphonera dans dix minutes.

Le temps de prendre une douche et le téléphone sonna effectivement. Josef savait déjà que les journalistes prenaient l'hôtel d'assaut. Il acquiesça à ma demande et j'écoutai ses recommandations, puis nous raccrochâmes en même temps.

Une heure plus tard, je dévalais l'escalier de service, un sac de voyage à la main et des lunettes noires sur le nez. Je portais un de ces coûteux habits de safari griffé qu'affectionnent particulièrement les directeurs de boîtes de pub pour affronter la plèbe au volant de leur Jaguar. Je l'avais acheté sur un coup de tête pour ne jamais le porter. Il me servait maintenant à ne pas ressembler à un avocat.

Le 4 × 4 de la Mafia russe m'attendait dans la ruelle derrière l'hôtel. Au volant, Josef le Nain de Jardin me souriait malicieusement.

— On part, dis-je en m'affalant à côté de lui.

— Pour aller où ?

— Sur les traces du Monstre.

Josef marqua un temps, inclina la tête sur le côté en plissant des yeux. Il se redressa sur son siège et enclencha la première.

— La Grande Forêt, donc, dit-il, et pendant tout le temps que dura la traversée de la ville, nous ne nous adressâmes plus la parole.

* * *

Nous avions pris la route du nord, qui en fait se dirigeait vers le nord-ouest. C'était au début une route toute droite au long de laquelle s'étiraient des villages à ce point distendus qu'il devenait impossible de savoir où commençait l'un et où se terminait l'autre. D'abord plat, le paysage ondulait puis grimpait insensiblement vers la chaîne de montagnes qui moutonnait à l'horizon avant d'élancer ses pics à l'assaut des nuages.

Tel avait été le théâtre de la guerre du Monstre. Rien de plus étrange que d'imaginer, dans ce décor, le tonnerre des mortiers et le fracas des tirs, mais il est vrai que la guerre à cette échelle laisse peu de traces dans la nature. Quelques printemps suffisent en général à panser ses plaies. La chair des hommes est une autre histoire et la blessure infligée à un seul peut faire souffrir plusieurs générations. Je pensais aux parents du Monstre. Je pensais aux enfants qu'il n'avait pas eus. Cela me fit songer aux miens. Je secouai la tête et chassai cette pensée qui me faisait mal. Je n'étais pas encore prêt à l'affronter.

J'avais avec moi tous les rapports, tous les dossiers concernant mon client. Si Viktor Rosh ne voulait pas me parler, tant pis pour lui, mais il y en avait d'autres qui pouvaient éclairer ma lanterne, me raconter son histoire et celle de cette guerre qu'il n'avait quand même pas faite tout seul.

Encore une fois, mon esprit revint à l'histoire de Rosalind. Lorsque j'en avais lu les comptes rendus, un frisson d'horreur m'avait parcouru en entier.

Si le mal existait quelque part sur cette Terre, il était là, dans ce geste gratuit et meurtrier dont mon client s'était rendu coupable. Mais pourquoi, me demandai-je encore, pourquoi donc la poursuite n'en fait-elle plus mention dans son acte d'accusation ? Pourquoi laisser de côté l'horreur pure qui aurait entraîné sans aucun doute possible la plus lourde sentence pour mon client ?

Car le reste relevait de simples faits de guerre. De la violence et du sang, une indifférence envers la souffrance des autres, de la haine et de l'opiniâtreté, certes. Mais sans Rosalind, en quoi le Monstre se distinguait-il des autres miliciens qui eux aussi avaient combattu ? Ou alors il fallait juger tout le monde et maître Cevitjc n'avait pas fini de se payer des vacances sur la Côte d'Azur.

Nous roulions en silence et je regardais par la fenêtre un paysage qui ne m'était pas totalement étranger. Il ressemblait un peu aux miens, à ceux de mon pays. Collines et montagnes recouvertes de forêts, arbres à feuilles caduques et conifères, ruisseaux et torrents. Cela aurait pu être chez moi, n'eût été la présence des hommes et des signes de leur démence. N'était-ce pas au fond à la poursuite de ce paysage que je m'étais lancé ? Comme si, en confrontant ses couleurs, ses odeurs et ses textures, en mettant mes pas dans ceux du Monstre, en parcourant comme lui les sentiers de sa guerre personnelle, je pouvais en arriver à une connaissance intime de ses raisons d'être et d'agir.

Je savais que c'était un leurre. Nous étions éternellement condamnés à l'isolement des sens, pris dans le filet de notre réseau nerveux comme la proie d'une araignée qui ne se montrera jamais. Seules de brèves illuminations pouvaient éclairer notre solitude : une main tendue, un sourire, une caresse. L'amour. Dans les yeux de Florence, il m'était arrivé de voir un espoir d'évasion, la possibilité réelle d'échapper à moi-même et de la rejoindre pour faire face, à deux, aux pièges de l'araignée. Mais c'était il y a longtemps.

L'innocent regard de mes enfants levé sur moi avait aussi été comme une porte ouverte sur leur âme, et qui agrandissait d'autant ma prison. Mais j'avais détourné la tête et la porte s'était refermée, me laissant seul et misérable. J'avais été l'artisan de ma propre solitude. J'avais moi-même tissé le filet. J'étais l'araignée et j'étais la proie. Et cela avait assez duré.

— On approche du village, dit Josef.

Un village en tous points semblable à ceux que nous avions déjà traversés : des maisons simples, en planches, disséminées le long de la route, d'abord éloignées les unes des autres, puis serrant les rangs jusqu'à s'agglutiner autour d'une place, d'un bistro et d'un hôtel. De part et d'autre, des chemins de gravier creusés d'ornières et ravinés par les pluies menaient, pour l'un d'eux à la scierie, pour les autres, Dieu sait où.

Josef avait ralenti, attendant de ma part quelque indication. Il finit par s'immobiliser à la sortie du village, au pied d'une pente raide serpentant dans la forêt dense.

J'hésitais. Nous avions roulé pendant trois heures, l'après-midi tirait à sa fin et je n'avais pas l'énergie d'entamer mes recherches. Mais la perspective de m'attabler au bistro avec rien d'autre à faire que de boire des verres en attendant que le sommeil me gagne – cette idée me répugnait. Je n'avais pas soif, c'était nouveau, et cet état de fait me laissait désœuvré.

Je pris les dossiers et les feuilletai distraitement, y cherchant je ne sais quoi, le début d'une idée. C'est Josef qui vint à ma rescousse.

— À moins d'une heure d'ici, en direction des montagnes, il y a un très bel observatoire.

Il me regarda, je ne répondis rien.

— Pendant la guerre, le Chef s'y est battu. Ç'a été assez sanglant.

Bien sûr, je me rappelais maintenant. Les miliciens avaient pris d'assaut l'observatoire au sommet duquel l'armée gouvernementale avait installé une antenne de communication. L'unité de commando à laquelle appartenait le Monstre s'y était illustrée en ne faisant pas de prisonniers. Mais un blessé avait survécu pour raconter l'histoire après s'être enfui dans les bois. Il était un des principaux témoins à charge.

Un observatoire ? pensai-je. Cela avait-il un sens ? L'histoire se répétait-elle, ou s'agissait-il simplement d'une coïncidence ? Je n'avais quant à moi jamais mis les pieds dans un observatoire, mais le Monstre, lui, avait versé du sang à deux reprises en ces lieux.

— Pourquoi pas ? dis-je à Josef, qui embraya aussitôt.

Nous roulâmes pendant un peu plus d'une heure. Plus nous approchions des montagnes, plus la forêt devenait sauvage, exaltée, déchirée de rocs et de torrents violents. Une nature tourmentée et vieille, ridée d'ombres. C'est là-dedans que le Monstre s'est enfoncé, pensai-je, là-dedans qu'il s'est perdu, seul comme un ogre qui s'éloigne pour résister à la tentation de manger des enfants. Il ne s'était pas emparé du butin de la guerre pour gagner l'étranger et vivre sous un nom d'emprunt une existence de millionnaire, non. Pas lui. J'essayais d'imaginer son état d'esprit au moment du renoncement, quand il avait tourné le dos à la guerre et à la civilisation, quand il s'était enfoncé dans la forêt, seul, pour ne plus en sortir. Il avait tourné le dos à lui-même, non ? C'était une part de lui qu'il fuyait ainsi, sa culpabilité ?

L'observatoire était situé sur la bordure occidentale d'une chaîne de montagnes. Le mont Antique s'en détachait comme un enfant prématuré, solitaire, séparé des autres par un caprice géologique qui en faisait le site idéal pour un observatoire : facile d'accès, d'une altitude suffisante et entouré de centaines et de centaines de kilomètres de forêt inhabitée.

— Vous jouez les guides touristiques ? demandai-je à Josef.

— Bien sûr.

L'observatoire avait été construit, commença-t-il, au début du siècle par un gouvernement provisoire qui voulait attester de sa propre grandeur. Un comité d'experts grassement payés avait sélectionné le site, un autre avait fait venir le marbre d'Italie et un troisième organisé un concours d'architectes dont le gagnant s'était par la suite révélé être le cousin du ministre responsable. Mais malgré les scandales répétés et par un miracle que nul ne s'expliquait, le résultat final avait surpris les plus féroces critiques du gouvernement.

Un seul problème subsistait : aucune université au pays ne formait d'astronomes, si bien que l'observatoire se révéla dès le jour de son inauguration un splendide monument de l'inutile surgi de terre au milieu de nulle part, un enfant bâtard issu de l'union criminelle entre la mégalomanie et la corruption érigée en système.

Depuis, l'observatoire n'avait servi qu'à une poignée d'étudiants désireux de poursuivre des études à l'étranger, et les seules étoiles qu'on avait pu y observer étaient les rares stars du cinéma venues y tourner des scènes d'extérieur pour des films d'époque.

Nous arrivâmes au pied de la montagne. La route tournait assez brusquement sur la gauche afin d'éviter les contreforts de la chaîne de montagnes et s'en allait desservir la province voisine située plus au nord. À notre droite, une route de terre grimpait en lacets le flanc est du mont Antique.

Josef passa directement en seconde, mit les gaz, et nous commençâmes l'ascension tandis que les larges pneus de notre véhicule projetaient vers l'arrière une pluie de cailloux affolés.

Dès leur inauguration, les installations de l'observatoire s'étaient, en termes scientifiques, révélées désuètes puisqu'on avait préféré le pompeux à l'efficace et la splendeur à l'utilité. Mais pour ces mêmes raisons, sa valeur muséale était considérable et cela expliquait peut-être que trois guerres lui étaient passées dessus en l'épargnant à peu près. À bien des égards, il avait dû se révéler à ses concepteurs tel qu'il se montra au Monstre et tel que je le vis, au détour d'un ultime virage, lorsqu'il surgit de derrière le rideau d'arbres : une pâtisserie de sucre blanc posée au sommet de la montagne par la main délicate d'un géant gourmet.

Josef freina en débouchant sur une esplanade de gravier bordée d'arbres et éteignit le moteur. Pendant quelques instants, nous contemplâmes l'observatoire en silence.

— C'est beau, finit-il par dire avec dans la voix la fierté d'un propriétaire.

— C'est plus que beau, dis-je. C'est magique.

Dans la pureté cristalline de l'air à cette altitude, dans cet écrin de verdure qui déroulait ses volutes jusqu'à l'horizon, l'observatoire élevait sa coupole blanche comme une paume tendue à l'azur, le geste noble et pourtant voué à l'échec d'une humanité cherchant à dialoguer avec les dieux.

Malgré la bêtise et la folie qui avaient concouru à sa naissance, ou peut-être à cause d'elles, la blanche arrogance de l'observatoire qui se découpait sur le bleu du ciel semblait aussi fragile qu'une coquille d'œuf de dinosaure. L'observatoire ressemblait au témoin évidé d'une époque lointaine où marchait sur Terre la race éteinte des géants. Au bout du compte, c'était un monument à notre fragilité.

— C'est, dit Josef, la seule église qui nous compte tous parmi ses fidèles.

Nous descendîmes de la voiture pour nous promener sur l'esplanade. Nous étions seuls. Des touffes d'herbe poussaient à travers le gravier. Le lierre sauvage s'élançait en vain à l'assaut du marbre blanc et retombait en fouillis végétal comme des vaguelettes venues se briser sur un récif corallien. Ici, le Monstre avait tué.

J'essayais d'imaginer le fracas des tirs, la gueule brûlante des armes crachant la fumée et le fer, les cris des blessés, la confusion des sens – impossible d'échapper, où qu'on se tournât, à la folie des hommes et à la sienne propre. En m'approchant, je pouvais voir sur les murs de l'observatoire les traces d'impacts des balles, comme autant de piqûres d'insectes sur sa peau de pierre. Chacune de ces balles, pensai-je, était destinée à tuer. Il n'y avait pas eu de quartiers. Pourquoi ? J'avais beau regarder partout, m'imprégner de l'esprit du lieu, mettre mes pas dans les pas du Monstre, je n'arrivais pas à comprendre.

— Non. Je ne comprends pas, dis-je à voix haute.

— Voulez-vous essayer de comprendre ? demanda Josef.

Je le dévisageai, intrigué.

— Oui.

— Vous en êtes sûr ?

— Où voulez-vous en venir ?

— Attendez-moi.

Il partit au pas de course, se dirigea vers la voiture, ouvrit la portière et se pencha pour prendre quelque chose sur le siège arrière. Puis il se redressa, claqua la portière et revint vers moi, toujours au trot, en brandissant comme un témoin de course à relais son énorme pistolet noir et mat.

J'eus un mouvement de recul.

— Mais… non, dit-il, essoufflé. C'est… pour vous, acheva-t-il en me le tendant.

— C'est que je n'ai jamais…

— Comment… voulez-vous… essayer de comprendre si vous… n'avez jamais…

Je tendis la main, il y déposa l'arme. Je fus surpris de son poids, de sa densité. Des générations et des générations de designers avaient œuvré pour que sa crosse épouse parfaitement la paume de ma main, que ses formes prolongent naturellement la ligne de mon bras et que la gâchette tombe sous l'index comme on tombe en amour. Le génie humain était ici à l'œuvre. Et j'étais contre.

J'étais contre comme on est contre le vice et le péché. Je le dénonçais en chaire, j'en rêvais la nuit. Ma raison était contre. J'étais contre l'utilisation de la violence comme ultime recours pour le règlement des conflits dans le cadre d'une vie en société. Mais c'était une décision d'adulte alors que j'avais passé mon enfance à jouer aux cow-boys et aux Indiens, à sculpter des carabines dans des retailles de bois et, plus tard, à mitrailler au petit plomb tout ce qui bougeait dans les champs et les boisés de ma banlieue natale, y compris la cuisse d'un petit voisin qui était rentré chez lui en hurlant malgré le peu de gravité de sa blessure, si bien que mon père m'avait confisqué la carabine à plomb jusqu'à l'âge de ma maturité.

— Essayez-le, dit Josef.

Mais plus de vingt-cinq ans de restrictions mentales me faisaient hésiter. Je me souvenais du sérieux avec lequel nous jouions à la guerre. J'essayais de m'imaginer : un quadragénaire, avocat sans frontières, au sommet désertique d'une montagne isolée, déchargeant son arme sans nécessité aucune pour le simple plaisir de faire pan pan.

— Écoutez, gronda Josef. Comment voulez-vous comprendre ce qui s'est passé ici si vous n'êtes même pas foutu de tirer un seul coup de feu sans vous abrutir de considérations morales ? Et vous voulez vous mettre dans la peau d'un assassin ?

Je ne lui laissai pas le loisir de terminer sa phrase. Je tendis le bras, visai le large tronc d'un noyer centenaire à cinquante pas de moi et je fis feu.

— Joli coup, dit Josef. En plein centre.

Je ne me permis même pas un sourire. Je lançai le pistolet dans les airs, qui tournoya trois fois en lançant des éclairs, puis je le rattrapai par le canon et le tendis à Josef en disant :

— Vous êtes content, maintenant ?

John Wayne n'aurait pas fait mieux.

Josef éclata de rire, et je finis par craquer moi aussi. Seigneur, ça faisait si longtemps !

Josef mit le pistolet dans sa poche, me prit le bras et nous continuâmes notre promenade. Pendant quelques minutes, il nous arriva de pouffer, puis les ricanements s'espacèrent pour laisser toute la place au silence.

Le soleil disparaissait derrière l'horizon. Même les oiseaux s'étaient tus à cette heure où le jour devient nuit, comme si le monde basculait d'un seul coup dans une autre dimension. Je savais bien ce que j'avais ressenti en tirant un coup de feu. Le plaisir. La puissance. La fierté. Le désir de recommencer. Je le savais. Je l'avais toujours su.

Les étoiles commençaient à apparaître dans un ciel bleu royal, et tandis que nous passions devant la porte de l'observatoire, je demandai à Josef :

— On peut entrer ?

— Il n'y a plus rien là-dedans. Ou alors trop de choses…

J'attendis. Il reprit bientôt la parole.

— On ne sait pas exactement qui est responsable, qui en a eu l'idée, mais cette nuit-là, après avoir ramassé tous les corps abattus de l'armée gouvernementale, les blessés comme les morts, les miliciens les ont entassés à l'intérieur de l'observatoire puis ont mis le feu aux lambris centenaires qui en tapissaient les murs ainsi qu'aux douze mille livres de la bibliothèque. Tout a brûlé, les vivants et les morts, et si la coupole n'a pas craqué sous la chaleur, c'est que quelqu'un avait laissé ouverte la lucarne du télescope par où s'échappaient le cri des agonisants, la fumée, les flammes, et des milliards d'étincelles. C'est drôle, non ? Cette nuit-là, plutôt que de regarder les étoiles, l'observatoire en fabriquait.

Je regardais Josef qui levait les yeux vers le ciel pétillant d'étoiles.

— L'observatoire est devenu un mausolée, continua-t-il. On pense d'ailleurs en faire un véritable monument aux morts, avec cérémonies officielles et cordon de soie, discours compassés et fanfares militaires. Une belle occasion de photos pour les dirigeants du pays... Alors, comme vous voyez, dit-il en me regardant cette fois droit dans les yeux, tout cela n'aura pas été inutile…

Il me tourna brusquement le dos et se dirigea vers la voiture. Je le laissai prendre de l'avance, puis le suivis et embarquai alors que le moteur tournait déjà. Nous dévalâmes la route à toute allure. La lumière des phares butait contre les frondaisons, comme si nous roulions dans un tunnel végétal qui menaçait à tous moments de nous digérer. Ce n'est qu'en rejoignant la route principale que nous nous détendîmes un peu.

— Je l'ai connu, vous savez.

— Qui ?

— Il n'était pas encore un monstre, alors. On l'appelait Chef.

— Maître Cevitjc ne me l'avait pas dit.

— Maître Cevitjc ne me l'avait pas demandé.

— Et alors ?

— Alors rien. Tout le monde dans la région le connaissait. Il m'arrivait parfois d'aller resquiller un repas à la scierie. C'était meilleur que dans bien des restaurants de la ville.

— C'est tout ?

— Que voulez-vous que je vous dise ? C'était un homme ordinaire.

— C'était ?

— De toute évidence, il ne l'est plus. La guerre l'a changé comme elle nous change tous.

— Qu'a-t-elle changé en vous ?

— Ça fait si longtemps ! Je ne sais plus… J'étais si jeune qu'elle n'avait rien à changer, je crois. La guerre m'a créé. J'avais onze ans quand a éclaté ma première guerre. Très tôt mes parents ont été tués et j'ai rejoint mes frères dans la milice. J'étais petit, mince et agile. On m'a affecté aux opérations de sabotage. Dans mes temps libres, je jonglais avec des bâtons de dynamite ! À treize ans, je buvais et je fumais comme un homme ! Sans parler du reste. On se marrait bien, avec mes frères. Vous ne me croirez pas mais, c'étaient de merveilleuses années ! Pas d'école mais de l'aventure, de gros pétards… On se déplaçait sans cesse, on dormait souvent à la belle étoile, on chipait de la nourriture, on prenait ce qui nous faisait envie…

— Et le danger ?

— Ça faisait partie du jeu, j'en acceptais les règles. Mes deux frères sont morts au combat, je les ai pleurés, un peu, puis je les ai vengés. J'ai été blessé plusieurs fois. J'étais fier de mes cicatrices.

— Ce n'est pas une vie.

— C'était la mienne et jusqu'à mes seize ans, la seule que je connaissais.

— Qu'est-il arrivé alors ?

— La paix. Quel ennui ! Avec la guerre, je savais à quoi m'en tenir. Mais la paix n'a pas tenu ses promesses. C'était à se demander s'il valait la peine de se battre pour en arriver là ! Rentrer dans le rang, m'user les fesses sur les bancs d'école, trouver du travail ? Péniblement gagner sa pitance en courbant l'échine et en fermant sa gueule, et pour quoi cela ? Pour s'acheter à crédit une maison et les meubles qui vont dedans ? Ce n'est pas la liberté, ça, c'est acheter sa prison ! Vingt ans fermes avant de pouvoir dire merde à ta banque ! Et, du jour au lendemain, finie la camaraderie, chacun pour sa pomme ? Oh non, je n'aimais pas la paix, elle était trop hypocrite pour moi.

— Qu'avez-vous fait ?

— Avec mes deux meilleurs amis, on a menti sur notre âge et on s'est engagés dans l'armée.

Facile, il n'y avait plus de registre d'état civil, plus de cartes d'identité. Et on était des durs.

— Alors vous avez troqué la grisaille de la paix contre l'obéissance aveugle et la marche au pas !

— Riez si vous voulez, mais j'avais du talent, et mon talent ne trouvait pas d'usage hors de l'armée. Et puis il y avait toujours quelque rébellion à mater, quelque terroriste à pister. Quand on est en campagne, les règlements s'assouplissent. Et puis, vous savez, la guerre ne s'arrête jamais vraiment : elle se contente de reprendre des forces. Alors je me suis battu à nouveau. Seulement, cette fois-là, on était mieux équipés et c'était un peu plus confortable. Ce qui ne nous a pas empêchés de perdre, d'ailleurs !

— Vous trouvez ça drôle ?

— J'étais devenu un soldat de métier, pas un jeune idéaliste parti en croisade. L'armée s'est relevée, s'est vaguement dépoussiérée du revers de la casquette et a prêté serment d'allégeance aux nouveaux patrons.

— Vous avez changé de camp !

— J'ai continué à pratiquer mon métier jusqu'à la retraite, parce que c'est ce que j'étais : un soldat.

— C'est une triste histoire.

— J'ai connu de grands moments et de grandes amitiés.

— Que sont devenus vos amis ?

— Ils ont été tués.

— Ah !

— Mais, maître Chevalier, s'ils n'avaient pas été soldats, ils seraient probablement morts quand même !

C'est alors que nous vîmes apparaître en contrebas les premières lueurs indiquant que nous approchions du village.

— Maître Chevalier ?

— Oui ?

— Soyez prudent.

— Que voulez-vous dire ?

— Je crains que vous ne sachiez pas très bien dans quoi vous êtes embarqué.

— Des détails, je vous prie ?

— Je vous l'ai dit. La guerre n'arrête jamais, elle reprend des forces. Le commandant Cousteau est mort, mais Mistral court toujours. On lui attribue des dizaines d'attentats. Beaucoup de ceux que vous allez rencontrer ont servi sous ses ordres, et d'autres l'ont combattu et le combattent encore.

— Est-ce que je cours un danger ?

— Pas vraiment. Mais… comment dire ? Le rôle que vous êtes venu jouer ici n'est peut-être pas celui pour lequel on vous a engagé.

— Josef, il faudrait être plus précis.

— Je sais, se borna-t-il à dire.

Sur ce, nous arrivâmes au village et je ne parvins pas du reste de la soirée à lui soutirer un mot de plus sur le sujet.

* * *

L'hôtel ne méritait son titre que par l'utilisation abusive de planches de contreplaqué qui fractionnaient un grenier bas de plafond en six chambres minuscules. L'établissement était un débit de boisson qui ne désemplissait pas, sauf entre quatre heures et huit heures du matin, histoire sans doute de rincer les verres avant la prochaine bordée.

Dès l'ouverture, le rez-de-chaussée se remplissait de robustes travailleurs qui déjeunaient de bière et d'œufs dans le vinaigre avant d'aller pointer à la scierie. Assis deux par deux, le nez dans leur verre, ils n'émettaient que des chuchotements brefs entrecoupés de points de suspension.

Ce bourdonnement grave et mélancolique du matin contrastait fortement avec le brouhaha généralisé, d'un volume à peine supportable, qui avait salué notre entrée, la veille au soir, lorsque nous étions venus nous enquérir d'une chambre pour la nuit, à notre retour de l'observatoire.

La soirée était bien entamée, les futailles et les clients aussi. La forte odeur d'alcool m'avait sauté au cou comme un animal familier et mon premier réflexe avait été de m'emparer d'un verre pour l'embrasser sur la bouche. Puis je m'étais aperçu que tous les regards se tournaient un à un vers moi et que le volume sonore baissait d'un cran chaque fois, jusqu'à atteindre un niveau à peu près comparable au silence.

— Quel effet ça vous fait d'être une célébrité, maître Chevalier ? m'avait alors demandé Josef, d'une voix si forte qu'il semblait jouer dans une pièce de théâtre en plein air.

Et sans doute était-ce du théâtre, en effet, une petite saynète destinée à désamorcer une situation potentiellement explosive.

Mon cerveau tournait à toute vitesse, cherchant une réponse appropriée.

Ça donne soif ? avais-je pensé. *Ça mérite une tournée ? Oh, Josef, vous exagérez ? Ma femme n'est pas de cet avis ?* Non.

— Ça fait peur, avais-je fini par dire, en toute sincérité.

Quelques rires avaient salué ma réplique, puis, comme si j'avais réussi un test sans connaître la matière ni les questions, les regards s'étaient détournés de moi et les conversations avaient lentement repris pour s'enfler jusqu'au vacarme. Leur indifférence retrouvée avait été un confortable cocon dans lequel je m'étais faufilé pour avaler, debout au comptoir et coup sur coup, trois grands verres d'eau minérale.

— Pas mauvais, dis-je à Josef qui m'observait en souriant.

— Pour de la flotte, oui.

* * *

C'était le matin et le café avait le goût de l'eau. La veille, j'avais préféré monter me coucher plutôt que d'affronter une soirée sans boire parmi une foule éméchée qui parlait trop fort. J'avais dû traverser toute la salle pour rejoindre l'escalier, et c'est alors que j'avais remarqué parmi l'assistance une proportion élevée d'amputés. Ici et là, il manquait des bras, des mains, beaucoup de doigts, plus rarement des pieds et des jambes.

— Beaucoup se sont battus ? demandai-je à Josef le lendemain.

— Pourquoi vous dites ça ?

Je le lui expliquai. Il éclata de rire.

— Vous n'y êtes pas !

Je fronçai les sourcils.

— Ils ne se sont pas battus ?

— Oui, mais ça n'explique pas tout.

— Qu'est-ce qui l'explique alors ?

— Quel est le principal employeur, sinon le seul, de la région ?

— Ah ! La scierie.

— Pour un doigt, ils ont droit à une semaine de congé. Pour deux doigts, dix jours. Chaque doigt supplémentaire ajoute une journée, mais attention : au-delà de cinq doigts, vous n'êtes plus bon à rien et vous perdez votre emploi. Vous avez plus de chance si vous perdez un bras : en dessous du coude, un mois de salaire. Au-dessus, un mois et demi.

— Et pour une jambe ?

— Les jambes, c'est la guerre.

— Une pension ?

— *Nada.*

— Une compensation ?
— Rien.
— Un programme de réhabilitation ?
— *Niet.*
— De relocalisation ?
— *Nope.*
— On les laisse tomber ?
— Comme des vieilles chaussettes.
— C'est assez inhumain, dis-je.

Josef se contenta de hocher la tête en parcourant la salle du regard. Puis il se pencha vers moi pour chuchoter :

— Ici, on se compte bien chanceux d'avoir du travail. La guerre n'était pas finie depuis un mois que la scierie rouvrait ses portes. Dans la semaine, ses effectifs étaient complets. Comme si rien ne s'était passé. À une seule exception près : la réduction des salaires. L'entreprise, vous comprenez, avait tellement perdu... Il fallait bien qu'elle se refasse d'une manière ou d'une autre. Hormis quelques grognements, personne n'a protesté. Ils avaient eu leur leçon. Jusqu'à la prochaine fois.

Il prit le temps de boire une gorgée de café avant de continuer :

— Les temples, les églises, les mosquées, les édifices publics, les écoles et même les jardins d'enfants ont subi pendant la guerre le vandalisme, le feu, la destruction. Pas la scierie. Pendant toute la guerre, jamais la scierie n'a été endommagée. Vous savez pourquoi ?

Il prenait son temps. J'attendais.

— Il faut manger. Avant, pendant et après la guerre, il faut toujours manger. L'armée n'a pas détruit la scierie parce qu'elle appartenait aux patrons dont elle défendait les intérêts. Les miliciens n'ont pas détruit la scierie parce qu'au fond ils rêvaient qu'après la victoire elle leur reviendrait de plein droit. Quand on gratte un peu, derrière tous les conflits, il y a toujours une histoire de gagne-pain. Seulement, il y a des différences d'appétit.

Il hochait la tête, ses yeux se perdaient dans le vague.

— Les gens veulent améliorer leur sort, continua-t-il. Tout le malheur vient de là. On prend les armes pour faire un monde meilleur ! Et on devient inhumain à force de rêver d'un peu plus d'humanité. Voyez où ça les a menés (il balaya la salle du regard). Ils se retrouvent au point de départ, et même un peu moins bien lotis. Et ils portent le deuil de leurs frères et sœurs, de leurs parents, de leurs enfants. Et ils portent le deuil de leur rêve…

Soudain il m'agrippa le bras, ses doigts s'enfonçaient dans ma chair avec toute sa force de vieux soldat.

— Vous savez comment la guerre finira par disparaître ? me demanda-t-il. Et dans ses yeux, il n'y avait pas un gramme d'humour, rien pour pétiller. Deux trous noirs absorbant la lumière.

— Je ne sais pas.

— La guerre disparaîtra quand il n'y aura plus une seule personne sur Terre pour rêver mieux.

* * *

Je fis avec Josef un voyage halluciné sur les petites routes du pays de la Grande Forêt. Je voulais voir et je voyais. Je voulais rencontrer et je rencontrais. Sur des routes de terre, sur des chemins cahoteux, sur les traces du Monstre avant qu'il le devienne, je remontais la piste, les vitres baissées, le vent dans le visage et les larmes aux yeux.

Je remarquai tout d'abord ce que je m'attendais à voir : les poutres calcinées des représailles, les bornes kilométriques gisant sur le flanc, les maisons incendiées; les lignes téléphoniques et électriques accrochées n'importe comment sur des supports précaires et pendouillant jusqu'au sol; un cimetière surpeuplé dont la moitié des dalles semblaient récentes sous les bouquets de fleurs qui se fanaient au soleil; les cratères d'obus envahis d'herbe. Une lèpre du paysage.

Josef conduisait lentement pour me donner le temps de bien voir. Un petit bâtiment de briques rouges avait un air guilleret, je tournai la tête quand nous le dépassâmes. Le mur de côté s'était effondré, révélant à l'intérieur un fouillis de pupitres d'écoliers, de livres éventrés. Un tableau noir montrait le dessin à la craie d'un pendu nu au sexe énorme.

— Là où il n'y a pas d'avenir, il n'y a pas d'enfants, énonça Josef.

Pas d'enfants. Ou si peu qu'ils détonnaient quand, par hasard, du coin de l'œil il m'était donné d'en apercevoir. Ils ne s'éloignaient pas de la maison et se cachaient quand nous arrivions à leur hauteur. Ils avaient été à bonne école.

Josef répondait à mes questions d'une voix neutre, dénuée de passion et de tout sentiment, une voix dénudée jusqu'à l'os – une voix blanche.

— Ils ne sont pas tous revenus, disait Josef. Certains sont morts, d'autres en prison. Plusieurs ont émigré. Mais la plupart sont allés chercher ailleurs un peu d'espoir. Dans les grandes villes, à M. ou à la Capitale. Ils sont partis nourrir le flot des chômeurs sans allocations. Ils vivent chez un parent, dorment à douze dans une pièce et passent toute la journée dehors pour trouver du travail sinon un peu de quoi manger.

La région montrait des traces qui laissaient soupçonner une forme de violence plus insidieuse que celle des armes. Des maisons abandonnées déjà gauchies par le gel et le dégel, la peinture écaillée et les vitres manquantes. Des voitures abandonnées à la rouille, des parpaings en guise de pneus. Partout la saleté, des ordures comme des cadavres éventrés, l'insultante blancheur des emballages en plastique accrochés aux branches des arbres par le vent. Et puis soudain, les fondations nouvelles d'une maison dont trois ouvriers s'affairaient à couler le ciment, comme une note d'espoir, quelque chose de neuf et bâti pour durer dans un paysage d'abandon.

— Les vainqueurs, laissait tomber Josef.

Il y aurait d'autres maisons comme celle-là. À terme, une nouvelle population remplacerait l'ancienne. Une école serait reconstruite pour les enfants des vainqueurs, on y accepterait peut-être quelques rejetons des vaincus qui, pour éviter les moqueries, finiraient par se convertir ou abandonneraient leurs études. Il y avait des tas de bonnes occasions, ici. Ceux qui avaient l'argent s'achetaient pour des bouchées de pain la terre et le travail des autres. Ceux-là étaient venus d'ailleurs pour repartir en grand. C'était l'exode inversé des perdants.

Parfois, Josef arrêtait la voiture et m'invitait d'un geste à descendre à sa suite. Nous allions cogner aux portes pour rencontrer des anciens et discuter du Monstre. Je voyais des visages qui jusqu'au bout hésitaient à s'ouvrir. Il fallait parfois insister, je laissais faire Josef. Je préférais regarder par-dessus son épaule l'intérieur des maisons, le velours râpé des meubles, le plancher en mal de vernis, les lampes éteintes et l'indispensable téléviseur dégorgeant dans le vide des flots de joie scénarisés.

Je n'apprenais pas grand-chose et ça me laissait froid. On avait connu Viktor, on ne savait rien du Monstre. On se méfiait de moi, puisque j'étais la justice et que la justice ne leur avait jamais rien donné. Parfois une phrase, un mot me donnait l'aperçu d'un être humain de chair. Une dame d'un certain âge me faisait comprendre à mi-mot qu'elle avait recueilli Viktor dans son lit et qu'il s'était montré maladroit. Un homme, trop vieux pour travailler, me montrait avec fierté l'étiquette défroissée d'un fromage de la région que le Chef avait aidé à concevoir. Un homme qui avait combattu aux côtés de Viktor Rosh au début de la guerre le comparait à un chat qui s'était transformé en tigre. Mais il ne voulait pas parler de sa guerre, ce qui ne l'empêcha pas de nous montrer avec fierté ses cicatrices dont une balafre grossièrement recousue sur la fesse qui ressemblait à s'y méprendre à une fermeture Éclair. Ensuite, il nous chassa de sa maison en hurlant des obscénités et en nous menaçant de mort, puis il nous rejoignit à la voiture afin de nous serrer cordialement la main et nous souhaiter bon voyage.

Plus tard, un couple d'invalides nous offrit le thé et sortit d'un tiroir un album de photos de famille où nulle part ne figurait le Monstre. Mais il fallut une demi-heure pour comprendre qu'ils ne l'avaient pas connu – une demi-heure pour comprendre que la solitude pèse parfois plus lourd que tout.

Je me forçais à garder les yeux ouverts, je luttais contre l'inévitable envie de fuir cet endroit qui me suçait le sang. J'avais déjà trop fui. Et à force de regarder la vérité en face, je vis que tout n'était jamais totalement perdu. Des parterres fraîchement retournés laissaient poindre les tiges vert tendre de fleurs pas encore écloses. Un vieux pneu de camion se balançait au bout d'une corde neuve attachée à la branche d'un très vieux chêne. Le museau d'une chèvre pointait entre deux planches d'un enclos de fortune. Des draps fraîchement lavés claquaient au vent dans la cour d'une maison repeinte. Deux adolescents, un garçon et une fille, tenant leur vélo par le guidon, discutaient penchés l'un vers l'autre. Leurs mains libres se cherchaient timidement, du bout des doigts, comme des papillons.

Oui, il y avait encore de la vie, ici. Le temps et l'oubli composaient le meilleur des engrais. Sous les croûtes, les blessures cicatriseraient, si on leur en laissait le temps et l'occasion.

Près du village, une station de pompage des eaux souterraines fumait encore d'une explosion récente.

— Mistral et ses hommes, dit Josef. La guerre ne se termine jamais, dit-il encore. Elle reprend des forces.

Il fallait maintenant faire bouillir l'eau quand on avait soif. Une contrariété de plus à rajouter à une longue liste.

— À qui cela profite-t-il ? demandai-je.

— À personne, répondit Josef. Mais ça n'ennuie pas vraiment Mistral et ça embête beaucoup les autorités locales.

Nous étions revenus à notre point de départ, devant l'hôtel au centre d'un village qui avait l'air abandonné. Nous contemplions la place vide.

— Ils sont presque tous à la scierie, dit Josef.

Et je savais qu'il fallait y aller, mais pas tout de suite, dans une heure ou deux. Je n'avais pas encore fini de digérer tout ça. J'avais soif, c'était un réflexe. Mais je savais que je ne boirais pas. Pas maintenant. Et peut-être plus jamais.

* * *

Ce qui frappait de prime abord, c'était le bruit. Dans la caisse de résonance des vastes hangars, le hurlement des scies se nourrissait de lui-même et se densifiait jusqu'à devenir une matière quasi solide qui s'échappait par les portes et les fenêtres pour se répandre à l'extérieur.

Je me faisais l'effet de Darwin débarquant aux Galápagos. Dans un instant d'illumination, je venais de comprendre pourquoi les gens dans le bar se sentaient obligés de hurler. Ils étaient sourds.

Parmi la soixantaine de travailleurs qui s'affairaient dans et autour des hangars de coupe, aucun ne portait de casques à oreillettes – sauf un, muni de deux casques supplémentaires, et qui se dirigeait droit sur nous. Mais il n'avait pas l'air d'un travailleur. C'était un jeune homme prématurément chauve qui portait un complet gris souris et qui, en s'approchant, me regardait comme de très loin à travers d'incroyables lunettes de myope.

— Le comité d'accueil ? criai-je à Josef.

— Je vous avais dit qu'ils nous attendraient ! hurla-t-il en retour.

Sans doute n'avais-je pas bien mesuré le niveau de renommée auquel j'étais parvenu, malgré moi, dans la région. J'avais compté flâner un peu dans les environs, humer l'air du temps et peut-être glaner deux ou trois informations avant de me présenter à la direction. Mais c'était la direction qui se présentait à moi.

— Maître Chevalier, nous vous attendions plus tôt, crus-je lire sur les lèvres du myope.

Nous mîmes, Josef et moi, les casques qu'il nous tendait. Je m'aperçus aussitôt que j'avais mal au crâne et que j'étais de méchante humeur.

— Sortons d'ici, criai-je à Josef, qui m'emboîta aussitôt le pas, plantant là le myope qui clignait des yeux et qui dut courir pour nous rattraper jusqu'au fond de la cour.

À cette distance, le bruit devenait supportable. J'enlevai mon casque et le lançai sans ménagement au petit myope qui le rattrapa au vol mais manqua, faute de mains, celui que Josef lui avait lancé avec encore plus de force un quart de seconde après, si bien qu'il laissa tomber le premier en tentant de rattraper le second. Dans un ultime effort pour sauver au moins l'un des deux casques d'une chute mortelle, le petit myope se pencha un peu trop et se retrouva à genoux dans la poussière. J'essayais en vain d'étouffer le rire qui me chatouillait le fond de la gorge.

— C'est trop con, dit-il en se relevant. Je ne fais que mon travail, moi.

Ses paroles me firent l'effet d'une gifle. Il avait raison, bien sûr. Je lui pris les casques des mains pendant qu'il époussetait son pantalon.

— Je suis désolé, dis-je.

Je m'étais conduit comme un malotru. Pourquoi ? me demandai-je. Mais je savais bien pourquoi. J'avais vu suffisamment de misère aujourd'hui pour penser que je m'étais introduit dans l'antre du diable. Comme si la scierie était l'unique responsable des problèmes de la région et que chacun des représentants de la direction était un gardien des portes de l'enfer. Mais rien n'était jamais aussi simple et je m'étais laissé aller à un mouvement d'humeur qui n'avançait à rien.

— Excusez-moi, dis-je en toute sincérité.

Le petit myope me regarda puis haussa les épaules.

— Ça va, dit-il.

Il me remercia d'un sourire si juvénile qu'on aurait dit que ses cheveux avaient repoussé d'un seul coup. Il avait, quoi, vingt-cinq ans ? Avec ses lunettes en cul de bouteille, je pouvais aisément imaginer les misères qu'on avait dû lui faire subir dans les cours d'écoles, et je me sentis encore plus mal d'avoir agi envers lui comme un gosse brutal et sans cœur.

— François Chevalier, dis-je en lui tendant la main.

— Jules, répondit-il en tendant la sienne. J'ai un nom de famille, mais tout le monde m'appelle Jules. En fait, ajouta-t-il avec un sourire timide, tout le monde m'appelle mon Jules et je crois que j'aime bien.

— Alors, mon Jules, si on se mettait au travail, qu'en dites-vous ?

— Allons-y ! dit-il, et son visage s'éclaira comme une lanterne, de l'intérieur.

* * *

Mon Jules nous fit visiter l'ensemble des installations. Ce fut fort instructif et parfaitement dévastateur pour mon client, qui semblait n'avoir laissé ici que de mauvais souvenirs. Si mon Jules n'avait pas personnellement connu Viktor Rosh, il en avait beaucoup entendu parler, et c'est en s'excusant qu'il nous raconta sur son compte des histoires qui toutes dessinaient le portrait d'un homme envieux, querelleur, ambitieux et mesquin sinon parfaitement malhonnête.

Au service de l'expédition, mon Jules nous présenta un chef de service au très gros ventre qui paraphait des papiers en se donnant des airs et qui nous déclara que le Monstre était un monstre qui se croyait supérieur à tout le monde.

— Qu'est-ce qui vous fait dire ça ? lui demandai-je.

— C'est que, heu… répondit le gros ventre. Ça se sent, ces choses-là. Et puis, il ne m'adressait jamais la parole. Un impoli.

— Qu'on le pende ! murmurai-je à Josef.

Il y avait de la mauvaise foi dans l'air. Sans doute fallait-il s'y attendre. La photo de Viktor avait fait la une de tous les journaux, et les gens de la région, déjà bien éprouvés par la guerre comme par la paix, avaient été blessés qu'on puisse les associer aux crimes monstrueux qui lui étaient attribués. Puisqu'il était un Monstre, la logique voulait qu'il en ait toujours été un. La mémoire alors se faisait sélective et ne gardait du passé que les éléments susceptibles d'expliquer le présent.

J'appris ainsi que le Monstre :

- exigeait des « cadeaux » de la part des fournisseurs en cuisine ;
- était à couteaux tirés avec le service de la comptabilité en raison de dépassements des coûts inexpliqués ;
- avait une attitude répréhensible avec certains membres du personnel féminin ;
- était colérique, maniaco-dépressif, sexuellement ambivalent et souffrait d'un caractère compulsif.

Mon Jules nous trimballait dans tous les départements pour que je puisse collectionner auprès des employés une variété impressionnante de commentaires désobligeants qui ne tenaient pas longtemps la route lorsqu'ils étaient soumis à examen. Ainsi :

Tous les chefs de départements exigeaient des « cadeaux » de la part des fournisseurs.

Le service de la comptabilité était à couteaux tirés avec tous ceux qui dépensaient l'argent de la compagnie plutôt que de le laisser dormir dans les coffres, quand bien même c'était pour nourrir le personnel.

L'attitude répréhensible envers le personnel féminin semblait se résumer à une indifférence marquée devant les avances d'une poignée de secrétaires en goguette pendant une petite fête de la section administrative. Cette même indifférence suffisait, semble-t-il, à qualifier mon client de « sexuellement ambivalent ».

Ses colères et sa maniaco-dépression ne furent illustrées d'aucun exemple probant, sinon qu'il lui arrivait d'élever la voix pour se faire entendre dans un lieu peuplé de sourds et qu'autrement il était plutôt effacé. Son caractère compulsif s'expliquait par la manie de se laver les mains une bonne dizaine de fois par jour, ce qui pour un chef cuisinier me paraissait en soi une assez bonne idée.

Avant de rencontrer le directeur, nous finîmes notre tournée par les cuisines, là même où Viktor Rosh avait régné pendant plus de sept ans.

Nous passâmes par la cour, et juste avant de rentrer dans le bâtiment, mon Jules nous désigna une énorme marmite rouillée.

— Voici ce qu'il a fait, à son dernier jour aux cuisines.

Je me penchai pour regarder à l'intérieur. Sèche et brunâtre, une vieille croûte de matière non identifiable en tapissait le fond.

— Vous voulez rire de moi ? demandai-je à mon Jules.

— Ben, non, répondit-il en clignant frénétiquement des yeux, si bien que ma colère retomba aussitôt.

À l'intérieur, le chef qui avait remplacé le Chef déposa sur le comptoir l'épaisse liasse de bons de commandes qu'il tentait de trier puis, se tournant vers mon Jules, il aboya :

— Fous le camp !

Mon Jules papillonna des paupières en se mordillant la lèvre inférieure. Son regard passait du chef à moi, puis de moi au chef.

— Je vous attends dans la cour, dit-il.

Puis il tourna les talons et disparut.

— Je peux pas le supporter, celui-là, dit le chef. Écoutez, continua-t-il, je n'aime pas dire du mal des collègues et de toute manière, Viktor Rosh, je l'ai pas connu. Tout ce que je peux vous dire, c'est que je n'ai jamais vu une cuisine de chantier où la clientèle est assez sophistiquée pour venir discuter de mon choix de sauce après le repas. Alors le Monstre, il a dû faire quelque chose de bien à un certain moment de sa vie, et c'est tout ce que je peux vous dire…

— Je l'ai connu, moi.

Je me retournai. Un sous-chef boutonneux qui n'avait pas vingt ans me souriait de derrière une rangée de poêlons qui pendouillaient tête première, suspendus au plafond par des crochets.

— Que pouvez-vous me dire de plus ?

— Pas grand-chose. J'avais quatorze ans quand il m'a engagé comme plongeur. Mon père était un poivrot qui ne travaillait plus. Ma mère était partie avec un autre homme quand j'avais six mois. Je faisais des conneries depuis mes huit ans. Il m'a montré un métier. Pour le reste… Quand la scierie a fermé, j'ai quitté la région pour aller vivre chez un oncle. J'ai fait la guerre là-bas.

— Que pensez-vous des charges qui pèsent contre lui ?

— Je ne sais pas. C'est horrible. Mais j'en ai vu d'autres.

— Y a-t-il quoi que ce soit que vous pourriez me dire à la défense de mon client ?

Il réfléchit un moment.

— Son navarin d'agneau, fit-il. Mais je ne pense pas que ça impressionne le jury.

— Un jury, non, dis-je, pensif. Mais un juge, peut-être.

— Je suis désolé.

— Pas de quoi.

— Vous irez le voir ?

— Oui.

— Dites-lui que Martin lui dit bonjour.

— Ça lui fera plaisir, mentis-je, puis je quittai les cuisines.

Nous rejoignîmes mon Jules qui nous guida jusqu'au bâtiment principal administratif puis, à l'intérieur, jusqu'au bureau du directeur. L'épaisseur de la moquette indiquait que nous touchions au but.

— Je vous les confie, dit mon Jules à la secrétaire qui gardait la porte du directeur avec toute la fermeté de son fixatif à cheveux.

Elle hocha la tête dans notre direction sans qu'un poil bouge :

— Le directeur vous recevra dans deux petites minutes.

— Au revoir, maître Chevalier, dit mon Jules en tendant la main.

— Au revoir, mon Jules, ça m'a fait plaisir. Et encore désolé pour tantôt.

— Ce n'est rien. Adieu.

— Adieu.

Je me laissai tomber dans un fauteuil. Pendant toute notre tournée, Josef était resté un pas derrière moi sans émettre le moindre commentaire, ce qui n'était pas dans ses habitudes. J'avais cru qu'il regrettait comme moi la manière dont nous avions accueilli mon Jules et qu'il faisait pénitence en restant en retrait. Mais lorsqu'il vint s'affaler dans le fauteuil à côté de moi, je vis qu'il arborait son habituel sourire de lutin géant et qu'il me regardait comme s'il avait conservé un as dans sa manche.

— Quoi ? soupirai-je.

— Le directeur s'appelle Gerhart Bolchick. Il est en poste depuis plus de quinze ans et, à bien des égards, il est le véritable gouverneur de la région. Un homme élégant, qui serait plus à sa place à la Capitale si ce n'est que son épouse y sévit et que c'est elle qui a l'argent et les relations. Oh ! À propos : savez-vous comment s'appelle mon Jules ? Jules Bolchick.

— Il est le fils du directeur ?

— Son neveu. Ne vous fiez jamais aux apparences. C'est un rat, énonça-t-il d'un air satisfait.

— C'est un peu tard pour me prévenir, me plaignis-je.

— Non, je ne crois pas, répondit Josef en souriant. En fait, je crois que c'est très précisément le bon moment.

À cet instant, la porte donnant sur le bureau du directeur s'ouvrit, et un homme élancé dans la cinquantaine, brun de cheveu et d'œil, portant un coûteux costume que je présumais d'Italie – le directeur souriant nous fit signe d'entrer.

Je bouillonnais de rage. J'avais perdu mon temps en suivant un parcours piégé, j'avais présenté par trois fois des excuses à un gamin qui m'avait mené en bateau et manipulé sans précautions.

J'affichai néanmoins mon plus beau sourire en m'installant, devant un vaste bureau en bois de cerisier aux lignes épurées, dans le confortable fauteuil que le directeur m'indiqua après m'avoir chaleureusement serré la main.

Faux cul, pensai-je.

— Que puis-je faire pour vous ? demanda-t-il.

— Répondre à quelques questions, c'est tout, fis-je d'un ton affable.

— C'est la moindre des choses. Allez-y.

— Pourquoi cette comédie ? demandai-je.

— Je ne vois pas ce que..., commença le directeur.

— Allons, allons, entre gentlemen, le coupai-je.

— Évidemment, entre gentlemen…

— Entre gentlemen rien du tout ! criai-je à son intention. De quel droit me faites-vous perdre mon temps ?

Ça faisait du bien. Ça n'avancerait à rien, ça n'aiderait pas ma cause, ça pourrait même m'attirer des ennuis, mais ça faisait du bien.

Le directeur avait bondi de sa chaise comme s'il avait été installé sur un ressort. Il contourna son vaste et moderne bureau pour appuyer sur le bouton de l'interphone tout en jetant des regards inquiets en direction d'une porte close que je n'avais pas jusqu'alors remarquée, derrière le bar.

— Magdalene ? Magdalene ? Veuillez appeler la sécurité, je vous prie, prononça le directeur.

Mais je ne comptais pas me taire de sitôt.

— Qu'avez-vous contre mon client ?

— C'est un criminel.

— Un criminel de guerre, pas un criminel de droit commun. Pourquoi vouloir lui nuire ?

Le directeur jetait des regards nerveux à l'endroit de Josef.

— C'est un terroriste, tout ce qu'il prêche va à l'encontre de mon œuvre et de ma vie ! Sa place est en prison.

— Vous le connaissez bien ?

— …

— Répondez-moi : vous le connaissez bien ?

— Je me vante de connaître tous mes employés, dit-il.

Je me doutais bien que c'était de la vantardise, en effet.

— Quelle était la nature de vos rapports ? lui demandai-je.

— Il me haïssait, laissa tomber le directeur tandis que la porte s'ouvrait pour laisser passer une paire d'énormes jeunes hommes gonflés à la fonte.

Le directeur nous désigna du menton, Josef et moi. La paire d'énormes jeunes hommes se scinda en deux. Je sentis une main vaste comme une raquette se glisser sous mon aisselle et me soulever de mon siège.

— Pourquoi ? demandai-je au directeur. Pourquoi vous haïssait-il ?

Donnons-lui cela : il aurait pu ne pas répondre. Mais tandis que la pointe de mes pieds effleurait sans les déformer les poils de la moquette, juste avant que je ne sois gentiment mais fermement reconduit aux limites de la propriété, en me dévissant le cou, j'eus la vision du directeur qui sortait un coûteux cigare d'un coûteux humidor et qui prononçait ces paroles :

— Parce que je suis moi… Il me haïssait parce que je suis moi, et que lui, il n'était que lui.

Puis on me jeta dehors comme un malpropre.

* * *

Nous attendions au bistro l'arrivée des travailleurs forestiers qui venaient tous les jours s'en jeter quelques-uns après le travail avant de rentrer à la maison. J'avais pris une douche à l'étage dans une cabine de plastique si étroite qu'il était presque impossible de se pencher pour ramasser le savon si, par malheur, il arrivait qu'il vous échappe. Avec cette prudence qui le caractérisait en toutes choses, Josef avait préféré s'abstenir et procédait à un nettoyage par l'intérieur en éclusant des vodkas.

Les hommes commençaient à rentrer du travail, juchés sur les camions, entassés dans la caisse des pick-up. Ils étaient nombreux, plusieurs dizaines, sales et fiers de l'être, tachés de cambouis, de résine et les cheveux poudrés de bran de scie. Nous les laissâmes s'installer, puis Josef paya avec mon argent une tournée générale avant d'aller discuter avec eux.

Il en ramena à ma table quatre qui avaient connu Viktor Rosh. Non seulement avaient-ils travaillé avec lui à la scierie, mais ils avaient également fait la guerre à ses côtés.

— Mais juste au début, dit un homme qui s'appelait Rossi, un immense gaillard entre deux âges avec des yeux de fille. Dès que j'ai senti qu'on allait pas gagner, je suis allé retrouver ma famille pour attendre que ça passe. Alors l'histoire de Rosalind, on était pas là, on l'a pas vue, on sait pas si c'est vrai.

— Mais est-ce que c'est plausible ?

Ils se regardèrent. Ils savaient qui j'étais, et sans me faire confiance, ils préféraient instinctivement la défense à l'accusation.

— Sais pas, finit par dire celui qui se prénommait Franz.

— C'est malheureux, mais des choses comme ça, il y en a eu plein, intervint un troisième que les autres appelaient Karim.

— Quand la guerre arrête, ajouta Vlad, le quatrième, il faudrait tout oublier. Sinon, c'est pas la peine de faire la paix.

— Comment était-il avant la guerre ?

Ils se regardèrent en échangeant des sourires.

— Il voulait tellement, dit Franz.

— Il voulait quoi ?

— Faire partie de la bande. Aller à la chasse, boire des coups, ce genre de choses…

— Qu'est-ce qui clochait ?

— Rien, intervint Rossi. Mais c'était un intellectuel. Bon, d'accord, il travaillait avec ses mains. Mais c'est pas pareil, abattre un pin blanc et trancher des carottes.

— Vous le méprisiez ?

— Non, c'était pas ça, dit Vlad. Il nous faisait sourire surtout. Il venait de la ville. Il était un peu godiche. Pas un mauvais gars, mais…

— Mais ?

— Un rêveur, c'est jamais très à l'aise avec la réalité.

— Est-ce que la guerre y a changé quelque chose ?

— On dirait qu'il n'avait attendu que ça toute sa vie, dit Rossi. Comme si ça lui faisait plaisir.

— Facile pour lui, coupa Karim. Il n'avait pas de femmes ni d'enfants.

— Il avait ses deux amoureux ! dit Vlad.

— Des amoureux ?

— Façon de parler. Manu et Mistral. Ces trois-là, ils arrêtaient pas de se pousser comme des gamins qui font des mauvais coups. Manu admirait le Chef qui admirait Mistral qui était complètement fou. Ça pouvait que mal finir. À moins de gagner, bien sûr.

— Ils étaient téméraires ?

— C'est pas ça, dit Rossi. Pas le Chef en tout cas… Vous savez, dans le sport, ça arrive des fois, quand quelqu'un obtient des performances au-dessus de ses capacités habituelles. Une espèce d'état de grâce, vous voyez ce que je veux dire ?

Je hochai la tête.

— Ben, c'est ça. Le reste du temps, c'était le même Chef qu'avant, un peu maladroit, mal ajusté, qui en faisait trop ou pas assez. Mais dans le feu de l'action, quand ça tirait de partout et qu'on était dans la merde jusque-là, il entrait dans une sorte d'état de grâce… Dans ces moments-là, il était le meilleur d'entre nous, et de loin. Meilleur que Mistral. Mais… Vers la fin, juste avant que je parte, quand il a été à peu près clair que nous ne gagnerions jamais, il est devenu… mauvais. Même avec moi. Il m'a dit qu'il préférerait me tirer une balle dans le dos plutôt que de me laisser partir. Je l'ai cru. Je suis parti quand même, mais j'ai attendu qu'il soit en mission.

— Pourquoi était-il comme ça ?

— Il ne voulait pas que la guerre se termine. Il ne voulait pas redevenir le Chef, un homme comme les autres et peut-être un peu moins.

— À moins de gagner, dit Franz. Il aurait peut-être pu accepter la paix si on avait gagné.

— Pourquoi ?

— Il aurait pu avoir ce qu'il voulait. Il aurait été un héros. Et il aurait eu Maria.

— Maria ?

— La maîtresse du directeur. Le Chef était fou d'elle. Maria l'aimait bien aussi, mais c'est une fille à patron. Alors, il aurait bien aimé gagner la guerre pour devenir le patron.

— Cette Maria, elle connaît bien le Chef ?

— Plus intimement que nous, en tout cas ! Vous n'avez qu'à le lui demander.

— Elle est ici ?

— Un peu oui !

— Où ?

— Le patron la cache dans son bureau, précisa Rossi, parce que sa femme est dans la région. Il a un appartement complet là-bas, avec un grand lit et une salle de bain plus vaste que ma cuisine. Avant, elle faisait semblant de travailler, maintenant c'est plus la peine. Et puis, il sait bien qu'on lui ferait la vie dure, à cette salope, s'il la laissait sortir. Elle nous a vendus. On aurait dû la tuer.

— Qu'est-ce qui vous en a empêchés ?

— Le Chef. On aurait touché un seul de ses cheveux, il nous aurait fait la peau.

— Il ne peut plus rien vous faire maintenant, dis-je.

— Hé, s'écria Karim, il pourrait toujours sortir de prison, vous êtes pas là pour ça ?

Je me le demandais. Je remerciai les hommes en leur offrant un autre verre. Nous trinquâmes. Je tenais quelque chose. Pour la première fois, me semblait-il, mon enquête progressait.

Je leur souhaitai bonne chance. Il ne me souhaitèrent rien du tout. Rossi avait l'air pensif. Juste avant d'aller rejoindre les siens, il se pencha vers moi pour m'offrir le résultat de ses cogitations.

— Maria, dit-il, c'est le genre de femme qu'on sait pas si on veut la gifler ou la baiser.

Puis, après une pause :

— Peut-être les deux.

9. LE FESTIN DES MORTS

C'était encore l'hiver. Nous étions encore dans la forêt, mal en point, à nous cacher. Il y avait eu des départs qu'on n'appelait pas encore des désertions. Il était vaguement question d'avancer vers la ville de M., mais l'ordre ne venait pas. Nous avions faim. Les hommes s'ennuyaient. Pas moi, mais les autres.

Mistral était venu me voir et m'avait pris à part.

— Il leur faudrait une petite fête, Chef, un festin, quelque chose.

— Cornets de neige aromatisée au jus de chaussette, sapinade au vinaigre de résine, gigot de bouleau sur son lit de feuilles et, pour le dessert, mousse de lichen, ça te va ?

— Très drôle. Je suis sérieux.

— Moi aussi, qu'est-ce que tu veux que je fasse ?

— Trouve, sinon dans dix jours, il ne restera que nous ici, ils auront tous foutu le camp. Prends Manu, prends les hommes que tu veux. (Il s'était ménagé une pause dramatique.) Je sais que tu en es capable.

J'avais hoché la tête pour signifier mon accord. Il m'avait tapé sur l'épaule et il était retourné vaquer à ses occupations de capitaine, quelles qu'elles fussent.

Il me faisait confiance, Mistral. Depuis l'attaque du convoi, il me faisait confiance. J'en avais tué une vingtaine ce jour-là. Mistral disait : le jour du Tigre. Le jour où le tigre en moi s'était éveillé.

Depuis ce jour-là, je me faisais confiance aussi.

L'idée de préparer un festin pour la troupe ne me plaisait guère. Mais aller voler un peu de ravitaillement, c'était une chouette idée. Avec un peu de chance, il y aurait de l'action. Mais il y avait deux problèmes :

Où aller ? Dans la région, les seuls qui avaient de la nourriture en quantité suffisante, c'étaient les troupes gouvernementales. Je me voyais mal entrer dans un de leurs camps pour le cambrioler, et je me voyais encore plus mal en sortir avec un quartier de bœuf sur l'épaule et des bouteilles d'alcool sous le bras.

Comment revenir ? S'il était relativement aisé de sortir de la Grande Forêt en voyageant léger, il était parfaitement illusoire de penser qu'on puisse y revenir chargé des deux ou trois cents kilos de victuailles nécessaires à travers vingt-cinq kilomètres de pistes invisibles recouvertes par endroits d'un bon mètre et demi de neige poudreuse.

J'avais réfléchi quelque temps à mon affaire, puis avec Manu j'étais allé voir Mistral.

— Il faut demander aux hommes de faire des raquettes, dis-je.

— Des raquettes ?

— Des raquettes et des traîneaux. Ne t'en fais pas ! dis-je, comme je voyais Mistral s'apprêter à protester. Ils n'auront pas à aller bien loin.

Je leur expliquai mon plan.

— C'est jouable, dit Mistral.

— Oh oui ! ajouta Manu.

Nous avions encore réglé quelques détails. Le plus important c'était le point de chute, mais Mistral connaissait la forêt mieux que personne et ses suggestions étaient toutes excellentes. Puis nous avions convenu d'un rendez-vous et, dans l'heure qui avait suivi, nous nous étions mis en route pour la Capitale, sans arme et en civil.

* * *

Le vieil homme était bouleversé. Il avait beaucoup maigri et ses yeux semblaient plus grands que dans mon souvenir. Il ne me faisait plus peur, mon vieux maître, mais je crois qu'il ne faisait plus peur à personne. Il ne présidait plus aux cuisines de son propre restaurant, laissant ce soin aux plus jeunes. Il se contentait dorénavant d'accueillir la clientèle et de la baratiner. Avec l'âge, il était devenu sentimental, ou alors c'était de me voir après tout ce temps qui lui faisait cet effet-là. Il m'appelait mon petit.

Il nous avait fallu deux jours pour rejoindre la Capitale. D'abord à pied, puis en stop, parmi les voitures surchargées de meubles et de bibelots qui fuyaient la ville de M. à l'annonce d'une probable offensive. En débarquant, un mardi, au centre-ville de la Capitale, je n'avais pas eu l'impression d'un retour en arrière. Je connaissais les rues, l'architecture, mais ce n'est pas pareil quand on revient en ennemi. La dernière fois, je n'étais rien : un vendeur de saucisses. Mais maintenant, j'étais un ennemi, j'étais dangereux. Même si je n'avais pas d'arme, j'étais dangereux. Le danger n'a rien à voir avec les armes.

Nous avions marché jusqu'au restaurant. J'espérais qu'il était toujours là, sinon il aurait fallu improviser. Mais il était toujours là, pas aussi prospère qu'avant, la façade aurait eu besoin d'une couche de peinture fraîche et je constatai en entrant qu'on avait rapetissé la salle à manger en élevant un mur qui n'était pas là dans mon temps.

J'avais dit à Manu de m'attendre sur le trottoir. Mon vieux maître était assis au bar et vérifiait les réservations du soir en me tournant le dos. J'avais appelé son nom, tout doucement. Il s'était retourné et m'avait regardé en fronçant les sourcils. J'avais dit mon nom. Son visage s'était éclairé, puis il était péniblement descendu de son tabouret pour me prendre dans ses bras. Ensuite, il avait reculé pour mieux me regarder, et je voyais que ses yeux étaient humides.

J'étais content de le revoir. Il me posa des tas de questions sur ma vie, et je lui racontai des tas de mensonges qui lui firent plaisir. Je brodais sur la vérité. Je lui racontai mes aventures de saucisses pendant qu'il riait. Je lui dis que j'avais vendu mon affaire puis que je m'étais installé à M. pour y ouvrir un petit restaurant qui marchait bien. Il parut content. Je dis que j'étais venu à la Capitale en attendant que les troubles s'apaisent. C'est alors que je me souvins de Manu et j'allai le chercher sur le trottoir.

C'était la première fois qu'il mettait les pieds dans une grande ville. C'est la hauteur qui l'impressionnait. Rien de moins de quatre étages. Et le bruit ! Et le nombre ! Le nombre lui faisait un peu peur. Je le pris par le bras et le présentai à mon vieux maître en disant que c'était un ami, ce qui était vrai. C'est toujours mieux quand il y a du vrai.

Mon vieux maître nous installa à une table et nous servit à boire en attendant l'heure de manger. Toute la fin de l'après-midi et toute la soirée il s'est assis et relevé pour vaquer à ses occupations avant de revenir s'asseoir avec nous. Nous avons beaucoup mangé, beaucoup bu. Peut-être à un moment ou deux pendant cette soirée me suis-je demandé si la Grande Forêt existait encore, quelque part, si elle appartenait à un autre plan de l'existence. Comme si toute ma vie là-bas se réduisait à un claquement de doigts. Ça ne durait que quelques secondes, ces impressions, mais je sentais qu'elles auraient pu durer si je leur en avais donné la permission. Je comprenais que rien n'avait de réalité propre, un peu comme ces nourrissons qui pensent confusément que c'est leur regard qui crée le monde – et quand ils ferment les yeux, tout retourne au néant.

Il y avait un peu de vrai là-dedans. Ou alors les réalités existent dans des univers parallèles et nous avons la capacité de sauter de l'un à l'autre.

Nous passions une soirée agréable et avec un peu de concentration, je réussis à ne pas perdre de vue la raison de notre présence en ces lieux. On en était au dessert quand mon vieux maître me demanda où nous comptions passer la nuit. Je lui répondis que nous n'avions pas encore réglé ce petit problème. Comme il était déjà tard, il nous invita chez lui, et ainsi le lendemain nous aurions tout le temps de trouver une chambre quelque part. Je le remerciai et Manu aussi.

J'avais la panse bien pleine et la tête qui tournait un peu, avec tout ce vin que nous avions bu. Manu fumait un cigare d'un air rêveur mais je savais que ce n'était qu'une façade, que toute cette nourriture, que le bon vin et la fumée de son cigare lui rappelaient Andreï, lui rappelaient que cette réalité-là n'existait que par le cadavre d'Andreï.

Je demandai à mon vieux maître si c'était toujours le mercredi qu'il allait à l'aéroport cueillir ses marchandises. Il me le confirma. Je lui dis que ça me ferait plaisir d'y aller avec lui, en mémoire du bon vieux temps. Il me répondit qu'il en serait ravi, mais qu'il fallait se lever de bonne heure.

Le plus important était fait. Après, je pus me laisser aller un peu à profiter de tout ça, jusqu'au moment du coucher.

* * *

C'étaient de petits avions de transport que les restaurateurs de la Capitale affrétaient pour importer les produits frais, les raretés, le poisson et même, depuis le début de la guerre, la viande. Juste avant de quitter l'appartement de mon vieux maître, en haut du restaurant, j'avais pris dans le tiroir un couteau de cuisine, mais Manu m'avait dit de laisser faire et il avait sorti de sous sa veste un pistolet automatique de neuf millimètres. C'était con, j'avais dit pas d'arme, et si on s'était fait fouiller… Mais bon, on ne s'était pas fait fouiller et on allait avoir besoin du pistolet.

Mon vieux maître nous avait embarqués à bord de sa camionnette. Ça faisait trente ans qu'il se rendait chaque semaine à l'aéroport, on le laissa passer en le saluant. Après, c'était simple. Je l'ai assommé. Nous sommes montés à bord de l'avion et nous avons dit au pilote de décoller en lui mettant le pistolet sur la tempe. On n'a pas eu besoin de répéter.

Passé les montagnes, on lui a dit de descendre et de voler juste au-dessus de la cime des arbres, et quand on a reconnu le terrain, on lui a donné des indications plus précises. Enfin on a survolé une grande clairière toute blanche de neige. Je lui ai dit de tourner en rond au-dessus de la clairière, et pendant que Manu restait avec lui, j'allai dans la soute. Il y avait des centaines de caisses, avec des mots écrits au pochoir. J'ai ouvert la porte. Le vent était glacé. J'ai pris les caisses et je les ai jetées dehors, dans le vide, l'une après l'autre.

Nous avons fait quatre ou cinq passages au-dessus de la clairière qui était maintenant comme pointillée de caisses en bois. Je voyais que certaines avaient éclaté, mais pour la plupart, la neige épaisse avait amorti le choc. Je retournai dans le cockpit retrouver Manu. Je demandai au pilote s'il y avait des parachutes. Il n'y en avait qu'un.

— C'est embêtant, dis-je.

Le pilote essayait de négocier mais je ne l'écoutais pas. Je réfléchissais. Je me disais que nous pourrions survoler une dernière fois la clairière en rase-mottes et nous jeter dehors, Manu et moi. La neige briserait notre chute. Mais le pilote connaissait notre position et ce n'était pas une bonne idée de le laisser en vie. Non, il fallait sauter en parachute, ce que nous n'avions jamais fait. Je dis au pilote de prendre de l'altitude. J'enfilai le parachute, et, avec des bouts de cordes, j'attachai Manu à moi. À mille mètres d'altitude, je dis au pilote de repasser au-dessus de la clairière en gardant le cap vers la ville de M.

Je pris le pistolet des mains de Manu. Juste avant de survoler la clairière, je tirai une balle derrière la tête du pilote. Puis je fermai les yeux et sautai, Manu attaché à moi comme un enfant dans son harnais.

Dès que je pus, je tirai sur la poignée. Le parachute s'ouvrit sans problème, mais nous étions lourds. Je sentais le vent. Nous atterrîmes juste à la lisière de la clairière. Vingt mètres plus loin, on s'embrochait sur les arbres. Quand nous nous sommes relevés, les hommes sont sortis des bois. Ils marchaient drôlement avec leurs raquettes de bric et de broc. Ils tiraient des traîneaux de branches aux patins couverts de glace. Ils criaient comme des enfants en s'approchant des caisses. D'un bout à l'autre de la clairière, ils s'échangeaient en criant les informations sur le contenu des caisses. Je savais qu'il y avait de tout. Il fallut plusieurs minutes pour organiser les choses.

L'avion avait continué sa route pendant un certain temps, puis avait disparu du ciel sans que nous l'entendions s'écraser, sans doute une cinquantaine de kilomètres plus loin. Nous étions tranquilles.

On retourna au camp dans une ambiance de fête. Il y eut des huîtres au menu ce soir-là.

J'étais un héros.

À part d'occasionnelles escarmouches qui consistaient à harceler les troupes gouvernementales plutôt qu'à les affronter, le reste de l'hiver s'est déroulé à peu près sans histoires. D'autres hommes et même des femmes se joignirent à nous et les rires se firent plus graves, car cela signifiait pour bientôt le début de l'offensive.

Vint le printemps. Nous pataugions dans la boue. Je voyais Manu tenter d'écrire à sa Jana de longues lettres qu'il ne pouvait lui envoyer. Il peinait sur le papier puisqu'il savait à peine écrire. Il savait encore moins décrire l'amour, qui avait toujours été pour lui une chose naturelle qui se passait de mots. Il consacrait de longues heures à ses missives, rongeant le bout de son crayon. Il les rangeait ensuite dans son sac. Il y en avait beaucoup. Il ne trouvait jamais le repos, sinon dans l'action, assassinant les assassins de son fils. Mais quand il se penchait sur la feuille de papier, son front se ridait, et une petite moue déformait sa bouche. Je me rappelais cela. Cette petite moue. Je m'en souvenais, il l'avait déjà, quand je l'avais vu pour la première fois, pas encore sorti de l'enfance et déjà papa.

L'ordre arriva de nous mettre en route vers le milieu d'avril.

* * *

Ici, les choses se précipitent. La chronologie m'échappe. Les souvenirs se chevauchent. Je ferme les yeux pour que les images se précisent. Je me souviens de la peur. J'avais peur. Pour ne pas avoir peur, il faut être mort. C'est étrange cette sensation. C'est totalement insensé que de se ruer vers l'ennemi, vers le feu de l'ennemi. Et pourtant, ce n'était pas insensé. Il y a, pendant la guerre, une logique dont on ne retrouve plus le fil en temps de paix.

Je me souviens de Mistral nous ordonnant de voyager léger, et de cette scène : tous les hommes et toutes les femmes faisant le ménage de leurs bagages et jetant dans la neige tout ce qu'ils devaient laisser derrière : livres, appareil photo, couvertures raidies de crasse, magazines pornographiques, trophées de guerre (casques, ceinturons, décorations, bijoux de toc), disques, piles usées de tous formats, gamelles à récurer, chaussettes trouées, rasoirs jetables, une boîte à musique au couvercle fendu. Je ne gardai qu'un couteau de chef de marque allemande, soigneusement affilé. Je lui avais taillé une gaine dans le cuir d'une botte prélevée sur l'ennemi. Je le portais à la taille. Sur mon attirail guerrier, ce manche noir orné d'un logo rouge, balancé pour émincer les poireaux, attirait l'œil comme un détail saugrenu. Je savais qu'avec lui on pouvait me reconnaître. Ce couteau était ma signature. J'étais le Chef. Le Cuisinier de l'enfer. Les contours flous, indéfinis du Moi en temps de guerre contraignent à ces redéfinitions. Je devenais un autre, un avatar de moi-même mieux adapté à la nouvelle situation. Rossi était l'Italien fou qui hurlait, au moment de l'attaque, les quelques mots qui lui restaient de la langue de ses ancêtres.

Cousteau était le Stratège. Mistral, la Colère. Manu était le Vengeur du fils. Il n'y avait plus de joie en lui. Il fit une épaisse liasse de toutes ses lettres et les rangea dans une poche contre son cœur, jeta tout le reste de ses possessions qui ne servaient pas à tuer. Nous étions lourds de munitions, de poignards, de grenades et d'armes. À nos pieds gisaient les dernières traces de nos anciennes personnalités, comme si nous avions mué et que des peaux translucides étaient tombées de nous, qui conservaient notre forme mais plus notre essence.

Toutes nos forces convergeaient vers la ville de M. Ce devait être la première grande victoire de l'opposition. D'autres compagnies venant d'ailleurs et dont nous ne savions rien devaient elles aussi marche sur M. pour prendre la ville en tenaille. Il importait de ménager l'effet de surprise, d'avancer à couvert jusqu'au dernier moment.

La Grande Forêt s'effilochait en bosquets jusqu'aux premiers faubourgs. Nous y demeurâmes tapis en attendant le signal. Je regardais mes compagnons. Leurs visages n'exprimaient rien de connu. Une région de nos cerveaux se bloquait, empêchant de se frayer jusqu'à la conscience la notion qu'une partie d'entre nous allaient mourir.

L'attaque fut parfaitement coordonnée et, cernée sur trois fronts, la garnison ne savait plus où diriger son artillerie. D'entrée de jeu, nos pertes furent assez sévères, mais nous courions vers l'ennemi comme portés par un torrent d'adrénaline. Dans ces circonstances, le courage est chimique.

Nous pénétrâmes assez rapidement dans la ville et nous avançâmes vers le centre où s'était regroupé le gros de l'infanterie adverse.

Plus nous progressions, plus l'air s'épaississait de fumée et de balles. Après nous avoir abandonné des quartiers entiers, l'armée gouvernementale défendait au centre les maisons une par une. Chaque immeuble était un piège, chaque portique un bunker. J'avais l'impression de me buter à une pellicule de plastique parfaitement transparente qui n'empêchait pas les mouvements, mais les ralentissait. Je voyais le moment imminent où notre avancée serait stoppée, où nous nous enliserions dans une guerre de tranchée urbaine aussi coûteuse qu'absurde. L'objectif d'envahir la ville se réduisait soudain à celui de prendre un magasin de bonbons ou une échoppe de fleuriste. Nos ambitions se résumaient à un bout de trottoir, à l'étage d'un immeuble où sévissait un franc-tireur. Mais aussi petits soient-ils, ces objectifs emplissaient totalement le champ de notre vision. Ils acquéraient une importance qu'un observateur en altitude ne pourrait jamais concevoir. Ce bout de trottoir, ce magasin de bonbons étaient tout pour nous, puisqu'ils signifiaient la vie ou la mort. Dans ce grossissement brutal de notre vision, le reste du monde était relégué au flou, à un état larvaire de l'existence, informe et patient, qui attendait qu'on lui accorde un regard pour se matérialiser.

Pluie de métal. Éclats de béton et de verre. Bouts de chair déchiquetée. Sang. Organes répandus au-delà des ventres ouverts. J'ai dit tout à l'heure l'impression d'avancer contre une pellicule de plastique. J'aurais dû dire : comme dans de la chair pourrie. Des asticots dans un cadavre répugnant.

Je gardais Manu à ma gauche, Mistral à ma droite, à portée de voix. Des jappements secs nous servaient à communiquer. Nous manquions toujours de munitions qu'il fallait faire venir de l'arrière – mais où était l'arrière ? Il n'y avait que le devant, quelques mètres à grignoter au prix du sang. Il n'y avait pas d'arbres, pas de forêt, pas de collines. Ce n'était pas notre monde, et cela dura trois jours. Je me souviens du soleil jouant avec les particules de poussière. Je me souviens du visage d'un jeune garçon entraperçu derrière une vitrine, vêtu d'un uniforme trop grand pour lui et muni d'un fusil trop lourd qui lui tombait des mains. Je me souviens de son visage imberbe et pâle et de ses lèvres minces qui formèrent un o muet quand je l'atteignis à la poitrine. Je me souviens d'un chat égaré entre deux feux. Quand il passa en miaulant, il y eut un instant de silence, quelques secondes volées à la guerre par la surprise. Puis le chat s'en fut et les tirs reprirent de part et d'autre.

Je me souviens d'un sommeil lourd comme un sac de ciment. J'avais le dos appuyé contre un mur qui faisait coin et dont je recevais les éclats. Après deux jours de combat et de poussière dans les yeux, mes paupières avaient la texture du sable. J'avais fermé les yeux pour clarifier ma vision et je m'étais endormi alors même qu'on me tirait dessus. Cela dura quelques minutes mais je me réveillai comme après une nuit dans un bon lit sous une couette de plumes.

Je me souviens du visage de mes compagnons, de cette décomposition des expressions qui en réduisait le vocabulaire à zéro. Pas d'espoir, mais pas de désespoir non plus, et rien entre les deux, comme si les émotions avaient fugué, avaient quitté cet endroit inhospitalier.

Au bout de trois jours, les renforts arrivèrent. Pas les nôtres. Nous avions presque gagné la bataille. Nous avions pris les quartiers, les maisons, le centre, nous tenions la ville à l'exception de l'aéroport, qui n'allait pas tarder à tomber. Puis étaient arrivés de gros transporteurs aériens qui, une fois au sol, avaient régurgité des troupes fraîches et des blindés légers.

Nous nous enfuîmes en courant par les rues que nous avions conquises pas à pas. Autour de Mistral, le noyau dur de la compagnie restait à peu près intact, une dizaine de combattants sur la centaine que nous avions été. Instinctivement, sans nous consulter, nous retournions sur nos pas pour regagner au plus vite l'abri relatif de la forêt.

C'est pendant cette retraite que Manu fut blessé. Une balle, tirée par-derrière, lui traversa l'articulation de la jambe et ressortit par-devant en projetant en geyser des morceaux de rotule et des bouts de ligaments. La douleur s'empara de ses traits comme un poing puissant qui se referme sur une motte de glaise. Je le chargeai sur mes épaules et courus nous mettre à l'abri.

Manu geignait de douleur et quand je le déposai sur le sol une fois franchie la ligne des arbres, je pus examiner le trou béant aux parois déchiquetées qui marquait le point de sortie de la balle. Il ne restait rien à reconstruire. Il aurait été plus sage de l'abandonner bien en vue afin que les infirmiers de l'armée régulière puissent s'en occuper dans des conditions sanitaires acceptables, mais tout mon être protestait contre cette idée. Pendant que je réfléchissais, Manu perdit conscience. Je lui caressai les cheveux.

Je vis les nôtres apparaître un à un, circonspects, le doigt sur la détente, crottés, ensanglantés. Ils sortaient de l'ombre comme des fantômes éteints, des spectres de spectres, et il fallait s'y reprendre à deux fois pour reconnaître en eux les êtres humains normaux qu'ils avaient naguère été. Ils s'écroulaient alentour de nous pour se reposer enfin sur le sol tapissé d'aiguilles de pins dont l'odeur saine nous rappelait vaguement quelque chose. Mistral à son tour se laissa tomber à mon côté. Il jeta un œil sur la blessure de Manu et en arriva sans doute à la même conclusion que moi.

— Il faut le laisser ici.

— Il n'en est pas question.

— La route est trop longue pour lui. Il va mourir au bout de son sang.

— Pas si on lui en transfuse.

Il eut un petit rire sec, qui résonna comiquement sous les branches.

— Du sang, dit-il, on en a versé beaucoup, mais on ne l'a pas apporté avec nous.

Je ne répondis rien. Je continuai à caresser la tête de Manu qui gémissait dans son inconscience. Son genou qui se réduisait à rien continuait cependant de saigner. Je retirai ma chemise pour en déchirer des bandes et panser la plaie. Un sentiment d'impuissance que je n'avais pas ressenti pendant la bataille s'insinuait en moi. Il est tellement plus facile de tuer que de guérir. Mes talents ne valaient rien devant la souffrance de Manu. J'eus une idée.

— Si on allait au lac ?

Mistral me regardait pensivement. Je savais comment fonctionnait son cerveau. Il évaluait, il pesait, il pensait en termes stratégiques.

— C'est pas une mauvaise idée, dit-il.

Au nord-est de la ville de M., sur les marches septentrionales de la Grande Forêt, cerné de vieilles montagnes rabotées par les temps, il y avait, il y a toujours, un assez vaste lac aux eaux profondes et claires. Les gens de la ville qui en avaient les moyens s'y étaient fait construire de luxueuses résidences d'été. Avec le temps et un nombre grandissant d'estivants, une sorte de petit village avait vu le jour, constitué de commerçants et de fournisseurs de services qui avaient vu là un marché à occuper : boulanger, poissonnier, kiosque à journaux. Une petite clinique médicale avait été construite quelques années auparavant pour soigner les bobos des vacanciers, les cloques des coups de soleil, les entorses des joueurs de badminton et les constipations des vieux messieurs.

Une clinique.

Même si le village se vidait à l'automne pour ne reprendre vie qu'au tout début de l'été, les installations restaient là toute l'année. La clinique était là, ses instruments, ses médicaments et même ses provisions de sang devaient y être aussi. Mistral avait raison. Ce n'était pas une mauvaise idée du tout. Suffisamment de voitures et de camions avaient été abandonnés sur les routes pour nous fournir des moyens de transport. En roulant de nuit, tous feux éteints, c'était jouable.

Les fiers combattants fuient la lumière du soleil. Ils rampent puis avancent le dos courbé, la défaite les condamne à ne plus marcher droit. Des hélicoptères tournent au-dessus de la ville de M. en touillant l'obscurité de leurs baguettes lumineuses. Mais nous sommes déjà loin, dans le noir.

Manu geint, souffle, souffre. Sa peau a la consistance et la couleur de la cire. Nous avons confectionné un brancard avec deux pantalons, une ceinture et deux perches de bois. Nous parcourons quelques kilomètres à pied avant de rejoindre une route secondaire. Nous cherchons des véhicules, la plupart sont endommagés, les autres n'ont plus d'essence. La région semble déserte, les habitants ont fui ou alors ils se terrent dans leurs maisons, dans l'obscurité. Ils ont peur de l'armée autant que de nous. Ils ont peur de la guerre comme ils auraient peur d'un ouragan. Les catastrophes naturelles.

Nous trouvons finalement une petite camionnette d'électricien en état de marche. Nous nous y entassons à huit, accroupis contre les parois, Manu couché au centre. Les autres nous rejoindront dès qu'ils le pourront.

Nous roulons dans le noir. Les frondaisons ne se détachent sur rien. En l'absence de maisons, de bornes, tout est sombre sur sombre. Le blanc n'existe pas dans la forêt. Où est la route ? Il n'y a pas de lune, pas d'étoiles. Nous roulons à l'oreille, très doucement. Quand les pneus mordent le gravier du bas-côté, Mistral donne un coup de volant. Seul le chuintement du caoutchouc sur l'asphalte nous indique que nous restons sur la route. Privé ainsi du sens de la vue, le temps acquiert une qualité liquide, comme si nous flottions dans une eau fortement salée, portés par un courant invisible.

Cela semble durer des heures. Et cela dure des heures. Manu ne se réveille plus. Son souffle est réduit à une légère trace. Comment peut-il survivre avec si peu d'oxygène ?

Quelque chose sur la joue nous avertit d'un changement. Une caresse humide. Sur la droite, il n'y a plus d'échos. Les arbres ont disparu, remplacés par la surface plane du lac. J'entends un lointain clapotis. À la vitesse d'un homme qui marche, la camionnette traverse le village désert aux façades travaillées comme un décor de théâtre. Tout ici suggère l'été, l'insouciance, les plaisirs de la voile et du ballon de plage. À la recherche de la clinique, je balaie avec ma lampe de poche les enseignes peintes de couleurs vives. Pas de maisons : des magasins, des restaurants, des boutiques. Ce n'est pas un endroit où l'on vit. C'est une construction de l'esprit, une négation en trompe-l'œil de la misère, de l'inégalité, de la souffrance. C'est une illusion entretenue à grands frais pour les gens riches dont les grosses maisons d'été s'accaparent les rives du lac. Je ne serais pas surpris si ces façades n'étaient justement que des façades, de simples panneaux de bois peints maintenus debout par des madriers.

Nous trouvons enfin la clinique, en forme de chalet suisse. Mistral déploie les hommes tandis que je force la serrure. N'y a-t-il vraiment personne ? Il est difficile de croire qu'on a laissé les lieux totalement abandonnés.

Derrière la dentelle de bois de la façade, la clinique est moderne, fonctionnelle, anonyme. Nous portons Manu à l'intérieur puis, l'arme au poing, j'en explore tous les recoins. À l'entrée, la réception. Puis un corridor où s'ouvrent deux portes à droite et une seule à gauche. J'ouvre la première porte à gauche. C'est une salle d'examen, propre et si blanche qu'elle semble palpiter dans le noir. J'ouvre la porte à droite. C'est un bureau de consultation, cossu. Le mur du fond est couvert de diplômes. Je fais une pause devant la dernière porte. Il me semble entendre quelque chose. J'attends. Je souris. J'ouvre doucement. Un homme ronfle faiblement. Il est couché sur un divan, dans ce qui semble être une salle commune avec frigo et percolateur. Je m'approche. Il ne s'est pas réveillé. Je le secoue. Il proteste dans son sommeil, puis ouvre les yeux très grands, attrape sa couverture et la remonte sur lui comme si elle était un bouclier. Il dit :

— Oh, mon Dieu !

— Y a-t-il un médecin ?

— Oh, mon Dieu !

— Y a-t-il un médecin ?

— Non. Seulement l'été.

— Une infirmière ?

— Euh... non.

— Pourquoi euh ?

— Je suis infirmier, enfin, presque.

— Viens avec moi.

Je le traîne par le bras jusqu'à la réception où nous avons déposé le brancard.

— Oh, mon Dieu ! répète l'infirmier en voyant le genou de Manu.

— Aide-moi.

Nous le transportons dans la salle d'examen.

— De la lumière, dis-je.

Il sort d'un placard une lampe puissante raccordée à une batterie de voiture. La lumière jaillit, cruelle. Je dois fermer les yeux un moment. Quand je les rouvre, la blessure de Manu m'apparaît dans une explosion de couleurs : rouge, jaune, noir, blanc des éclats d'os, rose, brun, violet. J'ai peine à m'en détacher les yeux. C'est comme si je voyais pour la première fois. Mais je me ressaisis.

— Comment t'appelles-tu ?

— Théo.

— Théo, soigne-le.

Il voit mon regard, il n'ose pas crier encore une fois : « Oh, mon Dieu ! » Il ouvre un tiroir et en sort une paire de ciseaux. Il découpe le pantalon et se penche sur la blessure. Quand il se relève, son front est couvert de sueur. Au même moment, Mistral fait son entrée. Il m'interroge du regard, je hausse les épaules.

— Je ne peux rien faire, dit Théo.

Il a peur de ma réaction. Il a peur de moi. C'est bien.

— Tu vas faire quelque chose.

— Mais je ne suis pas médecin. Je n'ai même pas terminé mes études d'infirmier.

— Il va crever si tu ne fais rien, dis-je en désignant Manu. Et s'il crève, tu crèves aussi.

Théo se mordille la lèvre. Son regard passe du genou de Manu à moi.

— Il a perdu beaucoup de sang.

— Donne-lui-en.

— Mais je n'en ai pas !

— Comment ?

— On ne garde pas de réserves ici. Seulement un peu de plasma. Mais les frigos ont besoin d'électricité.

La fatigue soudain se fait sentir. Je chancelle. Mistral s'approche et me soutient.

— Tu as fait ce que t'as pu, me dit-il.

— Non.

— On va le transporter quelque part où l'armée va le trouver, c'est sa seule chance.

— Non.

Je ferme les yeux. Je respire. Je les rouvre. Je m'avance vers Manu.

— Prends le mien, dis-je à Théo.

— Votre quoi ?

— Mon sang.

— Vous êtes du même groupe ?

— C'est mon fils.

— Ça ne veut rien dire.

— Prends mon sang et donne-le-lui ! Et ensuite tu le soignes.

À Mistral :

— Il faudra qu'il se repose. Trouve un endroit, des vivres.

— Et lui ? demande-t-il en désignant Théo du pouce.

— Il vient avec nous pour soigner Manu.

— Ça peut le tuer, tu sais, ton sang.

— Ça ne le tuera pas.

À Théo :

— Prenez ce qu'il vous faut.

On m'installe pour la transfusion. Quand l'aiguille pique mon bras, je ferme les yeux pour que passent dans mon sang toute ma force, tout mon espoir, tout mon amour. Je me concentre. Je pousse avec mon cœur le sang dans le tube. Au bout d'un certain temps, je perds conscience.

* * *

J'avais l'impression d'un terrible malheur. Quelques secondes avant d'ouvrir les yeux, j'en étais certain. J'allais me réveiller seul, et il n'y aurait que du noir, une obscurité totale, absolue, éternelle, dévorante. J'ouvris les yeux. Je vis penché sur moi un visage mangé de barbe aux yeux très doux. C'était Rossi.

Je voulus parler. Je ne réussis qu'à pousser un gémissement.

— Tout doux, dit Rossi. Ils t'ont presque vidé.

Sur le visage de Rossi se trouvait la réponse à une question que je ne pouvais formuler, que je ne voulais pas formuler.

Puis Rossi sourit. Il tourna la tête. Je suivis son regard.

Sur un lit à côté du mien, Manu reposait, immobile. Théo était assis à son chevet. Je haussai les sourcils en une question muette.

— Il dort, dit-il.

— Je ne l'ai pas tué, articulai-je péniblement.

— Vous êtes du même groupe. Si vous ne l'aviez pas été, il serait mort en quelques minutes. (Il me regardait avec un air de reproche.) Vous n'êtes pas son père.

— Maintenant je le suis.

Puis je fermai les yeux. J'allais dormir maintenant.

Je dormis sans rêves pendant près de trente heures. Quand enfin je m'éveillai, j'avais très faim et très soif. Je me redressai et je rejetai les couvertures, puis je me tournai vers Manu. Nous étions seuls dans la chambre. On avait lavé ses cheveux. Son visage semblait paisible. Sa poitrine se soulevait régulièrement. Puis je vis le bas de son corps. J'arrachai la couverture. La blessure n'était plus là. Il n'y avait plus de genou. On avait coupé à mi-cuisse. Je calmai les battements de mon cœur. Bien sûr, à quoi avais-je pensé ? Qu'un petit infirmier allait lui reconstruire le genou ? Il était vivant, c'était l'essentiel. Je lui pris la main. Elle était douce au toucher, et chaude. La peau était souple, les ongles nettoyés.

Je me demandai ce qu'on avait fait de la jambe.

Pendant notre inconscience, on nous avait transportés dans une maison isolée du bord du lac à laquelle on ne pouvait accéder que par un chemin privé de huit cents mètres facile à surveiller. Un bateau à quai nous permettait une retraite par le lac en cas de visite imprévue. Nous n'avions jamais vécu dans un tel confort de toute notre existence. Même si l'électricité était coupée, de vastes réserves de bois sec et un vénérable poêle assuraient à la fois le confort et la cuisine. Nous ne manquions de rien. Mistral avait vidé la clinique de ses réserves de médicaments. Nos compagnons nous avaient rejoints et Mistral, pour contrer l'inaction, les envoyait piller les autres maisons à la recherche de vivres.

Manu commença à reprendre conscience au bout de trois jours. Mais son regard embrumé de morphine se posait sur moi sans s'arrêter. Théo m'expliqua qu'il souffrait beaucoup.

— Il lui faudra du temps pour s'en remettre.

Or, du temps, nous n'en avions pas. D'un jour à l'autre, un détachement de l'armée pouvait débarquer ici. Et Mistral était impatient de reprendre le combat. Manu ne lui était plus utile, il allait l'oublier. Il le laisserait derrière sans aucune mauvaise conscience. Seuls comptaient pour lui ceux qui pouvaient encore se battre. Dans deux ou trois jours, les hommes auraient fini de reprendre des forces.

Je passais tout mon temps au chevet de Manu, cherchant sur ses joues un peu de couleur. Je tentais de réfléchir à la suite des choses. Un soir, j'entendis un brouhaha dans le salon, puis la voix de Rossi qui m'appelait.

— Chef ! Une surprise pour toi.

Je sortis de la chambre. L'immense Rossi tenait dans sa poigne droite la Pustule par le collet. Et dans sa gauche…

J'étais… J'ouvris puis je fermai la bouche à plusieurs reprises. Finalement, quand je réussis à dire quelque chose, ce fut…

10. L'AMOUR DE LA GUERRE

— Bonjour, Maria, avais-je commencé.

— Bonjour, avait-elle répondu, pas du tout décontenancée. Comme si la situation était normale, et simple, et saine – comme si elle n'était pas la maîtresse du directeur, cachée dans ses bureaux depuis des mois. Comme si elle n'avait jamais été, ne fût-ce qu'un moment, la maîtresse d'un monstre.

Rossi et les autres avaient raison. D'après ce que j'avais pu en voir par la porte laissée entrouverte, le directeur de la scierie possédait, attenant à son bureau, un très joli et très vaste appartement de fonction qui lui servait accessoirement de donjon pour sa maîtresse.

La veille à l'hôtel, une fois notre entretien terminé, Rossi et ses compagnons étaient retournés à leurs libations sans plus s'occuper de nous. Mais le mot s'était passé, et sans que nous ayons le moins du monde sollicité leur avis, d'autres buveurs s'étaient assis à notre table pour retoucher de noir le portrait de Maria. Les femmes en particulier ne lui pardonnaient rien, surtout pas d'être désirable dans ce pays en mal d'hommes. Traîtresse, salope, vendue, parasite, malpropre, traînée : aucune de ces épithètes n'était prononcée à voix haute, mais elles sous-tendaient la conversation comme des filins tirant sur les voiles pour prendre le vent.

— Ils ne l'aiment vraiment pas, dis-je à Josef entre deux périodes d'exécutions sommaires.

— Il y a bien des choses et des gens qu'ils n'aiment pas, répondit Josef. Mais celle-là est facile à nommer.

Évidemment, il me fallait absolument la rencontrer. Mais à la façon dont s'était terminé notre entretien, je doutais que le directeur de la scierie se montrât coopératif. J'avais cependant à ma disposition quelques moyens légaux ; il m'était possible de lui faire parvenir par huissier une citation à comparaître, par exemple, ainsi qu'à Maria.

— Ne faites pas ça, me dit Josef.

— Et pourquoi pas ?

— Dès que l'huissier aura tourné les talons, Maria aura disparu, n'aura même jamais existé. Dans un cas comme celui-là, il ne faut pas agir, il faut menacer d'agir... Une petite lettre, par exemple. Vous avez du papier ?

Je sortis du papier de mon attaché-case et je décapsulai ma plume, puis nous entreprîmes d'écrire une lettre au directeur de la scierie.

Monsieur Gerhart Bolchick
Directeur
Scierie de M.

Monsieur,

J'ai le devoir de solliciter un entretien privé avec vous ainsi qu'avec votre épouse concernant Madame Maria V., une jeune personne que vous avez recueillie dans votre famille pour en faire votre protégée, et qui est également employée de la scierie en tant que votre secrétaire particulière. Nous avons des raisons de croire que cette personne possède sur notre client des informations de nature à favoriser sa défense. Or nous n'avons pu jusqu'à présent rencontrer ladite Maria V. C'est la raison pour laquelle nous faisons appel à votre aide ainsi qu'à celle de votre épouse, et ce, avant d'avoir recours à des moyens légaux qui risqueraient de rendre publics certains détails qui appartiennent à la vie privée des principaux concernés.

Meilleures salutations ainsi qu'à votre épouse,

François Chevalier,
Avocat

— Trois fois le mot « épouse », c'est assez ?
— Je crois qu'il comprendra, dit Josef.
— Je crains que sa femme ne lise jamais cette lettre…

Josef sourit, puis il fit porter la lettre à la scierie. La réponse revint dans l'heure. Monsieur le directeur, en l'absence de son épouse, se faisait un devoir d'arranger pour nous un rendez-vous avec son employée Maria V. et se montrait infiniment reconnaissant de notre volonté de garder privé ce qui pouvait l'être.

Le lendemain, mon Jules nous attendait aux portes de la scierie. Nous passâmes devant lui comme s'il n'existait pas et nous rendîmes à grands pas jusqu'au bureau du directeur qui s'avéra, cette fois-ci, dépourvu de ses jumeaux gonflés à la fonte. Le directeur nous reçut froidement, sans faire mine de nous tendre la main. Il arrangea les fauteuils de part et d'autre puis se dirigea vers la porte de ses appartements et l'ouvrit. Maria en sortit, maquillée de frais, coiffée, pimpante et exhibant un sourire timide parfaitement mis au point. Elle se présenta à nous en tendant une jolie main aux ongles impeccables. Le directeur fit mine de s'asseoir.

— Non. C'est une conversation privée, dis-je.

Il ouvrit la bouche, puis la referma. Ses yeux scintillaient de colère retenue. Il se résigna et se dirigea vers l'antichambre.

— Vous aussi, dis-je à Josef.

Il haussa les épaules, prit le temps de faire le tour du bureau en laissant traîner sa main sur la surface du bois, comme un gamin pas pressé en route vers la salle de retenue. Il quitta finalement le bureau, referma la porte derrière lui et nous laissa enfin seuls, Maria et moi.

Nous étions assis de part et d'autre du bureau du directeur, et elle attendait sagement que je prenne la parole, lovée comme un chat dans le fauteuil de cuir de son maître. Elle avait retiré ses chaussures pour glisser ses pieds sous elle, et je devinais sans peine la forme de ses cuisses qui tendaient le tissu de sa jupe.

C'était une belle fille, on ne pouvait pas dire le contraire. Mais pas une splendeur. À mes yeux, une splendeur devait conserver une légère indifférence à l'endroit de sa propre beauté, et non pas se réfugier derrière ni la projeter en avant.

Maria, m'avait-on dit, avait depuis longtemps décidé que la vie était une guerre permanente et que la seule manière de tirer son épingle du jeu était de se servir en tout temps de la meilleure arme dont elle pouvait disposer : la séduction.

Ça se voyait à la manière dont elle entortillait autour de son index une mèche de ses cheveux en me regardant de biais – un geste qui n'était pas destiné à chasser sa nervosité mais à provoquer la mienne. Dès le début de notre entretien, j'ai su à quoi m'en tenir : elle me jaugeait. Elle comparait mes mérites d'avocat étranger à ceux du directeur Gerhart Bolchick. Elle pesait le pour et le contre, elle calculait, mais ça n'avait rien à voir avec la pensée scientifique. C'était purement instinctif. Elle ne savait probablement pas qu'elle fonctionnait ainsi. Et elle nierait violemment que ce fût le cas si par malheur on lui en faisait la remarque.

Et pourtant ce l'était. Comme une puce, elle se demandait s'il valait la peine de sauter du cou d'une bête à poil au cou d'une autre bête à poil.

— Vous êtes marié ? m'avait-elle demandé. Ce qui n'était pas une façon de s'enquérir de mon statut matrimonial, mais plutôt d'amener la conversation sur les choses de l'amour et de la sexualité.

— Oui, avais-je répondu, et à la manière dont Maria avait hoché la tête, j'avais eu l'impression de tromper Florence.

Était-il possible que cette femme n'ait qu'un seul registre, celui du flirt ? Cinquante années de féminisme n'avaient pas fait que des converties. Certaines avaient continué de fourbir des armes immémoriales, et c'étaient parfois les hommes qui avaient oublié les moyens de s'en prémunir.

Je connaissais le genre. J'avais déjà succombé aux charmes venimeux d'une courtisane, à cette différence près que la mienne était teinte en roux plutôt qu'en blond et qu'elle parasitait les milieux du cinéma (j'avais eu comme client un producteur véreux) plutôt que celui des administrateurs de société. Je n'avais été qu'un chien de passage, une passerelle humaine. Mais elle m'avait bel et bien sucé le sang. C'était avant Florence.

— Je ne vous veux pas de mal, dis-je.

— Mais vous pouvez m'en faire, répondit-elle en haussant un sourcil, sans se départir de son sourire tranquille.

Elle n'était pas effrayée le moins du monde. Elle me prêtait seulement un pouvoir dont j'étais censé m'enorgueillir, car l'orgueil des hommes répond aux flatteries comme un sexe aux caresses.

— Racontez-moi, dis-je.

— Quoi ?

— Ce que vous faites ici, comment vous y êtes arrivée.

Son père était juge, me raconta-t-elle, mais il mourut alors qu'elle n'était encore qu'une enfant. Privée de ressources, sa mère essaya de travailler mais y réussissait très mal et finit par se remarier alors que Maria avait quatorze ans. Le beau-père était à l'aise, seul représentant au pays d'une compagnie allemande qui fabriquait des courroies de convoyage. Un jour, il l'amena avec elle faire la tournée des clients. La scierie en faisait partie. Le directeur la remarqua et lui proposa du travail, et voilà.

— Ça c'est l'histoire officielle, dis-je. Et l'autre ?

— Qu'est-ce qui vous fait croire qu'il y en a une autre ?

— Vous vivez dans un bureau.

Elle soupira.

— Je suis sensible et les hommes se servent de moi, dit-elle. Je voulais échapper à mon beau-père qui avait la main leste, surtout quand il avait bu. Gerhart a offert de me protéger mais il ne peut pas quitter sa femme qui est plus riche que lui. Et si j'habite ici, c'est que la situation est… comment dire… délicate, pour le moment. Êtes-vous venu me sauver, maître Chevalier ?

— Voulez-vous être sauvée ?

— Je veux être heureuse, c'est tout.

Moi aussi je voulais être heureux, me dis-je. Quoique Viktor lui ait fait, quoique Gerhart lui ait promis, jamais Maria ne sera vraiment malheureuse, car pour être malheureux, il faut d'abord croire au bonheur.

Suivait-elle comme par magie le cours de mes pensées ? Elle sentait en tout cas que le poisson dédaignait l'appât. Elle se fit soudain plus dure, plus tranchante. Le sourire timide disparut de sa bouche et ses lèvres ne formaient plus qu'un pli amer. Elle cessa de jouer avec ses cheveux, son corps jusqu'alors imperceptiblement tendu vers moi se rétracta. Elle ressemblait maintenant à une femme d'affaires à la table des négociations dans le cadre d'une prise de contrôle hostile. Ce changement d'attitude était remarquable. Soudain elle était laide.

— Et Viktor Rosh ? demandai-je.

— Quoi, Viktor Rosh ?

— Était-il là pour vous sauver ?

Elle balaya l'air de la main.

— Ce n'était pas un mauvais homme. Que vouliez-vous que je fasse ? Quand la scierie a fermé, les cadres sont partis en catastrophe, Gerhart ne pouvait pas m'amener avec lui, alors il m'a laissée derrière en promettant de revenir me chercher. En attendant, il fallait bien vivre.

— Et bien manger.

— Quel mal y a-t-il à ça ?

— Je ne sais pas, d'après vous ?

Elle eut l'air exaspérée.

— Qu'aurait-il fallu que je fasse ? Il n'y avait plus rien ici, je vous le rappelle. Rien. Aurait-il fallu, pour faire bonne figure, que je me laisse mourir de faim ? Ou que je choisisse un homme pour sa pauvreté et son manque de ressources, c'est ça ? Cela aurait mieux paru ? Et j'aurais gagné combien de points supplémentaires s'il avait été laid, dites-moi ? Et s'il avait été chauve ? Et combien de points gagne-t-on dans votre grand livre des indulgences si le monsieur a un tout petit sexe, dites-moi, hein ? Combien pour un petit zizi ?

— Je ne suis pas là pour vous accuser, mais pour défendre Viktor Rosh.

— Alors défendez-le et laissez-moi tranquille.

— Je ne peux pas. Et vous le savez.

Elle se renfonça dans son siège en prenant un air buté qui la rajeunissait.

— Je sais ce que vous pensez de moi.

— Qu'est-ce que je pense de vous ?

— Vous ne m'aimez pas.

— Pourquoi vous aimerais-je ?

— Parce que je suis un être humain ! Vous prenez bien la défense d'un monstre, pourquoi pas la mienne ?

— Pourquoi pas ? lui retournai-je.

— Savez-vous ce que c'est que d'être une femme dans un pays en guerre ? Non. Vous n'en avez aucune idée. Vous êtes un homme. Vous avez fait des études. Vous avez une profession. Moi, j'ai grandi ici. Dans la misère. Mon père n'était pas juge. Je ne sais pas qui était mon père. Ma mère n'était pas femme de juge, quoique que cela a dû lui arriver à un moment ou à un autre. J'étais fille de rien, je sais lire et compter, pas beaucoup plus, parce que c'est la guerre, c'est toujours la guerre. Il faut survivre, maître Chevalier, et je survis de la seule manière que je peux. Si j'avais vraiment le choix, vous croyez que je serais ici, à subir les assauts maladroits de ce con prétentieux ? Si j'avais le choix, il n'y aurait pas d'homme dans ma vie, aucun, je serais très bien toute seule. Mais je n'ai pas le choix. Dans ce pays trop occupé à se faire la guerre, les femmes n'ont pas beaucoup d'autres rôles à jouer que celui de la maman ou de la putain. Et je me refuse à porter des enfants qui serviront de chair à canon, et de me consacrer à un homme qui me reviendra mutilé si jamais il me revient. Je refuse de choisir la voie de la douleur. Le hasard m'a fait naître jolie, c'est tout ce que j'ai pour moi. Si j'étais née laide, je serais devenue maman. Et je passerais mes jours et mes nuits à pleurer sur mon sort.

Au moins là, elle était parfaitement sincère. Quel gâchis, pensai-je. Mais pouvais-je vraiment le lui reprocher ?

— Écoutez, lui dis-je : racontez-moi toute l'histoire, et je vous promets de vous tenir le plus possible à l'écart de tout ça, d'accord ? Mais je veux la vraie histoire, pas la fiction de tout à l'heure.

Elle se renfrogna, mais peut-être éprouva-t-elle soudain un peu de respect pour moi, qui lui demandais de n'être ni mère ni putain, car elle commença à parler, simplement, sans fioritures, comme absente d'elle- même. Elle ne racontait pas sa propre histoire, après tout, mais celle de la créature qu'elle avait inventée pour vivre sa vie à sa place.

Elle savait depuis la puberté qu'elle plaisait aux hommes. Quand sa mère s'était remariée, elle avait expérimenté ses charmes sur son beau-père, apprenant la gamme des regards langoureux et des esquives affolantes, testant des tenues et des attitudes, vérifiant à coups d'omissions et de petits mensonges le caractère élastique de sa propre honnêteté. Le beau-père en réponse la couvrait de cadeaux tandis que la mère cherchait le réconfort auprès de pharmaciens pas trop regardants sur l'origine de ses ordonnances de tranquillisants. Bref, après deux ans, le beau-père avait plaqué la mère et installé la fille dans un appartement meublé. Pendant quelques mois, Maria avait vécu une vie de rêve, surtout quand le beau-père quittait la ville pour l'une de ses tournées en région. Mais l'ennui quand un homme est fou de vous, c'est la folie, justement. Et celle du beau-père consistait en une jalousie débridée, excessive et pas tout à fait injustifiée. Si bien qu'au bout d'un certain temps, il décida d'amener Maria avec lui sur la route, histoire de l'avoir sous la main et à l'œil en même temps.

— C'est au cours d'une de ces tournées que j'ai rencontré Gerhart. Il était riche, éduqué. C'était un pas dans la bonne direction. Je lui ai fait tout un numéro, en douceur. Au bout d'une heure, il avait de l'écume aux lèvres. Mon beau-père nous regardait en fronçant les sourcils, mais il ne pouvait rien dire. Au moment de lui serrer la main, j'ai fait passer à Gerhart un petit papier sur lequel j'avais seulement écrit : « Aidez-moi. » Nous avons ensuite continué la tournée. Mais, la nuit suivante, j'ai quitté l'hôtel pendant que mon beau-père dormait, et j'ai fait du stop pour retourner à la scierie. J'ai raconté à Gerhart que mon beau-père me battait. Depuis le petit papier, il était prêt à me cueillir comme une fleur.

Il lui offrit sur-le-champ un travail de secrétaire, elle qui ne savait pas taper à la machine ni écrire une ligne sans fautes. Mais il ne la payait pas pour travailler. Pendant quelques années, elle ne manqua de rien. L'épouse était dans les jambes, mais Maria réussissait de plus en plus souvent à se faire payer des virées en ville, et quelquefois jusqu'à la Capitale, où elle comptait bien agrandir son territoire de chasse. Elle y aurait réussi s'il n'y avait pas eu la guerre à l'horizon et surtout la panique économique qui l'avait précédée.

— La scierie a fermé et je me suis retrouvée le bec dans l'eau. Je savais que le Chef me couvait des yeux depuis notre première rencontre. C'était le plus éduqué de ceux qui restaient, le moins rustre. Alors, je me suis mise avec lui.

— Pour l'espionner ?

— Même pas. Je savais que la guerre venait, Gerhart m'en avait assez parlé. Mais Viktor était doux, pas du tout belliqueux, et il semblait planer à des kilomètres au-dessus de tout ça. Il était rassurant, en quelque sorte. Et puis, je ne croyais plus pouvoir compter sur Gerhart. Viktor était vraiment très gentil avec moi. Très attentionné, très tendre.

— Il vous aimait.

— Oui. Celui-là m'aimait. Malgré la situation et mes antécédents, il m'aimait quand même. Je ne comprends toujours pas pourquoi.

— Faut-il qu'il y ait une raison ?

Elle haussa les épaules sans répondre.

— Un jour, Gerhart m'a téléphoné. Il a dit : Je t'envoie bientôt chercher, tiens-toi prête.

— Vous vouliez partir ?

— Je ne me vois pas toute une vie dans un bled à la campagne à élever des gosses et à manger du lapin aux choux.

— Même avec quelqu'un qui vous aime ?

— Surtout avec quelqu'un qui m'aime, répondit-elle.

— Alors vous avez dit à Gerhart que les hommes voulaient prendre la scierie.

— Non. Je suis dans le pantalon du directeur, pas dans le secret des dieux. La troupe a débarqué en pleine nuit. On m'avait envoyé une voiture. J'ai pris mes affaires et je suis partie.

— Gerhart ne vous avait rien demandé ?

— Il a d'autres espions. Et puis il n'aurait pas osé. Il savait que j'aurais dit non.

— Pourquoi ?

— Ce n'est pas ce que je fais.

Après quelques heures de route, la voiture l'avait conduite à une vaste maison de campagne en bordure d'un lac. C'était la résidence d'été de l'Épouse, mais en raison des troubles, elle n'osait pas mettre le pied hors de la Capitale. Gerhart l'y attendait, en compagnie de Puritz, la Pustule, qui devait s'occuper d'elle jusqu'à ce que les choses se calment.

— Au début, Gerhart est venu me voir régulièrement, et puis les routes sont devenues dangereuses. Mais nous ne manquions de rien, et j'étais en compagnie d'un homme qui s'intéressait plus à mes robes qu'à moi, ce qui s'est avéré particulièrement rafraîchissant… Puis la guerre, l'attaque sur M. et les miliciens qui défoncent la porte…

— Racontez-moi cela.

— Depuis des jours, il n'y avait plus de téléphone, plus d'électricité. Mais pas de bruit non plus. Je croyais que nous étions seuls autour du lac. Mais un soir, des miliciens ont brisé la porte et sont entrés. Je lisais un magazine au salon. La Pustule prenait un bain. J'étais surprise de reconnaître des gens de la scierie. Ils semblaient ravis de me voir. Ils m'ont entraînée par le bras, ils ont sorti Puritz de son bain et l'ont emmené, tout nu. Ils nous ont fait marcher jusqu'à une autre maison un peu plus loin, et Viktor était là.

— Que vous a-t-il dit ?

— Rien. Il a ordonné qu'on nous enferme dans le hangar à bateaux. Les gars riaient de la Pustule parce qu'il portait du vernis à ongle aux orteils – et c'était tout ce qu'il portait.

— Vous aviez peur ?

— Oui.

— Ils vous ont violée ?

— Non. Ils en avaient envie, je le voyais bien. Mais ils m'ont laissée tranquille. Ensuite, j'ai eu peur de la réaction de Viktor. Je l'avais abandonné sans un mot – et maintenant il semblait plus dur, plus dangereux, plus… Il avait trouvé ce qui lui avait toujours manqué, je crois.

— Le goût du sang ?

— Une certaine forme de grandeur. Il était très beau. Mais il ne m'a pas violée. Au bout de plusieurs heures, il a fait sortir la Pustule du hangar et il est entré. Je croyais que c'était le signal d'y aller, j'étais terrifiée, je l'ai supplié, je l'ai cajolé, je l'ai même caressé. Il me regardait, il m'écoutait, il se laissait faire. Mais il ne se passait rien. Son corps ne réagissait pas et il avait l'air… tragique. J'ai souvent eu l'impression depuis qu'il me disait adieu, où qu'il se disait adieu à lui-même, à une version de lui qui n'avait plus cours. Puis il est parti, et je suis restée seule encore quelques heures. En pleine nuit, ils sont venus me chercher. Ils m'ont mise dans un bateau, avec la Pustule, qui saignait des doigts et des orteils. Nous avons traversé le lac avec les hommes de la milice. Là, ils nous ont laissés partir. Eux, ils se sont enfoncés dans la forêt. Je n'ai plus jamais revu Viktor, sauf sur cette photo où il a l'air d'un monstre.

— Vous y croyez ? Au Monstre, je veux dire ?

— Je ne sais pas. Il n'était pas un monstre pour moi. Mais je peux vous dire ce qu'il a fait à la Pustule. Viktor a pris son couteau de chef, il a plaqué les mains puis les pieds de la Pustule sur une planche à découper, et il a tranché l'extrémité de chaque doigt et de chaque orteil. Oh, pas beaucoup ! Juste un peu. Juste ce qu'il faut pour qu'on sente l'os au milieu de la plaie. Il aurait pu le tuer. Mais c'est ce qu'il lui a fait. Qu'est-ce qui est pire ? Je ne peux pas répondre à ça.

— Je pourrais parler à cette Pustule ?

— Il s'appelait Léo Puritz et, non, vous ne pouvez pas lui parler. Il est mort.

— De ses blessures ?

— Pneumonie. Tout nu, dehors, au mois d'avril. Je l'ai aidé du mieux que je pouvais, mais il pouvait à peine marcher. Ça nous a pris plus de dix heures pour retourner à la rive habitée du lac. J'avais appris à le connaître. Il était très gentil, il rêvait de grands bals, de beaux habits, de princes et de princesses… Il disait qu'il était une femme prise au piège dans un corps d'homme, un monstre à sa manière. C'est drôle, maintenant que j'y pense… Léo et Viktor sont les deux seuls hommes qui m'ont aimée pour ce que je suis.

— Que s'est-il passé ensuite ?

— J'ai soigné Léo. Il est mort. J'ai attendu Gerhart, qui m'a finalement fait chercher et reconduire en sécurité dans la province voisine, où j'ai attendu la fin de la guerre en écoutant des disques et en buvant du vin.

— Si vous avez tout raconté à Gerhart, je comprends qu'il déteste Viktor à ce point.

— Mais je ne lui ai rien raconté !

— Pourquoi ?

— Je ne peux pas courir le risque d'entamer mon capital. Si je raconte que j'ai été capturée par une bande de miliciens, tout le monde croira que je mens quand je dis que je n'ai pas été violée.

— Vous vous inquiétez pour votre réputation ?

— Le problème avec le viol, c'est que ça donne des idées aux hommes. Ils réalisent soudain qu'avec la force, toutes les filles sont faciles. Or moi, si je suis facile, je suis finie. Croyez-moi, ce que j'ai, Gerhart doit se battre à chaque fois pour l'avoir. Tant que ça durera, c'est moi qui gagne.

J'avais pris des notes. Je refermai mon carnet.

— J'imagine alors que vous ne viendrez pas au tribunal dire que Viktor vous a sauvée du viol ?

— Je n'irai pas parce que cet épisode n'a jamais existé.

— Bon, il ne nous reste plus grand-chose à nous dire.

— À moins que vous ne m'offriez votre cœur et votre fortune, en effet, répondit-elle en souriant.

Je me dirigeai vers la porte, mais juste avant de l'ouvrir, je me retournai vers Maria.

— Écoutez, je n'ai pas de conseil à vous donner. J'ai détruit tout ce qui comptait pour moi. Mais voici ce que je pense : quand bien même le bonheur atterrirait sur vos genoux, vous ne sauriez quoi en faire. On ne peut pas être sur un pied de guerre permanent et laisser entrer le bonheur en même temps. Le bonheur ne sait pas percer ces défenses-là. Il est trop fragile. Enfin. Pour ce que j'en sais. Bonne chance, dis-je.

— Bonne chance, répondit Maria.

Dans l'antichambre, Josef et Gerhart se levèrent d'un seul bond en me voyant sortir.

— Allons-nous-en, dis-je à Josef.

* * *

Josef conduisait. Il jetait vers moi des regards scrutateurs, mais je ne desserrais pas les dents.

— C'était très joli, dit-il au bout d'un certain temps.

— Quoi ? Qu'est-ce qui était joli ?

— La fragilité du bonheur et tout ça.

Je le regardai. Il souriait, plus lutin que jamais.

— Josef ?

— Gerhart est un type futé, dit-il. Avant de quitter le bureau, il avait appuyé sur le bouton de l'interphone qui communique avec le bureau de sa secrétaire.

— Vous avez tout entendu ?

— Tout. Gerhart était furieux. « Les assauts maladroits de ce con prétentieux ! » Vous auriez dû voir sa gueule !

— Maria va passer un mauvais quart d'heure.

— Il ne lui faudra pas trop de temps pour s'en sortir. C'est une spécialiste. Elle finira par le retourner comme une crêpe.

— J'espère qu'il ne lui faudra pas trop de temps. Pour une fille comme elle, le temps, c'est de l'argent. C'est sa jeunesse qu'elle monnaye, et la jeunesse ne dure pas. Elle a déjà perdu plusieurs années. Quoi qu'elle en dise, la guerre n'entrait pas dans ses plans.

— Elle finira par épouser un bourgeois vicelard qu'elle méprisera divinement, et elle se transformera malgré elle en rombière acariâtre qui tentera de combler en bijoux le vide de son existence.

— C'est sans doute son désir le plus cher, soupirai-je.

Nous restâmes silencieux un moment. Je me remémorais ce moment dans le bureau du directeur, juste avant qu'on nous laisse seuls, Maria et moi. Quelque chose clochait.

— Josef ?

— Oui ?

— Vous êtes bien sûr que c'est Gerhart et pas vous qui a appuyé sur le bouton de l'interphone ?

— Oui, enfin, je crois. Je crois me rappeler que c'est lui, mais je peux me tromper.

Quittant un instant la route des yeux, il se tourna vers moi :

— Ma mémoire est fragile comme le bonheur, dit-il.

11. MARIA

En même temps, qu'est-ce que je pouvais dire ? Tout, ou alors rien. Tout n'était pas possible, alors je n'ai rien dit.

J'ai ordonné à Rossi de les enfermer dans le hangar à bateau. Il a eu l'air déçu ; il comptait s'en payer une bonne tranche. Maria aussi semblait déçue. Croyait-elle que j'allais l'accueillir à bras ouverts ?

Cela m'était passé par la tête, pourtant. Et aussi de l'abattre sur place. Tout cela en l'espace d'une seconde. Je ne voyais pas clair en moi. J'avais besoin de temps. Cette irruption de mon ancienne vie dans la nouvelle me révélait plus fragile que je ne l'aurais souhaité. Il faudrait que le passé meure pour que règne sans partage le présent. Il faudrait une coupure nette, comme on taille un arbre pour le débarrasser de ses branches mortes ou de celles qui, devenues trop lourdes, en menacent l'équilibre. Il subsistait dans ma structure mentale quelques branches malades qui me faisaient encore souffrir. La Pustule était une petite branche que je pouvais casser entre deux doigts. Maria en était une autre, maîtresse, qui se distinguait à peine du tronc, si bien que je ne savais pas où finissait ma douleur d'elle et où commençait la simple douleur d'être moi.

Je retournai auprès de Manu. Il avait repris conscience. Il avait aussi eu le temps de constater l'absence de sa jambe sous la couverture. Il était pâle, il fixait le plafond sans desserrer les dents. Théo lui changea son pansement. La chair était boursouflée, le moignon était informe, rougi, labouré de coutures. Mais il n'y avait pas trace d'infection et c'était déjà un miracle.

— Tu as mal ?

Il se contenta de hocher la tête, sans me regarder. Je consultai Théo du regard.

— Je peux lui faire une autre injection, mais…

— Je ne veux pas qu'il ait mal.

Tandis que Théo préparait l'injection, je racontai doucement à Manu les mensonges que l'on raconte dans des circonstances semblables, les doux mensonges, les visions du bonheur qui sont à portée de main. Je lui parlai de Jana qui l'attendait quelque part en lieu sûr. Je lui parlai des fromages que nous fabriquerions après la guerre. Je lui parlai d'enfants à venir, nombreux et braillards, et je lui parlai d'une maison pleine de bruits et de mouvements qui serait sa maison. Mais il continuait à fixer le plafond et ne ferma les yeux que quand l'aiguille pénétra la chair de son bras à la recherche d'une artère. Tandis que Théo enfonçait le piston, un frémissement parcourut son corps en entier. Manu garda les yeux fermés. Son souffle ralentit jusqu'à devenir imperceptible. Ma voix se brisa en murmure. Il dormait. Je me penchai pour embrasser son front moite, puis je sortis de la chambre.

J'appelai Rossi.

— Montre-moi où tu les as trouvés.

Maria habitait une maison semblable à celle que nous occupions. Une luxueuse résidence qui n'était secondaire que pour les bien-nantis de ce monde. Trop de chambres à coucher, trop de salles de bains, trop d'espace, trop de coussins richement brodés sur des divans moelleux. Des maisons d'été plus chaudes et plus confortables que toutes celles, uniques et principales, qu'habitaient mes amis. Je demandai à Rossi de rester dehors et j'entrai seul.

Il faisait noir. Je promenais ma lampe qui capturait dans son cône de lumière des morceaux de réalité. Il y avait des photos dans de jolis cadres. On y voyait le directeur avec son épouse, avec le gouverneur, avec le président. Images figées d'une vie de privilèges dont on tenait à immortaliser les moments forts. Mais tout cela ne m'intéressait pas. Je m'attardai plutôt à l'empreinte du corps de Maria laissée dans le duvet des coussins. Elle avait feuilleté ce magazine. Elle avait bu dans ce verre qui conservait une trace de son rouge à lèvres. Je traversai le séjour en cherchant du nez l'odeur de son parfum, de ses cheveux, celui de sa chair.

Trois chambres s'ouvraient sur un large couloir. À gauche une vaste chambre au décor surchargé, opulent. De lourdes tentures cascadaient jusqu'au tapis dans un déferlement de velours. Le lit immense n'avait pas un faux pli. Personne n'avait depuis longtemps dormi ici.

À droite une chambre d'amis, plus petite, presque austère, empuantie du parfum citronné dont s'aspergeait la Pustule. Sa tenue de la soirée était professionnellement étalée sur le lit. Au fond s'ouvrait une porte par où je pouvais voir la baignoire encore pleine. À la surface de l'eau, des bulles achevaient de crever.

La chambre de Maria était la dernière à droite. Elle était en désordre, des vêtements jonchaient le sol. Les tiroirs des commodes étaient ouverts et laissaient s'échapper des morceaux de linge fin. Je m'assis sur le lit. Tout ce qu'elle avait emporté avec elle en me quittant était ici. Je reconnaissais les chaussures, les robes, les dessous. Je reconnaissais les produits de beauté qui encombraient toute la surface d'une petite vanité rococo. Un foulard de soie dans les tons de violet était jeté sur l'abat-jour d'une lampe de chevet. Elle avait jeté ce même foulard sur la lampe dans ma chambre avant que nous fassions l'amour, voilà combien de temps déjà ? Ce geste que j'avais cru m'être destiné, elle l'avait répété avec Bolchick le directeur en l'accueillant dans ce lit aux draps froissés. Je pris un oreiller éclatant de blancheur dans mes mains crasseuses aux ongles noirs. La tête de Maria y avait reposé, les cheveux étalés et vibrants de vie après leur ration quotidienne de cent coups de brosse.

En tenant la lampe entre mes dents, j'ouvris les tiroirs un à un, mes grosses pattes s'y creusaient un chemin jusqu'au bois sans rien trouver d'autre que des bas, des jarretelles, des slips, des tongues, des collants, des bustiers. Je vidai les placards en lançant sur le lit les robes et les jupes, les tailleurs, les pulls, les manteaux et les pantalons accrochés sur des cintres. Tout au fond du placard, les valises qu'elle avait emportées jusqu'ici étaient vides. Nulle poche secrète ne recelait de messages, de lettres, de journal intime.

J'avais tout mis sens dessus dessous. Dans cette chambre, il n'y avait aucune trace de moi. Pas un mot, pas un objet, pas un souvenir. Elle n'avait rien emporté de nos mois passés ensemble, comme s'ils n'avaient jamais existé.

Ces jarretelles avec lesquelles nous avions joué, elle les avait portées pour un autre, avant moi et après moi. Ce que j'avais cru mien ne l'avait jamais été, ni plaisir, ni intimité. Je m'étais inséré à la place de l'homme dans une routine qui lui était propre et qu'elle avait mise au point bien avant notre rencontre. Je ne ressentais pas de colère. Même pas de tristesse. Je me tenais debout dans les décombres de ma vie sentimentale, mes bottines souillaient des robes dont les froufrous m'avaient affolé. Je ne ressentais qu'un vide laissé par le mensonge éventé.

Je quittai cette chambre, je quittai cette maison. Je fis sortir la Pustule du hangar à bateau et je me tins devant Maria, debout et droit, et je ne lui accordai même pas la grâce de lui faire mal. Puisque je n'étais rien, je ne fis rien. Elle eut beau parler, supplier, elle eut beau s'accrocher à mes jambes et escalader mon corps de la bouche et des mains, rien ne vint combler le vide. Il était là pour rester, et quand j'en fus convaincu, je pus sortir, tourner le dos à Maria et refermer la porte sur cette partie de ma vie.

Dans le salon, Mistral paraissait agité. Les hommes de guet faisaient état d'une patrouille de l'armée régulière de toute évidence envoyée en reconnaissance. Il fallait mettre les bouts. Le problème de Manu se posait toujours. Je savais bien qu'il n'était pas question de l'amener en forêt.

Je savais aussi que je ne pouvais l'abandonner.

— Y a pas que Manu, dit Mistral. La fille, la Pustule, l'infirmier.

Au plus noir de la nuit, nous embarquâmes à vingt dans le bateau amarré sur le lac. En remorquant une chaloupe, nous mîmes un peu moins de vingt minutes pour rejoindre l'extrémité nord-est du lac, ce qui nous donnait une bonne heure d'avance sur les troupes gouvernementales puisque nulle route n'allait jusque-là. Après avoir atteint le rivage, Mistral coula le bateau à coups de hache. La Pustule était nu, je ne lui fis pas l'aumône d'une couverture. Maria l'aidait à se tenir debout.

— Vous êtes libres, leur dis-je.

Ils me regardaient sans comprendre.

— Rentrez chez vous.

J'indiquais la forêt. Ils s'avancèrent dans le noir et les bois, et pendant quelques minutes, j'entendis craquer des branches, puis ils disparurent de ma vue.

Manu et moi étions habillés en civil. De riches vêtements trouvés dans les placards de la résidence secondaire, et qui nous allaient à peu près. J'avais un pistolet et mon couteau dans sa gaine, tous deux glissés dans la ceinture du pantalon, sous le rabat de la veste. Manu n'avait pas d'arme. Je portais en bandoulière un sac de voyage rempli de médicaments, de bandages et de tout le stock de morphine pris à la clinique. Théo l'infirmier soutenait Manu qui s'appuyait gauchement sur des béquilles qui provenaient aussi de la clinique.

Je m'étais longuement interrogé. Où aller ? J'avais décidé de retraverser le lac, en chaloupe cette fois, dans le sens de la longueur, et de débarquer derrière les troupes gouvernementales pour ensuite gagner, à pied s'il le fallait, la ville de M. que nous avions fuie après l'avoir presque conquise une semaine auparavant. Le loup ne cherche pas sa proie dans sa propre gueule, derrière les dents. Il ne devait pas être trop difficile, dans une ville à moitié désertée par sa population affolée, de trouver à se loger le temps que Manu puisse se remettre tout à fait.

Nous fîmes nos adieux. Mistral dit :

— Tu désertes, Chef ?

— Ah ? On est dans l'armée ?

Manu dodelinait de la tête, nous le couchâmes au fond de la chaloupe, bien protégé par de nombreuses couvertures. Ses gémissements gagnaient en intensité et ricochaient comme des galets à la surface du lac. Je lui donnai une autre dose de morphine. Mistral, Rossi et les autres nous saluèrent de la main une dernière fois, puis disparurent à leur tour dans les bois. Je poussai la chaloupe et m'installai sur le banc.

— Tu t'occupes de lui, et tu ne fais pas un bruit, dis-je à Théo en lui montrant mon arme.

Je m'emparai des rames, et nous glissâmes dans la nuit, sur les eaux noires qui reflétaient en les faisant danser les pâles lumières des étoiles.

12. LES VOYEZ-VOUS ?

Je n'en pouvais plus. J'avais laissé Josef en tête à tête avec son litre de rouge et j'étais sorti prendre l'air sur la place du village chichement éclairée. Rien ne vivait dehors à cette heure de la nuit. Je leur en voulais de rire, là-bas, dans le bar bondé qui bourdonnait comme une ruche. Je leur en voulais de trinquer en tenant leur verre entre leurs moignons, la journée à travailler et le soir à boire un coup, butinant de bouteille en bouteille, comme si demain n'existait pas. Et peut-être n'existait-il pas, en effet.

Pas de lendemain. Pas d'espoir, pas de rêve. Les abeilles ne rêvent pas, elles fabriquent le miel, et tant pis si l'apiculteur leur saccage les rayons. Elles s'y font. C'est leur vie. Et si elles ont envie de se battre, on les enfume et c'est tout. L'envie leur passe, comme le reste.

Je m'en voulais à moi aussi. Où étaient ma compassion, mon empathie ? Mais même la compassion et l'empathie ont besoin parfois de se refaire des forces et de se retirer loin de la ligne de front, en ne laissant derrière qu'un mépris léger et une pointe d'humour morbide. Tout est haïssable dans la guerre, même la paix qui en résulte.

Qu'avais-je appris ? Qu'avais-je compris ? Qu'est-ce que je cherchais ?

J'étais énervé. Dans des moments comme celui-ci, le recours à l'anesthésie générale s'appliquait habituellement, mais le goût de l'alcool semblait pour le moment m'avoir passé. J'avalais à la place des goulées d'air au parfum de résine et de feuilles mortes, en espérant que cela pouvait me remettre le cerveau en place.

Je n'arrivais pas à m'enlever de l'idée qu'on me menait en bateau depuis le début. Je m'éloignai de la place pour traverser le village d'un pas tranquille. Le ciel, cette nuit, était en partie bouché par des nuages dans les déchirures desquels tremblotait la lumière des étoiles. Tout était tranquille, il n'y avait pas de vent, mais une sensation d'oppression semblait sourdre de la Grande Forêt, comme si elle se refermait sur nous.

Je réfléchissais. Il n'était pas très logique qu'un accusé qui refuse de prononcer le moindre mot fasse appel à un organisme comme Avocats sans frontières. Puisqu'il ne voulait pas se défendre, qui le voulait à sa place ? Et surtout, pourquoi ?

Qui avait intérêt à défendre le Monstre ? Or, ceux qui avaient jusqu'à présent le plus contribué à sa défense étaient les avocats de la partie civile ! En retirant l'histoire de Rosalind de l'acte d'accusation, ils avaient balayé sous le tapis l'épisode le plus cruel de la vie de mon client, le seul qu'un jury, n'importe où dans le monde, condamnerait sans appel comme étant le produit d'un cerveau malade jusqu'à la pourriture. Ils en avaient fait plus pour la défense de Viktor Rosh que la défense elle-même depuis le début de l'affaire.

Et qu'avait accompli maître Cevitjc ? À ma connaissance, rien. Il m'avait refilé l'affaire comme un panier de linge sale. À tout le moins m'avait-il présenté Josef, sans qui j'aurais été aussi démuni qu'un nouveau-né. Mais Josef en savait plus qu'il ne le disait. Je me souvenais de sa mise en garde de la veille et surtout de son silence par la suite. Peut-être était-il logique qu'un ancien faussaire joue sur plusieurs tableaux ! Il paraissait tout de même avoir une certaine affection pour moi, et l'état de son pays et de ses concitoyens semblait par moments lui déchirer le cœur.

Qu'avais-je appris auprès de Maria, sinon que les jeux de l'amour sont parfois cruels et que même un monstre peut se révéler tendre et doux ? Il m'apparaissait plus important de savoir que le directeur de la scierie, homme de pouvoir dans la région, avait peut-être des raisons personnelles d'en vouloir à Viktor Rosh, et que derrière les histoires de guerre et de pouvoir, la simple jalousie de deux hommes épris de la même femme pouvait expliquer bien des choses. Gerhart Bolchick assouvissait-il sa vengeance en singularisant mon client et en appelant sur lui les foudres d'une justice exemplaire ?

Mais elle n'était pas exemplaire, puisqu'elle fermait les yeux sur le pire !

Et moi dans tout ça ? Je puisais une certaine force à la source même de ma fragilité. Comme si, en laissant tomber les masques, je découvrais sur mon visage quelques traits plus aimables que je ne l'aurais pensé. Florence avait tout déclenché, encore une fois. Elle m'avait projeté dans la dimension de ma ruine alors que j'étais loin d'elle et de mes habitudes et qu'il n'y avait nulle part où m'abriter. J'avais peine à croire que je n'avais rien bu depuis trois jours. Après notre départ de la ville de M., je m'étais conduit en homme, c'est-à-dire que j'avais fait de mon mieux – et cela ne m'était pas arrivé depuis combien de temps ? Des années probablement. Mon mieux. Sans illusion de grandeur, sans mensonge, sans exclure la possibilité de l'échec. Oui, il y avait une certaine grandeur au simple fait d'accomplir ce qui doit être accompli.

Le bar de l'hôtel était loin derrière moi maintenant, et ceux-là mêmes qui tout à l'heure m'agaçaient en refusant la dimension tragique de leur existence – ceux-là, tout aussi facilement, pouvaient maintenant passer à mes yeux pour des héros. Les héros de leur propre histoire. Ils nourrissaient leur famille. Ils reprenaient le collier. Blessés, brisés, endeuillés, leurs rêves d'émancipation foulés aux pieds, ils refaisaient leur vie. Que pouvaient-ils faire d'autre sinon se donner la mort ? Le suicide est-il un geste plus courageux que la reconstruction ? Ou alors ils pouvaient donner la mort aux autres, comme Mistral continuait de le faire parce qu'il refusait de s'éveiller à une autre réalité que celle de son rêve de guerre.

À la sortie du village, la route suivait une forte pente que j'avais commencé à grimper sans y faire attention. Les lumières du village brillaient à mes pieds, comme une constellation unique, minuscule, dans un infini de noirceur. Ce n'était rien sur Terre, moins que rien à l'échelle de l'univers. Ce n'était même pas une grosse guerre à l'échelle du siècle. La ville de M. n'était pas une grosse ville. Les morts s'étaient comptés en dizaines de milliers, pas en millions. Mais de quel droit pouvait-on dire cela ? Quel était le barème ? Qui pouvait décemment établir une échelle de l'horreur ? Où s'achève la civilisation et où commence la barbarie quand la seconde se réclame de la première ? Les lois du vainqueur s'appliquent toujours rétroactivement. Cevitjc avait raison : si le parti de mon client avait gagné la guerre, on aurait donné son nom à une école et ce sont ses accusateurs d'aujourd'hui qui se retrouveraient dans une cellule en attente de jugement. On a donné le prix Nobel de la paix à des terroristes parce que, à force de tuer, ils ont fini par convaincre le reste du monde de la légitimité de leur cause initiale. Doit-on pour autant oublier les morts ?

On ne devait certes pas oublier les vivants. J'avais les miens : Florence, les enfants. Mes vivants. Les seuls qui pouvaient bénéficier de mon amour. Les seuls que je pouvais aider directement, et prendre dans mes bras. Les seuls que je pouvais soulager d'un peu du fardeau de vivre. Et en les soulageant, je me soulageais moi-même. La force de l'amour opposée à celle de la mort. La simplicité de l'amour opposée à la complexité de la guerre. La vérité de l'amour opposée aux mensonges de l'intérêt. À quoi pouvait-il bien servir de défiler dans les rues en brandissant des pancartes pour la paix si je n'étais pas capable de donner des bisous aux bobos de mes enfants – et de croire au pouvoir absolu des bisous pour la guérison des bobos ? Il ne suffit pas d'être contre la guerre, il faut être pour quelque chose, mais la paix ce n'est rien, la paix c'est l'absence de guerre. Avec quoi comblerons-nous l'absence de guerre ?

J'étais maintenant tout en haut de la colline, légèrement essoufflé par la montée, ma tête tournait un peu, je me sentais léger. Le ciel avait fini de se boucher, je voyais à peine mes pieds et la ligne blanche à moitié effacée qui coupait la route en deux. J'étais loin, j'étais au bout du monde, au bout de quelque chose en tout cas. Si ces hommes-là, en bas, mutilés, blessés, endeuillés, pouvaient reprendre leur vie, reconstruire leur maison et faire des enfants pour remplacer ceux qui étaient morts, pourquoi n'y arriverais-je pas ?

— Je sais qui vous êtes, dit une voix dans le noir.

J'avais l'impression qu'on m'avait chuchoté à l'oreille, mais il n'y avait personne. D'où venait cette voix ? C'était celle d'une femme, sinon j'aurais eu peur. La région n'était pas sûre, Josef m'avait prévenu.

— Ici, dit la voix.

Ça venait de la droite. Je quittai le milieu de la route pour m'en approcher. Je distinguai alors vaguement une tache claire qui semblait suspendue dans les airs. Je m'avançai vers elle à petits pas prudents, en tâtonnant du pied à la recherche d'obstacles.

— Attention au fossé, dit la voix.

J'entendis un grattement. Une allumette s'enflamma. Une femme allumait une lampe à l'huile. Elle était assise dans une chaise berceuse, sur le balcon délabré d'une maison de guingois, recouverte d'un papier goudronné aussi noir que la nuit et qui la rendait invisible. La femme portait une robe tout aussi noire. Seul son visage, d'une pâleur de lune, flottait, comme suspendu à rien.

— Par là, dit la femme.

Elle indiquait une planche posée en travers du fossé, que je traversai pour la rejoindre sur le balcon. La femme était menue, et il restait sous ses cernes, derrière la tristesse de ses yeux, comme le souvenir de sa beauté. Elle semblait pourtant plus jeune que moi. Peut-être était-elle malade.

— Vous êtes l'avocat, dit-elle lorsque je me fus approché.

— Oui, répondis-je. Et vous, qui êtes-vous ?

En guise de réponse, elle se contenta de souffler la lampe. Pendant quelques instants l'obscurité m'éblouit. La noirceur était si intense que je crus tomber. Je m'assis à même les planches usées du balcon, le dos appuyé contre la balustrade de l'escalier.

— J'aime la nuit, dit-elle. On peut ressusciter les morts. Regardez, ils sont tous là, dans le champ, en face. Les voyez-vous ?

Je scrutai l'obscurité en plissant des yeux, mais je ne voyais rien.

— Mes enfants. Ils sont trois. Deux filles, un garçon. Ils sont les meilleurs amis du monde. Ils n'ont qu'eux-mêmes. Regardez : ils jouent à se poursuivre. Ils jouent au chat mais ils changent les règles au fur et à mesure. Vous les entendez rire ? Moi je les entends. Je les vois. J'ai leur odeur dans le nez.

Elle respirait à grandes goulées. Elle tendait le cou, comme pour mieux voir, et se berçait du bout des fesses. Dans la tache blanche de son visage, je voyais se dessiner le trait noir d'un sourire. Je n'osais pas la questionner.

— Bientôt mon mari va venir s'asseoir à côté de moi, reprit-elle, et quand il se penchera pour m'embrasser, je lui toucherai la fesse avec ma main. Une fesse bien dure, juste une mince couche de peau sur le muscle. Il n'y a que moi qui peux le toucher là. Il n'y a que lui que je peux toucher ainsi. Il va s'asseoir là, exactement où vous êtes. Et on regardera ensemble les enfants jouer dans le champ. Mon plus vieux n'arrête jamais de courir, il tourne en rond pour s'étourdir, vous le voyez ?

— Non, dis-je.

— C'est que vous ne l'aimez pas. Il faut l'aimer pour le voir. Mais c'est plus facile dans le noir. PAS SUR LA CLÔTURE ! s'écria-t-elle soudain à l'endroit de la nuit en se levant à demi de sa chaise. Il y a des barbelés par là, ajouta-t-elle à mon intention. Je ne voudrais pas qu'ils se blessent. C'est fou les enfants. Ils sont attirés par ce qui blesse.

Je regardais malgré moi les kilomètres de noirceur là-devant.

— Le petit a des épaules comme des miches de pain, dit la femme. Il est toujours dehors du matin au soir, regardez comme il s'amuse, regardez comme il est heureux avec de l'herbe dans les cheveux ! Vous le voyez ?

— Non, dis-je. Non. Je ne le vois pas.

— Vous savez comment courent les enfants… Ils courent pour le plaisir de courir même s'ils n'ont nulle part où aller. Ils courent parce qu'ils sont faits pour ça, et pour sauter, et pour jouer. Voilà qu'ils lancent des cailloux dans l'étang, vous les voyez ?

— Non, dis-je, je ne les vois pas.

— Ils sont faits pour ça aussi : pour lancer des cailloux dans l'eau. Et les cailloux sont faits pour être lancés, et l'eau pour les recevoir. Tiens : je parie qu'ils ont trouvé une grenouille. Ils vont faire peur à la petite… Qu'est-ce que je vous avais dit ! Vous les voyez ?

— Non, dis-je, je ne les vois pas.

— Mais regardez, s'écria-t-elle, ils sont là ! Regardez ! Ouvrez les yeux ! Ne les laissez pas partir ! Regardez, les deux plus vieux consolent la petite qui pleure un peu. Regardez, ils lui prennent la main. Les voyez-vous ?

— Non, dis-je, je ne les vois pas.

Mais je voyais. Je voyais quelque chose. Au plus noir du noir, je voyais mon propre fils traverser la prairie en courant, hâlé, nu, ses petits fesses rebondies constellées de piqûres de moustiques. Derrière trottinait Margot, encore hésitante sur ses petites jambes grasses comme des piliers de chair. Ils couraient tous deux vers Florence et les longues herbes fouettaient leurs cuisses rougies. Ils couraient en riant, ils couraient en criant de bonheur, vers Florence.

Florence, couchée sur le ventre à même le foin vert et or, les pieds en l'air et un brin d'herbe entre les dents. Elle roule sur elle-même, la paille colle à ses vêtements, elle se redresse et s'assoit et les enfants se jettent dans ses bras qu'elle referme sur eux en riant puis, tous ensemble, ils roulent et roulent et se chatouillent et s'embrassent et j'entends monter jusqu'à moi le trio de leur rire cristallin.

— Vous les voyez ? demanda la femme.

— Oui, dis-je. Je les vois.

— C'est bien, dit-elle.

Je pleurais dans le noir.

Nous restâmes assis en silence, chacun de nous plongé dans ses propres visions.

Au bout d'un long moment, la femme se leva et se dirigea vers la porte branlante de sa maison. La porte était déjà entr'ouverte de moitié lorsqu'elle me dit, sans se retourner :

— Dites à Viktor que je veux mes lettres.

Elle disparut dans la maison. Pendant quelques minutes, je l'entendis bouger dans le noir, déplacer une chaise, déposer une tasse sur une table. J'entendis grincer un sommier.

Je restai dehors à attendre. Mais c'était fini. Je me levai pesamment. Je traversai le fossé, à quatre pattes sur la planche, et je retrouvai la pâle ligne blanche de la route. Je redescendis lentement vers le village.

Le bar était fermé. Je montai me coucher. Le lendemain, je demandai à la patronne comment s'appelait la femme qui habitait en haut de la colline. C'était Jana, la femme de Manu. Elle avait perdu deux enfants et un mari à la guerre. Après la guerre, on lui avait retiré la garde d'un troisième enfant.

— Ça ne tourne pas rond là-haut, dit la patronne en pointant l'index vers sa tempe.

Elle avait raison, bien sûr, ça ne tournait pas rond là-haut. Mais, me dis-je, est-ce que ça tournait rond quelque part ?

13. MON FILS DE SANG

Oh ! J'aurais tout fait pour lui. Je sentais dans ma chair les frémissements de la sienne. Les aiguilles de sa douleur piquaient mes nerfs à vif. J'aurais donné ma jambe pour remplacer la sienne. J'aurais tout supporté pour que son front retrouve l'étale de la sérénité. J'aurais bu sa sueur froide, j'aurais léché de ma langue la purulence de ses plaies. J'aurais cassé mes os pour les raccorder aux siens.

Je découvrais encore une fois l'impuissance de mon corps limité dans l'espace et le temps, au rayon d'action restreint, aux pouvoirs dérisoires.

Nous vécûmes près de six semaines dans la ville de M., dans un appartement au cinquième étage d'un immeuble d'habitation qui avait été bombardé. Il n'y avait ni eau ni électricité, mais de nombreuses issues en cas de pépins : plusieurs cages d'escaliers et une échelle métallique extérieure. Mais surtout, l'appartement possédait une cuisinière au gaz raccordée à une bonbonne presque pleine, ce qui me permit pendant l'essentiel de notre séjour de cuisiner des soupes chaudes pour en nourrir Manu de force.

Je crus, au début, que son manque d'appétit s'expliquait par la douleur de sa jambe. Mais avec le temps qui passait, la blessure se recouvrait d'une nouvelle peau toute rose qui contrastait fortement avec la pâleur du visage de Manu. Si la jambe guérissait, Manu continuait d'être malade. Y avait-il derrière cela une mystérieuse infection ? Je regrettais par moments l'absence de Théo, dont les conseils auraient été bienvenus, mais je n'avais pas eu d'autre choix que de le tuer bien que j'eusse préféré lui laisser la vie. Mais je ne pouvais pas lui faire confiance.

La nuit de notre fuite, j'avais ramé pendant une heure quand nous avions accosté sur la rive sud-ouest du lac. De là, il nous était facile d'atteindre les faubourgs de la ville en volant un véhicule.

Mais d'abord il fallait se rendre à la route à travers un épais fourré pentu. Théo m'avait aidé à soutenir Manu pendant la montée puis, encore à l'abri des broussailles, nous nous étions reposés un moment en guettant d'éventuels mouvements. Mais il restait encore deux heures de nuit et tout était tranquille sur la route. À travers une couverture repliée, j'avais tiré une balle dans la nuque de Théo. Le bruit étouffé de la détonation avait fait sursauter Manu.

— Tout va bien, lui avais-je dit.

J'avais traîné le corps de Théo un peu plus loin, puis j'étais revenu à Manu. Il s'appuyait sur un coude en me regardant. Il semblait terriblement jeune et désemparé. Il souffrait. J'aurais voulu prendre sa souffrance en charge, mais j'ignorais comment. Je lui avais fait une autre injection afin qu'il puisse dormir, puis j'étais parti à la recherche d'une voiture à voler, ce qui m'avait pris à peine quelques minutes.

Je redoutais plus que tout les barrages routiers ; on se méfierait de deux hommes sans papiers et en âge de combattre, surtout si l'un d'eux était blessé. Je pouvais toujours mentir, mais ce ne sont pas les mensonges qui nous éviteraient l'internement. Dans les régions sous contrôle gouvernemental comme dans celles aux mains de la Milice, les camps de prisonniers étaient des mouroirs sans eau ni nourriture, aux conditions sanitaires indignes d'une porcherie. Dans son état actuel, Manu n'y survivrait pas.

C'est pourquoi j'abandonnai la voiture bien avant les premiers faubourgs de la ville pour continuer à pied dans un dédale de terrains vagues, de cours de triage et de petites rues désertes. Je devais porter Manu, le sac de médicaments et les béquilles, mais comme un père qui porte son enfant pour le sauver du danger, je ne ressentais pas l'épuisement. Nous dûmes cependant, au moment où le jour se levait, nous cacher des patrouilles de plus en plus nombreuses alors que nous atteignions un quartier ouvrier pas très loin du centre de la ville. Je trouvai l'immeuble bombardé juste avant que la ville ne s'éveille et que sortent dans la rue les habitants assiégés, en quête de nouvelles, de nourriture et d'eau. Tout un côté de l'immeuble s'était écroulé en vomissant une montagne de gravats, révélant du même coup des entrailles quadrillées de béton, des lavabos suspendus à la tuyauterie, des divans éventrés. Le reste de la structure, affaibli par l'impact, était fissuré comme un visage de vieillard. Mais quelques appartements avaient à peu près survécu, bien cachés à l'abri des ruines, et ce fut dans l'un d'eux que je fis notre maison.

Les premiers jours, l'état de Manu ne s'améliora que lentement. J'hésitais à le laisser seul, mais il nous fallait de l'eau, des vivres. Je lui faisais une piqûre avant de me faufiler entre les moellons descellés de la façade pour me mêler aux citadins déracinés qui faisaient la queue avec leurs bidons de plastique devant des camions-citernes réquisitionnés par l'armée ou devant des tentes montées en pleine rue qui distribuaient du riz et du lait. Mais tout cela prenait du temps, des heures et des heures parmi les mégères criardes et les bons citoyens offusqués qui commençaient la journée en réclamant leur dû et la finissaient en quémandant des restes. Il me fallut très peu de temps pour comprendre qu'on trouvait plus rapidement de tout au marché noir, à condition bien sûr d'avoir de l'argent, beaucoup d'argent, et en liquide, puisque les banques avaient bloqué les comptes et resteraient fermées jusqu'à nouvel ordre. Or, de l'argent, je n'en avais pas.

Mais j'avais une arme.

Il existait sur une place du centre un marché noir à ciel ouvert où se massaient vendeurs et acheteurs. Là étaient les biens, là était l'argent. J'organisai dès lors mes journées de manière à acheter le matin la viande, les légumes et le pain dont nous avions besoin. Mais le soir, avant le couvre-feu, à la fermeture du marché, je suivais discrètement l'un de ceux qui le matin m'avaient escroqué afin, cagoulé, de récupérer mon dû et un peu plus à la pointe du pistolet. Je veillais à ne jamais m'attaquer aux plus gros trafiquants, qui avaient des hommes à eux puisqu'ils pouvaient se permettre d'en acheter. Je me concentrai sur les petits négociants solitaires et sans ressources, la vieille mamie édentée écoulant journellement les six œufs de son poulailler ou le petit fonctionnaire qui cherchait à convertir en liquide l'excédent de ses pots-de-vin, payés en nature depuis le début de la guerre. Je m'absentais deux heures en début de journée et deux autres le soir. Le reste du temps, je le passais à soigner Manu, à changer ses pansements, à masser ses muscles pour leur conserver du tonus, à le nourrir, à le faire boire.

Mais il ne se remettait pas. Il ne quittait pas le matelas jeté à même le sol, au pied d'une fenêtre sans vitre dont le trou béant était maquillé d'une couverture trouée. Il passait des heures les yeux perdus dans le vague. Quand je rentrais le soir, le plus souvent il n'y avait pas de lumière, ou alors le halo tremblotant de la flamme d'une bougie dont je n'apercevais la lueur qu'au dernier moment. Je lui demandais :

— Tu as mal ?

Il ne répondait pas, ou alors il faisait un geste qui ne voulait rien dire. Les nuits étaient longues. Sommeillant par à-coups toute la journée, il dormait très peu la nuit, s'agitait en grommelant. Je restais à l'écouter, cherchant dans ses murmures indistincts je ne sais quelle clé.

Son moignon était maintenant parfaitement guéri. J'avais depuis longtemps diminué progressivement puis cessé tout à fait les injections de morphine. Je le forçais à faire des exercices. Certains jours il acceptait, d'autres non. Je le grondais alors comme un enfant et il se laissait faire.

Il lui arrivait parfois, surtout le matin, de m'adresser la parole comme si tout était normal.

— J'aimerais bien du jus d'orange, disait-il par exemple.

Et j'étais si heureux de le voir désirer quelque chose que je me précipitais de par la ville pour satisfaire ses attentes. Mais quand je revenais, je le trouvais à nouveau abattu, lointain, d'une désespérance froide qui réussissait à m'effrayer. Quant au jus d'orange il n'y touchait pas, et c'est moi qui devais le boire avant qu'il ne soit gâté.

Manu ne regardait jamais sa jambe, comme si elle n'avait jamais existé – comme si son corps entier n'avait jamais existé. Je tentais de lui parler, d'entretenir une conversation normale. Je lui racontais mes sorties, les nouvelles de la guerre que je glanais dans les rues. Je lui disais :

— Il faut se remettre, ici on craint une nouvelle offensive. On ne veut pas être du mauvais côté quand ça se produira !

Il avait perdu beaucoup de poids et il continuait de maigrir, ce qui m'inquiétait, puisque grâce à mes sorties, nous ne manquions de rien. Tous les matins avant mon départ, je laissais à Manu une assiette bien remplie. Quand je rentrais, elle était vide.

N'empêche que Manu dépérissait.

Un matin, en sortant de l'immeuble dont je longeais la façade, je vis du coin de l'œil quelque chose tomber non loin, suivi d'une sorte de ploc ! Intrigué, j'allai voir. C'étaient deux œufs et un petit morceau de jambon que j'avais payés très cher. Des restes de viande, des bouts de pain, des pâtes desséchées jonchaient le sol. Des corneilles et des mouettes, dont j'avais déjà noté la présence sans me demander ce qu'elles faisaient là, attendaient mon départ avant de se régaler. Je levai la tête. En haut, c'était notre fenêtre.

Je remontai en vitesse. Manu ne m'avait pas entendu venir. Il serrait dans ses dents l'extrémité du garrot et cherchait, en se tapotant l'avant-bras, à faire saillir une veine. La seringue et la fiole de morphine étaient posées sur l'oreiller comme des bijoux sur un coussin de velours.

— Manu ?

Il leva lentement la tête et me vit enfin. Son visage n'avait pas d'expression. Puis il retourna à son affaire, et je le regardai sans l'interrompre pomper dans la fiole une dose puissante, puis se l'injecter dans le bras en serrant les dents. Enfin il relâcha le garrot, et c'était comme si son corps en entier se relâchait en même temps. Il s'affala sur le matelas, les yeux mi-clos, apaisé – et à ce moment précis, malgré les os qui saillaient dans son visage, malgré sa pâleur lunaire, il semblait avoir douze ans à nouveau, douze ans pour toujours, douze ans à jamais. Un enfant qui maintenant, après un ultime battement des paupières, s'était endormi.

J'allai jusqu'à lui et remontai une couverture sur sa poitrine maigre qui se soulevait paisiblement. Sur le sol, je pris le sac de médicaments que j'avais rangé dans un placard des semaines auparavant. Je l'ouvris. Il ne restait qu'une fiole de morphine sur les dizaines qu'il avait contenues. Les flacons de codéine, ceux de calmants étaient vides. Manu n'était qu'à quelques jours d'un violent état de manque.

Je jetai la fiole et le reste des médicaments par la fenêtre, puis je m'étendis sur le lit à côté de Manu. J'écoutais sa respiration. De minuscules perles de sueur brillaient à la lisière des cheveux et du front. Je lui soulevai la tête et passai mon bras sous son cou tandis que de l'autre, je lui enserrai la taille. Je me collai contre lui. Puis j'attendis. Longtemps. Des heures. J'attendais le manque. Manu ne serait pas tout seul.

D'abord, ce ne fut qu'un frémissement des membres, comme un long frisson qui partait du cœur et se répandait avec le sang jusqu'aux extrémités. Puis vinrent les tremblements, et à ce moment, je sus qu'il ouvrait les yeux, qu'il cherchait à savoir où il se trouvait. De part et d'autre de son corps, mes mains se rejoignirent et se nouèrent solidement. Je resserrai ma prise. Manu pouvait voir le sac vide bâillant sur le sol. Il se rappelait m'avoir vu le regarder s'injecter la drogue. Il commençait à comprendre. La vérité se faisait jour, la connaissance cruelle, tandis que chacune des cellules de son corps réclamait d'être apaisée par une nouvelle dose. Il gémissait maintenant, il roulait d'un côté puis de l'autre entre le cerceau d'acier de mes bras. Sa jambe valide commençait à ruer. Il parlait.

— Laisse-moi.

Il ordonnait.

— Laisse-moi !

Il suppliait.

— Laisse-moi !

— Il n'y en a plus, Manu. J'ai tout jeté. C'est fini.

Il sanglotait. De ses minces doigts, il tentait de crocheter la serrure de mes poings. De ses ongles, il labourait mes bras. Mais je ne lâchais pas prise tandis que grondait l'orage à l'intérieur de son corps. Cela s'enflait, je pouvais presque sentir ses ondulations sous la peau de Manu, comme des serpents remontant le cours des veines en cherchant une porte de sortie. Les mouvements saccadés se faisaient plus amples, Manu gémissait de plus en plus fort, jusqu'à hurler, si maigre, si faible, mais les serpents sous sa chair étaient animés d'une force si prodigieuse qu'il me fallait mobiliser toutes mes énergies pour ne pas les laisser s'échapper par tous les pores de la peau de Manu. Combien de temps ? Il y avait eu le matin, puis l'après-midi, et enfin le soir. À la nuit tombée, chacune des secondes qui passait était comme une lame de rasoir entaillant la peau, la plante des pieds, la cornée des yeux de Manu. Ses terminaisons nerveuses jetaient des étincelles affolées, chacune des articulations de son corps semblait faite de briques glissant sur de la brique et la moelle de ses os se transformait en poussière de vitre. Il était souffrance, un sac de peau empli de souffrance, un sac de souffrance empli de souffrance. Il se débattait en hurlant pour échapper à cette souffrance. Ses intestins se vidaient dans le lit, sous lui, sous moi, mais je ne relâchais pas mon étreinte, je ne la relâchai pas avant la fin de la matinée suivante, quand enfin les serpents épuisés cessèrent peu à peu leur course désordonnée. L'orage s'éloignait. Le corps de Manu n'était plus ce pantin géant dont le manque tirait les ficelles. L'épuisement avait raison de la souffrance, les tremblements diminuaient en intensité. Enfin Manu s'endormit.

Je me dégageai péniblement. Mes muscles si longtemps bloqués, mes doigts si longtemps noués se délièrent peu à peu. J'étais souillé de merde, épuisé. Manu dormait. Quelle victoire était-ce, au bout d'une guerre qui aurait pu être évitée ?

Je bus un verre d'eau, en n'en perdant pas une goutte. Je me lavai debout, changeai de vêtements. Puis je ramassai les draps sous le corps de Manu, le dévêtis à son tour et le lavai à la serviette sans qu'il se réveillât. J'humectai ses lèvres et je vis s'agiter un bout de langue rose.

Pendant deux jours encore il y eut des crises. Mais leur violence diminuait, et les accalmies se faisaient plus longues. Nous pûmes parler, enfin, et je lui demandai pardon.

— Pour quoi ?

Pour tout.

Il me regardait sans comprendre, honteux de lui-même, et de ce que la drogue lui avait fait. Je voulais chasser cette honte, elle n'avait pas sa place ici. Je le lui dis. Il souriait.

Nous n'avions plus d'eau, rien à manger. Je devais sortir. Quand je revins, Manu m'attendait, le regard clair, debout, appuyé sur ses béquilles. Il avait un peu rangé. Il avait faim. Il mangea comme il n'avait pas mangé depuis des semaines, des mois, avidement, gloutonnement. Le jus de viande lui coulait sur le menton, qu'il essuyait d'un bout de pain. J'en eus les larmes aux yeux. Manu s'en aperçut. Il allait parler quand nous entendîmes au loin l'écho des premiers bombardements. J'allai à la fenêtre pour voir.

— Alors ? demanda Manu.

— C'est la seconde offensive, dis-je.

— Il faut partir.

— Pas maintenant. Tu n'es pas en état.

— Quand alors ?

— Demain peut-être. Il faut dormir, et encore manger.

Il souriait bravement, mais son organisme épuisé ne l'aurait pas soutenu bien loin. Il s'écroula sur le lit et s'endormit aussitôt.

Je restai longtemps à la fenêtre à guetter la progression des combats.

Cette fois-ci, nos forces avaient mis tout ce qu'elles avaient. Mais cela, je l'appris par la suite. Les colonnes de fumée s'approchaient. Les détonations se faisaient mieux entendre. Cela allait vite, trop vite. Nos forces s'avançaient trop vite et trop loin sans attendre les renforts. Elles risquaient l'encerclement. Et alors ce serait la pagaille.

Dès le petit jour, je réveillai Manu.

— Habille-toi, on y va.

Nous ramassâmes nos misérables affaires. Au moment de quitter l'appartement, Manu me toucha l'épaule.

— Merci.

Nous descendîmes par l'escalier de secours, assez lentement, bien que Manu ne se débrouillât pas trop mal avec ses béquilles. Nous débouchâmes devant la rue déserte. Tous se terraient. Comme j'avais pu le constater de ma fenêtre là-haut, la bataille avait atteint un point d'équilibre. Nos forces n'avançaient plus, et l'armée gouvernementale n'avait pas encore déclenché sa contre-attaque. Nous avions le choix de fuir les combats, et pour cela de nous jeter dans les bras de l'armée, ou de tenter de rejoindre l'arrière-garde des forces de la Milice en contournant la ligne de front.

Pour le moment, tout était immobile, silencieux, à part de temps à autre une détonation isolée qui rappelait que des hommes mouraient. Nous n'avions pas encore quitté la sécurité relative de notre immeuble à moitié effondré. J'exposai la situation à Manu. Comme moi, il pensait que nous devions rejoindre les nôtres.

— Je peux encore être utile, dit-il. Je sais manier la radio…

Je regardais la rue déserte.

— Tu cours, tu baisses la tête, tu longes les murs. Tu me suis, d'accord ?

— Oui, Chef !

— Allez !

Je jaillis de l'immeuble. Je fis trois pas. J'entendis un coup de feu. Je me retournai. Manu me regardait. Il avait un trou dans le front, au-dessus du sourcil gauche. Il avait l'air étonné. Il resta un moment en équilibre sur ses béquilles, puis s'abattit comme un arbre. Il y eut un autre coup de feu, qui souleva la poussière à mes pieds. Je regagnai en plongeant l'abri de l'immeuble.

— Manu !

Je l'appelais. Je savais pourtant qu'il était mort. Je voyais la blessure, d'où le sang s'écoulait.

— Manu.

J'aurais voulu qu'il réponde. J'aurais voulu un miracle. Mais il n'y a pas de miracle, jamais. Il n'y a jamais de miracle.

J'attrapai la cheville de Manu et la tirai vers moi. Son visage traînait sur le sol et le sang qui s'écoulait de sa plaie, mon sang, virait déjà au brun. Quand enfin il fut à l'abri, je pus poser sa tête sur mes genoux. Mais ce n'était plus Manu. Je fouillai ses poches pour transférer dans les miennes ses quelques possessions personnelles. Lentement je me mis debout. Je soulevai le corps de Manu et le hissai sur mon dos, ses bras autour de mon cou, sa tête penchée sur mon épaule. Je lui donnai un baiser sur la joue.

Je traversai ainsi la rue. Les balles s'abîmaient dans la chair de Manu sans m'atteindre. Le franc-tireur se lassa et cessa de tirer alors que nous n'en étions pas à mi-parcours. Sous l'abri d'un portique, je lâchai mon fardeau. Puis je continuai mon chemin, seul.

14. RETOUR À M.

Je laissai Josef au bar de l'hôtel des Ours avec une bouteille de rouge pour unique compagnie. Je savais qu'il ne m'en voulait pas ; je souhaitais monter à ma chambre et prendre une douche avant de partager avec lui un dernier repas, à mes frais, bien entendu. Je croyais en avoir fini de ses services. Qu'aurais-je fait de lui ? Un guide pour quoi ? On n'a pas besoin d'un guide quand on tourne en rond.

Nous avions quitté le village peu de temps après le petit déjeuner. J'étais pensif, pas vraiment déprimé. De toute évidence, les méthodes d'enquête habituelles ne donnaient rien ici. En période de guerre, toutes les circonstances sont à la fois atténuantes et aggravantes, si bien qu'on ne s'y retrouve plus. S'il fallait juger des actes d'un homme à la quantité de douleur qu'il inflige à autrui, les bancs des accusés verraient défiler des postérieurs autrement nobles que ceux auxquels ils ont l'habitude de se frotter. Des culs soigneusement emballés dans des caleçons de soie et des vêtements griffés. Mais la cour ne pouvait juger que ceux mis en accusation, et ce n'était pas la faute de la justice si on n'amenait presque jamais devant elle les stratèges d'un monde en déroute et les profiteurs de massacres.

J'avais raconté à Josef ma rencontre avec Jana. Il s'était contenté de mordiller sa moustache, geste qui, avais-je fini par comprendre, signifiait, dans l'étendue limitée de l'expression de ses sentiments, un profond désarroi et une grande tristesse. Sans ressentir le besoin de nous consulter, nous avions fait nos bagages pour reprendre la route et rentrer à M.

C'était devenu une habitude de rouler en silence, mais cette fois, je ne me laissais pas séduire par les promesses d'aventures du paysage : ce n'était rien de plus que de la terre et des arbres, un peu de vénalité, quelques principes d'économie libérale et beaucoup d'espoirs brisés. J'en avais ma claque de la Grande Forêt. Je préférais regarder Josef. Il conduisait d'une main sûre en affichant son habituel sourire narquois. Il savait que je l'observais, et il n'en avait cure. Il n'était pas curieux de ma curiosité.

J'avais fini par m'attacher à ce militaire de carrière, homme de culture et de ressources, farfadet géant qui protégeait son cœur d'or sous une armure de peau tannée comme du cuir. S'il en avait vu de toutes les couleurs, il n'en était pas devenu daltonien pour autant. Sous ses pointes d'humour, je sentais vibrer une note plus grave dont il avait la pudeur de ne pas abuser.

Qui était-il ? Il connaissait tout le monde, tout le monde le connaissait. Il taisait des secrets dont je n'imaginais pas qu'on puisse réussir à les lui extorquer, serait-ce sous la menace ou la torture. Il semblait un homme libre, pour ce que cela voulait dire. Un mercenaire est aussi un homme libre. J'essayais de l'imaginer à treize ans, jonglant avec des bâtons de dynamite – et j'y arrivais aisément. Qu'est-ce que tout cela lui avait coûté ? Une vie de soldat ? L'odeur de la poudre plutôt que celle des confitures ? Les jupes des femmes retroussées sur les hanches pour les prendre debout appuyées contre un mur – et jamais personne pour l'attendre avec un bouquet de fleurs et des dessins d'enfants ? Mais peut-être me trompais-je. L'un n'était pas nécessairement incompatible avec l'autre. Il me semblait simplement étrange que l'on puisse dans une même vie tuer des gens et faire des enfants. Avait-il eu une femme qui attendait en faisant des gâteaux qu'il revienne de campagne ? Était-ce elle qui lavait et repassait son uniforme ensanglanté et reprisait les trous de balles ? Lui préparait-elle des sandwichs et un verre de lait, le soir, et s'asseyait-elle à son côté à la table de cuisine pour lui demander comment s'était déroulée sa journée ? Que pouvait-il répondre à cela ?

– Bien, quatorze morts, trente-deux blessés ?

Qu'est-ce qu'une vie normale ? Bordel ! Est-ce que quelqu'un, quelque part, peut me dire ce qu'est une vie normale ? Puisqu'on s'entretuait depuis le début de l'humanité, puisqu'on s'entredéchirait, s'escroquait, se torturait, se méprisait… Puisque notre histoire commune n'était qu'une longue suite de batailles sanglantes et de viols tout aussi sanglants, comment pouvait-on affirmer que la normalité réside dans l'amour, le partage, l'équité et le respect ? L'amour de l'or ? Le partage du butin ? L'équité dans la souffrance et le respect du plus fort ? Qu'est-ce qu'une vie normale ?

Est-il plus normal de vivre toute une vie dans la crainte de son patron, de passer ses soirées devant un téléviseur et le samedi après-midi au centre commercial ? Dans les années cinquante, on était pressé de vieillir, à la fin de ce siècle on cherche à rester jeune. Qu'est-ce qui est normal ?

Sans doute la vie de Josef était-elle normale pour lui. Peut-être n'y avait-il jamais eu d'épouse, de sandwichs et de verre de lait, mais plutôt un chapelet de bonnes amies que les odeurs d'aisselles et les poils dans le dos finissaient un jour par lasser. Et de l'une à l'autre, les années passaient sans trop de souffrance, jamais vraiment seul, jamais vraiment aimé.

La vie était ailleurs, à la caserne, dans l'odeur du cuir graissé et des lotions contre les poux. Dans l'obéissance non pas aveugle mais atteinte d'une cécité partielle, soigneusement entretenue, parce que le monde est décidément trop vaste et trop complexe, si bien qu'on souhaite n'en voir qu'un petit bout à la fois. La vie était dans le sentiment du devoir accompli, quel que fût le devoir, décidé par un autre au nom d'on ne sait quoi. « Je ne fais que mon devoir. » « Les intérêts supérieurs de la nation. » « Dieu avec nous. » Ce sont là de bonnes phrases dont on peut se soûler sans avoir mal au crâne, mais qui ne reflètent qu'une toute petite parcelle de la vérité du monde.

Et pourtant Josef avait des opinions qui me semblaient fondées sur une subtile connaissance des choses et des gens. Ou était-ce seulement qu'elles confortaient mes propres opinions ? Allez savoir.

Peut-être son mystère se résumait-il à avoir tué. On dit : prendre la vie ; ce n'est pas pour rien. Comme si le meurtrier s'accaparait la vie des autres, se chargeait du poids de leur âme. Chez moi, la justice voulait les qualifier de *moins que rien*, mais n'étaient-ils pas des *plus que nous,* et n'était-ce pas précisément ce qui nous effrayait, cette dimension supplémentaire du tueur ? On ne discutait jamais de cela dans les prétoires, on se voulait objectif, on *laissait parler les faits*. Mais les faits ne parlaient pas, ils bégayaient, ils butaient sur le premier mot d'une histoire qui ne serait jamais racontée. Qui écouter, puisque les victimes garderaient à jamais le silence ? Les faits ne parlaient pas, ils se répétaient depuis des milliers d'années. Peut-être était-il temps de donner la parole aux assassins afin qu'ils nous racontent ce que c'est que de tuer ?

Je regardais Josef. Il avait traversé trois guerres. En quoi était-il différent de moi ? Il avait tué. On aura beau dire, ils ne forment pas une majorité, les tueurs, ils ne sont pas si nombreux à avoir franchi le pas et à posséder de ce fait un avantage sur les autres. Le tueur comme race supérieure ? L'assassin comme prochaine étape de l'évolution ? Quelle différence entre la petite crapule jouant du couteau pour quelques dollars et le président fou de Dieu qui lance ses troupes sur un pays désarmé pour lui voler son pétrole ? Une différence d'échelle ? L'un est jeté en prison et l'autre grimpe dans les sondages de popularité. Notre propre condamnation morale envers les tueurs est teintée d'ambiguïté. Mais jamais un journaliste ne s'est levé à la Maison-Blanche pour demander au président ce que ça lui fait de tuer. Or il tue, ça doit donc lui faire quelque chose, non ? Je n'étais pas journaliste et Josef n'était pas président, mais je devais bien commencer quelque part.

— Josef ?

— Oui ?

— Vous avez tué ?

— Ah ! Vous y avez mis le temps. Qu'est-ce que vous voulez savoir ?

— Ce que ça fait.

— Pourquoi ?

— Parce qu'on n'en parle jamais. On en cherche les raisons, on condamne le geste, on le punit, mais on ne parle jamais de ce que ça fait, tuer, pour celui qui tue.

— On a peut-être de bonnes raisons de ne pas en parler.

Il se mordillait la moustache à nouveau.

— Écoutez, dit-il, je n'ai jamais tué par plaisir, vous comprenez ?

— Oui.

— Je n'ai jamais tué pour gagner quelque chose ni par vengeance ni quoi que ce soit. Ceux que j'ai tués étaient des ennemis, et je les ai tués dans l'exercice de mes fonctions à l'intérieur d'un cadre établi, d'accord ?

— D'accord.

— Eh bien, ça ne change rien. J'ai tué quand même. Et au début, même si on ne le veut pas, on ressent quelque chose de très fort. Au début, il n'y a rien de plus puissant. Rien. Enlevez la culpabilité, la peur du châtiment et la condamnation morale, et tuer devient l'acte qui vous procure le plus grand sentiment de puissance qui soit. Meilleur que l'orgasme, qui nous ramène à notre condition de mammifère, alors que tuer nous élève à la condition de Dieu.

— Vous le croyez vraiment ?

— Entre autres. Mais je crois aussi à la culpabilité, à la peur du châtiment et à la condamnation morale. Tuer est exaltant, d'accord, mais ça ne rend pas heureux.

— Vous croyez que certains tuent en cherchant le bonheur ?

— Je ne sais pas. Ce que je sais, c'est le sentiment de puissance qu'on éprouve lorsqu'on met quelqu'un en joue et qu'il suffit d'une pression du doigt pour effacer à jamais une vie. Je vous mets au défi d'essayer : postez-vous sur un toit avec une carabine à lunette et visez les fourmis qui arpentent les trottoirs pour se rendre innocemment au travail. Vous n'avez même pas besoin de tirer, ils n'ont même pas besoin de savoir que vous êtes là. Vous éprouvez l'exaltation de la puissance. C'est comme une drogue. Au début, c'est une drogue. Même sans tirer. Mais il arrive ce qui arrive dans ces cas-là, et puisqu'on peut tirer, on finit par le faire.

— On tue comme on se drogue ?

— Je parle des effets, pas des causes. On tue pour bien des raisons, mais au début, quand on tue, on ressent un sentiment de puissance qui au fond n'est qu'une exaltation : une soudaine accélération du rythme cardiaque, et un raz-de-marée d'hormones qui inonde votre cerveau et baigne chacune des cellules de votre corps. Oui, ça ressemble à une drogue, et le tueur comme l'héroïnomane en est changé à jamais. L'héroïnomane, quand bien même il cesserait de se droguer, a goûté aux fruits du paradis et il en gardera pour toujours le souvenir cuisant. Le tueur, lui, a ressenti un instant ce que peut ressentir Dieu…

— Et après ?

— Nous ne sommes pas Dieu.

Et pourtant nous donnons la vie, pensai-je, nous la créons. Nous créons des êtres qui pourraient indifféremment devenir la proie du tueur ou le tueur lui-même.

— S'en sort-on jamais ? demandai-je.

Josef secoua la tête.

— Vous connaissez cette phrase de Pascal : *tout l'ennui vient qu'on ne sait pas rester tranquille dans une chambre* ? ou quelque chose comme ça. Pourquoi on se drogue ? Pourquoi on tue ? Pour ressentir quelque chose ? Il se trouve des gens assez fous pour se jeter en bas d'un pont, un élastique attaché aux chevilles… Pourquoi ? Pour l'adrénaline ? Entre l'adrénaline et l'héroïne, il n'y a qu'une différence de substance, mais le but est le même : l'exaltation. Comme s'il n'y avait de salut que dans l'exaltation. Mais comment condamner l'héroïnomane tout en diffusant à la télévision des publicités de voiture vantant l'exaltation de la vitesse ?

— Vous savez bien que ce n'est pas la même chose.

— Non. Et pourtant si. J'imagine que le sentiment d'exaltation a commencé il y a bien longtemps, lorsque l'un de nos ancêtres singes s'est saisi d'un bâton pour faire tomber de l'arbre un fruit qui était hors de la portée des autres. Mais dès lors qu'il avait le bâton, plus rien ne l'empêchait de s'en servir pour frapper les siens… L'exaltation et la mort forment un couple depuis toujours…

— Comme l'amour et la vie.

Josef fit une grimace qui pouvait passer pour un sourire.

— Peut-être. Mais ces deux-là, je ne les ai pas bien connus.

Un temps, assez long.

La ville de M. apparaissait au loin.

— Ça vous embête ? Que je vous pose des questions ?

— Non. Ce qui m'embête, c'est que vous n'êtes pas le premier à m'en poser des pareilles. Ce qui m'embête parfois, c'est quand on semble croire que j'ai eu le choix, que j'ai choisi ma vie, consciemment, comme on choisit un melon sur l'étalage. Mais ce n'est pas ça, ce n'est pas vrai, ce n'est pas comme ça que ça se passe. Je vous l'ai dit : j'avais onze ans. J'étais un enfant. Juste un enfant. Vous croyez que si j'avais eu vraiment le choix, j'aurais choisi de me battre et de tuer avant d'être tué ? Vous croyez qu'à onze ans on ne rêve pas surtout d'un joli vélo avec une clochette au guidon ? Vous croyez qu'on ne préfère pas jouer au ballon avec les copains et manger des cochonneries à s'en barbouiller jusque-là ? Vous croyez qu'on ne préfère pas un vrai lit dans une chambre à soi, décorée d'affiches et peinte de couleurs vives ? Vous croyez qu'on ne préfère pas la main fraîche d'une maman posée sur le front quand on fait un chouia de fièvre ? Vous croyez qu'on ne préfère pas ses parents vivants plutôt que morts, à onze ans ? La guerre, on me l'a mise de force dans la gorge. Si j'avais eu le choix… Mais quel est le pouvoir d'un enfant, hein ? Rien, il n'en a pas, de pouvoir. Ou plutôt si, il en a un. Celui de survivre. Et c'est ce que j'ai fait. J'ai survécu. Je survis…

— Excusez-moi.

— Ça va.

— Je ne savais pas.

— Non. Personne ne sait jamais rien, c'est bien ça le problème.

Nous arrivions en vue de mon hôtel. Je ne voulais pas quitter Josef sur cette note triste et un peu discordante. Je l'invitai à prendre un verre. Il accepta aussitôt en retrouvant son sourire malicieux, comme si son petit discours n'avait été qu'un numéro préparé d'avance et souvent répété. Mais je n'en croyais rien. Sa malice était une manière de pied de nez à l'endroit de cette vie qu'il n'avait pas choisie.

Je lui demandai de m'attendre. Il me répondit qu'il ne s'ennuyait jamais en compagnie d'une bouteille de rouge. Je savais ce qu'il voulait dire. Mais ce n'était plus pour moi.

En montant à ma chambre, je ressentis une immense fatigue, celle de toutes ces vies cumulées qui vont de travers et traînent dans la boue et le sang. Notre fardeau commun qu'il faut pourtant porter. Si le monde est un endroit aussi terrible qu'il le semblait, alors quoi ? Si seulement on pouvait changer de monde comme on change de voiture. Désirer un monde nouveau comme on désire une voiture neuve, mais pas n'importe laquelle, un modèle en particulier qui semblerait nous être spécialement destiné. En imaginer les formes, l'éclat irisé de la peinture et l'odeur ! L'odeur d'une voiture neuve ! Et un moteur tout brillant, qui n'aurait pas encore, comme nous, généré sa propre saleté. Le compteur à zéro, oui. Voilà ce qui est bien avec une voiture neuve. Le compteur à zéro. Mais change-t-on le conducteur tous les cent mille kilomètres ? On aura beau nous changer la peau, les os, le cœur, les organes, plus jamais le compteur de notre humanité ne sera à zéro. Chirurgie esthétique et voiture neuve : même volonté de virginité retrouvée. Même illusion.

Bon Dieu, pensai-je, je vais mourir. Cela me frappait soudain. Je vais mourir. Pas aujourd'hui, pas demain, pas même bientôt, j'espère. Mais cela sera toujours trop tôt. Je vois déjà ma mort en face, elle a le nom de mes enfants, qui me survivront pour mourir à leur tour, quelques années plus tard. En leur donnant la vie, nous leur avons fait le cadeau de la mort, et à bien y penser, c'était inadmissible, le pire de tous les scandales.

Il fallait vivre avec la mort et lui raconter des histoires, le soir, pour l'endormir. Il fallait caresser ses cheveux. Il fallait regarder la mort dans les yeux et lui dire : je t'aime.

Je me dépêchai de prendre ma douche pour ne pas faire attendre Josef, qui avait eu treize ans et qui, pour survivre, avait donné la mort. C'est ainsi qu'elle se perpétue. La seule normalité à laquelle on est en droit d'aspirer, c'est de mourir des mains du hasard ou de la maladie plutôt que d'une balle tirée par un gamin perdu. Je haïssais la guerre. Je haïssais ce qu'elle avait fait à Josef, à Viktor et à ses parents, à Jana. La guerre au nom de quoi ? Au nom de Dieu ? C'est se substituer à lui pour exercer à sa place le pouvoir qu'on lui attribue. Au nom d'une culture ? C'est pourtant la perdre au profit d'une autre, guerrière, partagée avec l'ennemi. Pour l'argent ? Le pouvoir ? Oui, bien sûr. Donnez une arme à un gosse, et il sera bientôt le roi de l'école, quitte à avoir de moins en moins de sujets à régenter.

Donnez-lui une arme et vous en faites un monstre. Déclarez la guerre et vous aurez des centaines, des milliers de monstres. C'est ainsi. Alors ? Il faut dire non à la guerre ? Mais alors il faut aussi dire non aux voitures neuves et à la chirurgie esthétique. Il faut dire non à tout ce qui dissimule l'usure, la fatigue, la fragilité – notre simple, notre *irréparable* condition de mortels.

Je finis de m'habiller, et j'allais sortir quand il me vint l'idée de vérifier mes emails. Je n'avais rien reçu. J'avais cependant laissé ouverte la fenêtre des messages envoyés, et je pris quelques secondes pour relire celui que j'avais écrit à Florence moins de trois jours auparavant.

Je suis encore, je serai toujours le petit garçon qui chasse le phoque imaginaire entre les deux pommiers de la cour enneigée, et je n'aurai jamais d'autre arme qu'un pauvre manche à balai.

Je n'en croyais pas mes yeux, j'étais furieux. Qui était-il, cet homme, pour refuser de vieillir et pour s'accrocher aux images de son enfance comme s'il n'y avait pas de plus grande sagesse ? Qu'avait-il appris de toute son existence ? Ou alors avait-il vécu en vain ?

Je m'assis devant le clavier et, sous le texte original, je tapai furieusement.

Toujours ne veut rien dire. Ce que j'ai été n'est pas ce que je serai. Je ne suis plus un petit garçon et j'ai fini de chasser le phoque. Un manche à balai, c'est déjà une arme de trop. J'accepte l'idée d'être heureux.

Je t'aime.

P.-S. : N'embrasse pas les enfants de ma part. C'est à moi de le faire. Je rentre bientôt.

Je renvoyai le tout puis je descendis rejoindre Josef. Il m'était venu une idée. Dans ce tourbillon d'événements où je me sentais parfaitement inutile, qui pouvais-je vraiment aider ? À qui pouvais-je tendre la main ? Qui en avait le plus besoin ?

* * *

— Josef, dis-je, j'ai une faveur à vous demander.

— Allez-y toujours.

— Je veux rencontrer Rosalind.

Il faillit s'étouffer d'une gorgée de vin. Il s'essuya la moustache puis le menton du revers de la main.

— Je ne sais pas…

— Vous savez tout, vous savez certainement où elle se trouve.

— Mais puisqu'elle n'est plus…

— Ce n'est pas une démarche légale, mais humaine. C'est une jeune femme qui a beaucoup souffert, et bien que je représente celui qui a tué son enfant, j'aimerais l'aider. La profession que j'exerce n'est pas entièrement représentative de ce que je suis, je crois que vous pouvez aisément comprendre cela.

Josef me regardait sans ciller. Il semblait réfléchir, comme si se déroulait en lui un féroce débat contradictoire.

— Je vous en prie.

Il soupirait maintenant. Sa décision était prise, et il semblait plus triste que soulagé.

— D'accord, dit-il. Mais je tiens à vous prévenir : vous n'allez pas aimer ça.

— Qui aime la souffrance ? demandai-je.

— Vous seriez étonné, répondit Josef, et il vida son verre.

15. FIN DE PARTIE

La folie s'était emparée du monde et nous étions dans le monde et nous étions dans la folie. J'avais rejoint nos forces en laissant le cadavre de Manu cuire au soleil d'été. Je m'étais armé au passage des cadavres et les balles qui sifflaient à mes oreilles n'avaient pas le pouvoir de m'atteindre. J'étais condamné à vivre pour éprouver la douleur, la perte et le regret. J'étais condamné à vivre pour ressentir la mort des autres dans ma propre chair vivante et jusque dans la texture de mes rêves.

La bataille était perdue. Nous avions battu en retraite comme des bêtes sauvages devant un incendie, en désordre, avec les griffes et les dents pour aller plus vite. Sur les routes encombrées de fuyards affolés, une pluie de métal s'abattait, et des éclairs de feu, et des brumes de poudre, et des tonnerres d'obus.

J'avais retrouvé Mistral par hasard. Ou plutôt c'était lui qui m'avait retrouvé. Il me secouait par le bras et criait à mes oreilles depuis plusieurs secondes déjà avant que je ne comprenne qui il était et ce qu'il voulait de moi. Je vis alors les autres, ceux de la scierie, noirs de suie, le regard fou, étreignant leur arme comme s'ils allaient l'embrasser.

À coups de gueule, à coups de claques, Mistral tentait de nous garder ensemble, dans une caricature d'unité militaire, mais ça tirait de partout et nous avions les chiens aux trousses qui nous mordaient les mollets. L'univers s'était retourné comme un gant et montrait ses coutures. La guerre était perdue, nous le savions déjà, nous le savions sans aucun doute possible, nous le savions à la peur. Fuir la ville, fuir les faubourgs, fuir par la route en rencontrant à chaque virage des tirs nourris dirigés contre nous. Nous perdions en chemin chaque fois d'autres hommes, blessés, tués ou déserteurs, mais que désertaient-ils ? Nous avions pris à l'ennemi une jeep munie d'une mitrailleuse, et nous arrosions les fourrés, les maisons, les bosquets, tout obstacle derrière lequel le danger pouvait se tapir et nous attendre. Nous lancions des grenades derrière nous comme par vengeance et dans l'espoir que les incendies ralentiraient nos poursuivants. Nous surfions sur une vague de folie, à sa crête même, elle nous soulevait, elle nous emportait, et ça durait, ça n'arrêtait pas, ça ne voulait pas s'arrêter. Je me souviens d'un cri qui accompagnait notre fuite, un cri strident qui se modulait en suivant le rythme des explosions et le staccato des rafales. Mon cri.

Et mon cri et la vague vinrent se briser enfin au pied des montagnes. Je regardais en haut le rocher nu, les à-pics vertigineux. Les gouvernementaux n'étaient pas loin derrière.

— Il faut grimper, dit Mistral.

— À pied ?

— Tu as des ailes, mon ange ?

— Pas encore.

Nous étions huit, à la fin, à escalader des pieds et des mains les premières pentes tandis que des éclats de rochers arrachés par les balles ennemies déchiraient nos visages. Là-bas, plus haut, les cachettes ne manqueraient pas, les trous, les cuvettes, les cavernes, les fissures, les crevasses et les cathédrales de pierre. Des heures durant nous avons grimpé, toujours plus haut, toujours plus loin au cœur de la chaîne, dans l'air de plus en plus rare, épuisés, à bout de souffle et de cœur, pour finir par ramper sous des amas de pierre et attendre que la mort vienne, le poing serré sur la crosse de nos armes.

Mais la mort n'est pas venue. L'armée gouvernementale avait rebroussé chemin. La mort avait perdu notre trace. Nous étions seuls avec le ciel, et nous pûmes enfin dormir d'un sommeil sans rêves. Un sommeil de bête à bout.

* * *

Lécher l'eau suintant de la falaise. Manger la chair âcre des marmottes. Avec le lichen, panser les plaies. Huit hommes encore debout, mais percés de partout, écorchés, tremblants de fatigue.

La plupart ne pensaient qu'à une chose : s'en sortir, rentrer à la maison. Et s'il n'y avait plus de maison, en construire une autre. Reprendre le fil des jours qui s'était rompu. Rossi, Oscar, Vlad et Youri, surtout, mais Cousu aussi, et Karim. Deux défaites leur suffisaient. Soudain leur condition antérieure, qui les avait tant fait rager, semblait à nouveau désirable. Mais il fallait laisser aux blessures le temps de guérir.

Pour faire du feu dans un pays sans arbres, nous devions récolter les crottes séchées d'animaux grands et petits, et même les nôtres, que nous étalions au soleil sur des pierres brûlantes. Mistral était remarquable. Il se démenait. Il semblait au service de ceux qu'il commandait. Noueux et maigre comme un cep, il cédait volontiers ses rations à ceux que la faim rendait fous. Aux autres, il parlait doucement, avec des mots empreints de dignité. Il soufflait sur les braises de la révolte. Il disait : Le combat continue, d'autres se lèvent chaque jour pour réclamer justice. Il disait : Ce qu'ils nous ont pris, nos terres, notre dignité, notre culture, qu'importe s'ils nous l'ont dérobé voilà cent ans, ou mille ans. L'ancienneté du crime n'innocente jamais. Tout ce qui va mal dans le monde vient de n'être pas maître chez soi.

La plupart l'écoutaient, puisqu'il n'y avait rien d'autre à faire. Je restais, quant à moi, de longues heures assis à regarder les montagnes. Ce paysage lunaire grouillait de vie. Les animaux y semblaient bien. Un peu plus bas, pourtant, ils auraient prospéré. Comme eux je ne désirais rien de ce qui n'était pas mon lot. Je regardais les ombres changer, s'étirer puis raccourcir. La nuit, le ciel était d'une pureté extraordinaire et je le contemplais, couché sur le dos en suçant un caillou pour tromper ma soif. Je n'étais qu'un petit point insignifiant à la surface d'un autre petit point insignifiant gravitant autour d'une étoile parmi des milliards d'étoiles noyées dans un infini de rien. Ma trentaine d'années de vie n'était même pas un battement de cil dans l'existence de l'univers. Et pourtant, avec quelle force j'avais voulu vivre et aimer. Mais tout ce que j'avais aimé m'avait été arraché, il ne m'en restait que le souvenir douloureux – comme il ne restait de certaines étoiles mortes que leur écho lumineux pour parvenir jusqu'à moi. Ce que je vois est déjà mort. Ce que j'aime est déjà mort.

Puis le hululement de la chouette me surprit. Je me dressai sur mes coudes en scrutant la nuit. Un mulot venait de connaître sa fin dans le noir et dans la plus parfaite indifférence de la nature.

Je me levai et marchai vers notre campement, notre trou. Un feu de crotte réchauffait une soupe d'herbes. Mistral en avait fini de ses discours pour la soirée. Rossi aiguisait son couteau sur une pierre. Cousu semblait hypnotisé par les flammes. Les autres dormaient. Les hommes ne voulaient plus se battre. Mistral se tourna vers moi.

— Tu viendras ?

— Oui.

Quelle importance ?

* * *

Pour décrire les semaines qui ont suivi, les journaux ont parlé de campagne de terreur. Pourquoi ? La réalité est bien plus simple. Si, sur le terrain, la guerre faisait chaque jour son plein de sang, c'est que dans les officines du pouvoir la paix se négociait déjà. Les deux camps rivalisaient de sauvagerie pour donner à leurs dirigeants le pouvoir de persuasion dont ils avaient besoin. Un massacre d'innocents pouvait valoir un ministère. La prise de contrôle d'installations pétrolières pouvait se traduire par l'impunité politique. Le véritable pouvoir de l'opposition, en fin de partie, ne résidait plus dans sa capacité à gagner la guerre, mais plutôt dans celle de faire cesser les atrocités. Encore fallait-il qu'il y ait des atrocités à faire cesser.

Nous étions descendus des montagnes à la suite de Mistral pour rejoindre, après des nuits de marche, un camp de la Milice où s'étaient rassemblées les forces dispersées de toute la région. Nous y retrouvâmes le commandant Cousteau et d'autres officiers dont j'ignorais les noms et les titres, ainsi que leur rôle dans toute cette histoire. Ils semblaient en tout cas très affairés et déroulaient professionnellement des cartes sur des tables qu'ils étudiaient à la lueur des lampes jusque tard dans la nuit.

Le camp offrait, par contre, un spectacle assez désolant. Nous n'étions pas mille hommes autour d'un village coincé entre trois collines pelées et une rivière boueuse. Des hommes mal équipés, aux armes dépareillées et au moral dans les talons. Seuls des êtres doués d'un puissant pouvoir d'autosuggestion pouvaient voir là les germes florissants d'une puissance en devenir plutôt que les restes pourrissants d'une armée en déroute. Nous n'étions pas là depuis vingt-quatre heures que Rossi et les autres s'étaient envolés sans demander leur reste. Trois jours plus tard, des presque mille hommes du départ, il restait à peine plus de la moitié.

Ceux qui restaient étaient les plus durs, les plus déterminés, les plus idéalistes ou les plus malades. Il y avait dans le lot des psychopathes déclarés. À cheval donné… Le drapeau de la rébellion serait porté bien haut par ces hommes-là.

Je me reposais quand Mistral entra dans la tente, suivi du commandant Cousteau.

— Faut se tirer, dit Mistral.

— Ils arrivent, dit Cousteau.

— On va où ? demandai-je, bien que ce me fût égal.

— Un peu partout, répondit le commandant.

L'idée était de fragmenter nos quelques centaines d'hommes en minuscules unités de guérilla autonomes. En l'absence d'armée à commander, le commandement allait se dissoudre. Le seul mot d'ordre :

— Faut continuer à foutre le bordel, Chef, me dit Cousteau.

Il était solennel, grave, poseur. Il me prit dans ses bras et me serra longuement.

— Adieu, fils.

— Adieu, commandant.

Il avait les larmes aux yeux. Il est vrai qu'il avait cru à sa guerre et à la possibilité d'une victoire. Enfin. Il est mort un mois plus tard, au cours d'une escarmouche dans le nord du pays.

Sous les ordres de Mistral, avec trois autres hommes que je ne connaissais pas, nous quittâmes le camp un soir d'octobre. Les premiers flocons de la saison voltigeaient dans les airs, légers, en tourbillonnant au ralenti, comme s'ils refusaient de toucher le sol pour y fondre. La neige aussi souhaite vivre éternellement, je suppose, comme toutes choses.

La neige me fit aussi penser que la guerre n'avait qu'un an, même si elle était devenue toute ma vie.

Que dire encore ? Nous avons frappé à gauche et à droite, jamais de front. Ce n'était plus la guerre, mais du terrorisme organisé. Nous avons sillonné la province pour faire sauter des centrales électriques, des silos à grain, des voies de chemin de fer, des entrepôts de vivres. Nous n'étions ni assez nombreux ni assez puissants pour nous attaquer à des cibles militaires, alors nous nous rabattions sur les civiles, et tant pis si les victimes étaient précisément celles pour qui nous étions censés nous battre.

Après chaque attentat, nous revenions à la Grande Forêt, le seul endroit au monde où Mistral se sentait chez lui. Depuis des années, il s'y était aménagé des caches d'armes et de vivres. Je compris ainsi que le cauchemar des uns était le rêve de Mistral et que pour lui, la guerre était une fin en soi.

Un soir, une patrouille vint interrompre le repas. Je me jetai sur mon arme et roulai loin du feu, parmi les ombres dansantes des frondaisons. Mais quelqu'un m'avait pris pour cible et je dus m'enfoncer un peu plus loin dans la forêt. Il y eut plusieurs rafales, des bruits de pas, des piétinements. J'entendis Mistral aboyer ses ordres.

J'entrepris de ramper en un mouvement tournant afin de prendre la patrouille à revers. Mais tandis que je rampais, les bruits s'éloignaient. Je me rapprochai du feu. Il n'y avait plus personne.

Je me lançai à leur poursuite, mais c'était comme si la patrouille s'était envolée dans les airs. Il n'y avait plus un bruit, plus un coup de feu, plus un signe de vie. Par mesure de prudence, je revins près du campement et je m'installai du mieux que je pus, juste à l'extérieur du cercle de lumière, le dos contre un tronc et mon arme sur les cuisses. J'attendis. Si Mistral a échappé aux gouvernementaux, pensai-je, il fera comme moi, et nous nous retrouverons un peu plus tard.

Faute de combustible, le feu s'éteignit. Seules les braises sous la cendre dégageaient une faible lueur. Personne ne venait. La forêt avait retrouvé peu à peu sa sérénité. Je l'entendais vivre autour de moi. Je finis par m'endormir.

Je me réveillai en sursaut un peu avant l'aube. La lumière était grise, et le campement toujours vide. Je criai :

— Mistral !

J'attendis longtemps une réponse qui ne venait pas. J'étais seul.

Je dégageai les dernières braises et soufflai dessus pour rallumer le feu. La flamme monta bientôt, vive et claire, et je m'assis sur une souche pour attendre encore.

J'attendis des heures. Cela faisait si longtemps que je n'avais pas été seul. J'avais faim. Je fouillai mes poches à la recherche de quelque chose à manger. Je sentis sous mes doigts les lettres de Manu, que j'avais rangées dans un sac en plastique pour les protéger. Je les sortis. Sur les enveloppes, je reconnaissais son écriture comme si elle était mienne. Les lettres à Jana. Elles étaient cachetées. La langue de Manu avait mouillé ces enveloppes. Toutes ces lettres, une quinzaine en tout, de plusieurs pages chacune. Je ne les avais jamais ouvertes. Qu'avait-il pu trouver à écrire de sa patte ronde et enfantine ? Un seul mot, mille fois répété ? Amour ? Un seul mot pour les dire tous ? Avec quelle rigueur il économisait le papier. Il avait tant de choses à dire à sa Jana.

Et moi, à qui écrirais-je ?

Je me levai. Plus personne ne viendrait ici. J'étais seul, et ma guerre était finie. Je regardai autour de moi. Au nord, une route, des villages, des hommes et des femmes. À l'est, les montagnes. À l'ouest, la ville. Au sud, rien d'autre que la Grande Forêt sur des milliers de kilomètres.

Je remis les lettres dans mes poches. De la botte, j'éparpillai le feu. Je me tournai vers le sud et, sans un seul moment d'hésitation, je commençai à marcher.

Je m'enfonçai dans la forêt pour ne plus jamais en revenir.

16. ROSALIND

La porte s'ouvrit pour nous laisser découvrir une grande femme un peu grasse aux cheveux teints en blond, et qui portait bien sa cinquantaine gourmande. Elle s'effaça pour nous laisser entrer, puis sortit à son tour sur le palier.

— Elle a mangé ? demanda Josef.

— Un peu. Pas beaucoup. Elle dort.

— Merci.

— Pas de quoi. Tu sais où me trouver.

Il dut se mettre sur la pointe des pieds pour l'embrasser, puis Josef ferma la porte. C'était un tout petit appartement au sixième étage d'une tour d'habitation qui avait connu des jours meilleurs. Dans le couloir, une moquette rouille laissait voir sa trame et deux appliques murales sur trois manquaient. C'était vieux, usé, un peu pauvre, mais ce n'était pas sordide.

La dame qui nous avait ouvert, avec son rouge à lèvres criard et ses gros seins dans un corsage trop serré, avait un beau sourire. Quand il l'avait embrassée, elle avait serré entre ses deux mains les joues de Josef comme si c'étaient des pâtisseries à la crème.

— Par ici, dit Josef.

Il n'était pas lui-même. Ou plutôt : peut-être l'était-il. Il avait parlé tout bas, et il marchait en veillant à ne pas faire de bruit.

Le vestibule donnait sur une pièce qui combinait une cuisinette, avec une table avec deux chaises et, plus loin, un salon, meublé d'un divan et d'un téléviseur. Je remarquai sur le divan la présence d'un oreiller et d'une couverture soigneusement pliée. À gauche, la porte qui devait donner sur la chambre était fermée. Avant de l'ouvrir, Josef se tourna vers moi.

— Je…

Mais il ne put finir sa phrase, comme s'il avait buté sur un obstacle invisible.

— Essayez de comprendre, finit-il par dire, et il ouvrit la porte.

Éclairée par la faible lumière bleutée d'une veilleuse, Rosalind dormait, son visage tourné vers nous, un bras pendant hors du lit. Quel âge avait-elle déjà ? Dix-huit ou dix-neuf ans, je ne me souvenais plus très bien. Mais elle aurait pu en avoir trente, car malgré la quiétude du sommeil, son visage portait les stigmates du malheur. Elle avait dû être jolie, avant. Elle avait les cheveux noirs, coupés court et décoiffés. Ses paupières rougies tressautaient comme si dessous elle roulait des yeux. Elle respirait en émettant un léger sifflement. Un filet de salive coulait à la commissure de ses lèvres.

Sur la table de nuit à côté d'elle, une bougie, une cuillère, du papier d'argent, une bande de caoutchouc, des seringues neuves dans leur emballage et plusieurs petits sacs remplis de poudre blanche. Je regardai Josef avec effarement. Je m'approchai de Rosalind, et je m'agenouillai pour regarder l'intérieur de son bras. Il était constellé de piqûres, certaines anciennes, d'autres plus récentes. On avait désinfecté celles qui le nécessitaient.

— Pourquoi ? demandai-je à Josef. Pourquoi ?

— C'est ce qu'elle est. Vous le saviez. Une droguée.

— Pas comme ça.

— Plus bas. Vous allez la réveiller.

Je désignai de la main la table de chevet.

— Comment peut-elle se payer ça ?

Josef ne répondit pas.

— Qui paye ? Et pourquoi ?

Il resta silencieux.

— Qui donc peut trouver avantage à garder une jeune femme droguée du matin au soir ? Qui ?

Mais il ne répondait pas. Il mordillait sa moustache en me regardant droit dans les yeux – un regard impénétrable, comme si j'étais très loin et qu'il ne m'entendait pas, ou alors trop près, un amas de taches de couleur en mouvement qui emplissait l'horizon.

Je me relevai. Au fond de la pièce, près de la fenêtre, il y avait un chevalet. Appuyées contre le mur, des toiles de tous formats. Des pinceaux dans un pot. Des tubes de couleur sur une table basse. Je regardai Josef.

— Vous habitez ici ! dis-je. C'est vous ! C'est vous qui la droguez ! C'est vous qui lui payez sa merde de tous les jours ! C'est vous qui la tuez !

— Moins fort ! rugit-il.

Il me prit par le bras avant que j'aie eu le temps de réagir et m'entraîna hors de la chambre, dont il referma la porte avec d'infinies précautions.

— Vous ! l'accusai-je.

— Je vous ai dit d'essayer de comprendre.

— J'ai tout compris.

— Rien du tout. Vous n'avez aucune idée.

La rage m'empêchait de réfléchir, une colère primordiale, un sentiment d'échec, une douleur atavique.

— Tous vos discours ! lui lançai-je par dépit.

— Lesquels ? Ceux pour ou ceux contre ? À moins que ce ne soient ceux entre les deux ? Écoutez-moi un instant…

Il fit un pas vers moi. Je reculai.

— Non ! dis-je. Vous êtes un tueur, et c'est exactement ce que vous faites. Vous tuez. Seulement, cette fois, c'est à petit feu.

— Oui, dit-il. Vous avez raison. Je suis un tueur. Et on m'a demandé de me débarrasser d'elle.

— Qui ?

— Vous le savez très bien, vous vous en doutez depuis un bon moment. Mais dites-moi, est-elle morte ?

— C'est tout comme.

— Non. Je l'ai ramassée dans un trou sordide, une seringue usagée encore plantée dans le bras.

Vous saviez ce qu'il y avait dans la seringue ? Du rince-bouche. Elle était couchée dans sa propre merde. Je l'ai prise dans mes bras et je l'ai ramenée ici. Je l'ai nourrie à la cuillère. J'ai soigné ses plaies.

— Et vous lui fournissez son poison.

— Je veille surtout à ce qu'elle n'ait pas trop mal. J'espace les injections, je diminue lentement les doses. Quand elle sera assez forte, j'essayerai de la sevrer. Elle était si faible, le manque l'aurait tuée. Vous croyez qu'il y a de la place pour elle quelque part ? Vous croyez que les hôpitaux libéreraient un lit pour elle ? Les gens de son espèce, on est trop content de les laisser mourir, ça revient moins cher. Alors oui, je lui fournis de l'héroïne avec l'argent qu'on m'a donné pour qu'on n'entende plus jamais parler d'elle. Et c'est exactement ce qui va se produire. On n'entendra plus jamais parler d'elle. J'y veillerai.

— Vous allez la garder enfermée ici ?

— Je m'en irai avec elle, si elle le veut. Ailleurs. Loin d'ici. Elle refera sa vie, et je l'aiderai.

— Le coup de foudre ?

— Ne faites pas d'ironie. Ça ne vous va pas. Vous savez très bien ce que je veux dire. Construire plutôt que détruire. Aider plutôt que nuire. Guérir plutôt que blesser.

J'allai à la fenêtre pour regarder la ville. Comme tout semblait paisible vu d'en haut ! J'appuyai mon front contre la vitre. Combien y avait-il d'habitants dans cette ville ? Une centaine de milliers ? Cent mille naissances, cent mille morts, et entre les deux, ça. Ma colère était retombée. J'éprouvais à la place une immense lassitude.

— Mais pourquoi, Josef ?

— Je ne sais pas, dit-il. Un soldat ne questionne pas les ordres, il les exécute.

— Et pourtant Rosalind vit.

— Oui. J'en ai eu assez. J'en ai trop vu. Je ne sais pas si c'est l'âge ou la fatigue, ou si simplement j'ai atteint mes limites… Je n'ai plus onze ans, continua-t-il. Et maintenant, j'ai le choix. Il m'a fallu beaucoup de temps pour m'en apercevoir. Je crois que je suis prêt à abandonner la carrière des armes pour commencer ma vie d'homme.

Je montrai la porte de la chambre.

— Qu'est-ce que je peux faire ?

— Rien, répondit Josef. Je m'en charge. Je vous le promets. Je veillerai sur elle. Je ne la laisserai pas tomber.

— Alors vous n'aurez plus besoin de ceci, dis-je en tendant la main pour prendre à sa ceinture le pistolet automatique qui y était glissé.

Josef se raidit mais me laissa terminer mon geste.

— Non, dit-il comme à regret. J'imagine que je n'en aurai plus besoin. Mais vous n'en avez pas besoin non plus, je vous assure.

— C'est ce qu'on verra.

Je me dirigeai vers la sortie. J'ouvris la porte.

— Adieu, Josef.

— Adieu, maître Chevalier.

— François.

Josef sourit.

— François. Soyez prudent.

Et je sortis de sa vie pour toujours. J'espère qu'il a réussi. J'espère qu'il vit quelque part dans un pays tranquille, et que Rosalind est retournée à l'école, et que leurs plaies respectives lentement se cicatrisent. J'espère.

J'avais pour ma part pris une décision. J'allais abandonner l'affaire et rentrer chez moi. Mais auparavant, je devais en avoir le cœur net, puis avertir Viktor Rosh que je ne le représenterais plus, encore que cela ne faisait pas une bien grande différence dans l'état actuel des choses.

Je me rendis d'abord à l'étude de maître Cevitjc. Le cerbère qui lui servait de secrétaire m'indiqua qu'il ne pouvait me recevoir pour le moment, ce dont je me foutais éperdument. J'entrai dans son bureau sans frapper. Cevitjc lisait le journal en fumant un cigare. Il était tel que je l'avais vu la première fois. Mais pas moi. J'étais un autre homme.

— Maître Chevalier ! s'exclama-t-il avec sa jovialité coutumière.

— Maître Cevitjc ! m'exclamai-je en retour. Quelques questions pour vous.

— Mais bien sûr.

— Pour qui travaillez-vous ? Pourquoi vouliez-vous vous débarrasser de Rosalind ? Pourquoi le meurtre de son enfant n'apparaît-il plus dans l'acte d'accusation ? Quelle est la vraie raison de ce procès ? Quel rôle étais-je censé jouer ? À qui profitera la condamnation de Viktor Rosh ?

Le sourire avait disparu du visage de Cevitjc comme si on y avait passé un torchon mouillé. Il se leva de sa chaise, appuya ses poings sur le bois verni de son vaste bureau.

— Je crois, dit-il, que nous n'avons plus rien à nous dire.

Ainsi, il me confirmait qu'il était mêlé à tout ça.

— Oh si, répondis-je. Nous avons des tas de choses à nous dire, et je vous conseille de les dire maintenant.

Je pointais le pistolet de Josef sur lui. Cevitjc se rassit, manifestement surpris.

— On y va dans l'ordre ou le désordre ? demandai-je.

— Vous faites une bêtise, maître Chevalier.

— Il était temps, maître Cevitjc.

Il suait maintenant. Il ne quittait pas l'arme des yeux. Sans doute présumait-il de mon inexpérience en voyant la blancheur de mes phalanges crispées. Et cela ne le rassurait pas, bien au contraire.

— Vous devriez vous détendre, me dit-il.

— Dans l'ordre ou le désordre ? répétai-je en agitant le pistolet.

— Peu importe ! s'écria-t-il.

— Allons-y dans l'ordre. Pour qui travaillez-vous ?

— Je suis payé par l'État. Je travaille pour l'État.

— En tant qu'avocat ?

— Pas seulement.

— Pourquoi vouloir vous débarrasser de Rosalind ?

— Certaines personnes en haut lieu semblaient portées à croire qu'elle ne ferait pas bonne figure au procès. Ses habitudes de vie, son allure. Ils croyaient que cela pourrait nuire aux procureurs plutôt que de les aider. Mais ils craignaient aussi qu'elle se présente sans invitation et qu'elle transforme le procès en un spectacle de cirque.

— C'est une raison pour tuer une pauvre fille ?

— Qui a parlé de la tuer ?

— Ne finassez pas avec moi.

— Jamais le mot *tuer* n'a été prononcé.

— Pourquoi le meurtre de son enfant n'apparaît-il plus dans l'acte d'accusation ?

Cevitjc soupira. Il prit le temps de rallumer son cigare avant de me répondre. Il reprenait du poil de la bête, le bougre. Sans doute pensait-il que je n'aurais jamais le courage d'appuyer sur la détente, ce en quoi il se trompait.

– Écoutez, je vais tout vous dire. Mais n'allez pas vous faire d'illusions, ça ne changera rien. Ce n'est pas d'un procès pour crimes de guerre qu'il s'agit, mais plutôt d'un procès politique. Viktor Rosh a été choisi parce qu'il incarnait la figure du Mal. L'opposition, c'est le Mal. Les rebelles sont les forces du Mal. Il ne s'agit pas de condamner un homme, mais de discréditer un parti. L'histoire de Rosalind ne cadrait pas parfaitement avec le schéma d'un terroriste prêt à tout pour prendre le pouvoir. Ceux qui m'emploient ne voulaient pas d'un spectacle gâché par une défense d'aliénation, fût-elle temporaire. Le geste que Rosh a commis en tuant l'enfant de Rosalind ouvrait une brèche dans les apparences de tueur froid et calculateur que nous voulions faire passer pour la vérité. Alors nous avons retiré Rosalind de la circulation et retiré le meurtre de son enfant de l'acte d'accusation. C'est simple. Quant à la vraie raison de ce procès, elle est tout aussi simple : discréditer l'opposition et montrer à la communauté internationale que le parti au pouvoir n'hésite pas à faire le ménage. C'est la raison pour laquelle nous avons fait appel à vous. Oui, nous, pas Viktor Rosh. Nous avions cru que la présence d'un avocat étranger attirerait un peu plus les médias d'ici et d'ailleurs, ce en quoi nous n'avions pas tort. En vous chargeant de défendre le Monstre, nous visions deux objectifs. Le premier : rassurer les observateurs étrangers quant au respect des règles de notre système judiciaire. Le second objectif est plus important encore : en donnant à un étranger la tâche de défendre le Monstre, nous voulions encourager dans la population le sentiment d'indignation devant la manière dont nous traitent les pays riches. De quel droit ! s'insurgeraient-ils. Ils défendent des tueurs et nous laissent mourir de faim ! Enfin, vous voyez le topo. Un peuple chauvin, maître Chevalier, est toujours plus facile à manipuler. Et la communauté internationale, coupable par vous d'ingérence malhabile, se serait peut-être résignée à ouvrir les cordons de sa bourse. Mais, soupira-t-il, nous allons maintenant devoir nous passer de vous. Quel dommage ! Enfin. Vous savez tout. Mais il va sans dire que je ne sais rien et que cette conversation n'a jamais eu lieu.

— Vous êtes un salaud.

— Je fais de la politique, maître Chevalier.

— Pas moi.

Je me levai. Maître Cevitjc souriait à nouveau. Je pointai l'arme sur son front. Son sourire se figea et, sans qu'un seul muscle entre en jeu, se transforma en une grimace horrible. Il avait peur maintenant, oh oui, il avait peur.

— Qui de Viktor Rosh ou de vous est le plus monstrueux ? demandai-je. Non ! Ne répondez pas. Ce n'est plus de mon ressort. Considérez ceci comme ma lettre de démission.

Et j'appuyai sur la gâchette.

— Pan pan, fis-je.

Cevitjc avait fermé les yeux. Le pistolet, lui, n'avait produit qu'un déclic métallique. Je le laissai tomber sur le bureau, dont il abîma la surface. Puis je sortis de ma poche le chargeur que j'avais pris soin de retirer du pistolet en quittant Josef, et je le jetai sur les cuisses de Cevitjc, qui sursauta. Je vis, sur le devant de son pantalon, une tache d'urine qui allait en s'élargissant.

Je ne me sentais pas mieux.

Je quittai l'étude de maître Cevitjc. Je hélai un taxi et me fis reconduire à la prison de M. On m'escorta jusqu'à la même petite pièce et je m'assis sur la même petite chaise droite devant la même table de bois blanc. En attendant Viktor Rosh, je sortis ma plume et un bout de papier. Je voulais mettre de l'ordre dans mes idées, prendre quelques notes. Je voulais tout raconter au Monstre. Lui dire ce que j'avais fait, ce que j'avais compris. Lui expliquer au centre de quel nœud de vipères il était retenu prisonnier.

Il entra et s'assit devant moi sans dire un mot. Et je lui racontai tout. Je lui racontai son frère là-bas en Afrique. Je lui racontai Josef, l'observatoire et Maria. Je lui racontai les hommes de la scierie et les soirées au bistro. Je lui racontai Jana. Je lui racontai Rosalind. Je lui racontai Cevitjc. Et quand enfin j'eus terminé, il n'avait toujours pas ouvert la bouche. Tout ce que j'avais pu faire, je l'avais fait. Je m'apprêtais à partir.

— Oh ! dis-je soudain. J'allais oublier. Jana veut ses lettres.

Je me levai pour aller vers la porte, et c'est à ce moment que je l'entendis. J'entendis sa voix pour la première fois.

— Attendez, dit-il.

J'attendis. Et d'une voix blanche, d'une voix enrouée et lointaine, d'une voix venue de très loin, le Monstre se mit à raconter son histoire.

17. L'ARBRE DES POSSIBLES

J'ai marché longtemps. Je crois me souvenir d'une nuit sans feu sur un tapis de mousse, peut-être y en eut-il d'autres, je ne me souviens plus très bien. C'était à la fin de la seconde ou de la troisième journée que j'ai trouvé ma maison. C'était un petit promontoire rocheux couvert d'arbres et au pied duquel s'ouvrait non pas une grotte, mais plutôt une anfractuosité haute et large comme un homme, profonde comme deux. Elle s'enfonçait comme un coin dans le cœur de la pierre. Je confectionnai une porte de branches souples, camouflée par des feuilles. Des fissures au plafond de mon antre permettaient à la fumée de s'échapper à travers l'épaisseur de la pierre en minces rubans imperceptibles.

J'organisai tout de suite ma vie avec un sérieux dénué de passion. Il me fallait un lit, isoler le plancher de mon abri, ramasser une grande quantité de bois sec et trouver à manger. Il m'arrivait d'arrêter le travail pour regarder jouer des écureuils. D'une branche de noyer et d'une mince bande de tissu prélevée sur ma vareuse, je fabriquai un petit arc. Des baguettes de bois épointées servirent de flèches. Avec un peu de patience, je tuai deux écureuils qui firent mon premier repas, et dont je gardai les peaux après en avoir raclé la graisse au couteau.

Je savais pouvoir survivre à tout.

Avec d'autres bandes de tissu enduites de la graisse des écureuils, je fis des collets que je tendis aux alentours. Je ne voulais pas me servir de mon arme, d'ailleurs peu adaptée aux besoins de la chasse, mais je serais heureux de l'avoir en cas de disette et je la gardai à la maison sur un lit de feuilles sèches. Si cela avait été de saison, je n'aurais mangé que des plantes et des racines. J'avais déjà vu bien assez de sang. Mais ces scrupules ne duraient pas. Il faut bien vivre.

Je n'en étais pas moins prudent. J'évitais les clairières où, du haut des airs, je faisais tache, et même en plein jour, je ne faisais jamais de feu à l'extérieur.

Au bout d'une vingtaine de jours, j'eus assez de peaux d'écureuils et de lièvres pour me fabriquer une sorte de cape que j'avais cousue avec une aiguille d'os et de fins lacets de cuir découpé au couteau. Dès lors, je n'eus presque plus froid et je pus profiter un peu mieux de la solitude retrouvée. J'avais des projets, je voulais au printemps creuser une fosse garnie de pieux pour capturer un cerf ou peut-être même un ours. J'avais besoin de peaux pour me faire des vêtements, et j'avais besoin de graisse pour y tremper une mèche et éclairer mes travaux d'aiguille du soir.

C'était février, peut-être déjà le début de mars. Le soleil grimpait chaque jour un peu plus haut dans le ciel, et il y avait dans l'air des odeurs de printemps.

Je mangeais sur un plat d'écorce un brouet de lièvre sans sel ni herbes que j'avais fait cuire dans ma vieille gamelle cabossée. Je prenais plaisir à cette viande sans apprêt ; moi qui toute ma vie avais cherché à peaufiner mes recettes, je retrouvais le véritable sens de la nourriture, qui est de s'approprier la vie de l'autre par la bouche en déchirant sa chair avec les dents. Je ne laissais pas à un filet de graisse la chance de s'échapper. Il me semblait qu'ainsi je rendais hommage à la bête que j'avais sacrifiée à ma propre survie. Je sentais sa force pénétrer en moi, sa chaleur se répandre dans mon ventre tandis que très haut dans le ciel planaient des buses en quête de proies.

Je ne réfléchissais pas. Mon cerveau ne fonctionnait plus avec les mots mais avec des sensations. S'élaborait ainsi en moi un vocabulaire primordial d'odeurs, de couleurs, de textures, de chaleur et de froid, de bien-être et d'urgence. Je ne ressentais pas le besoin de parler à voix haute pour me convaincre de ma propre humanité. J'existais, c'est tout.

Puis ce fut le printemps. En une nuit le ruisseau pris par les glaces où j'allais rincer ma gamelle s'était transformé en torrent. Il évacuait des hauteurs l'eau de fonte en charriant des graines, des champignons, des noyaux de fruits et des poissons pas plus gros que le doigt. Avec une violence qui n'appartenait qu'à elle, la nature s'ébrouait de la neige qui l'avait recouverte et tendait ses ramilles au soleil. La terre fendait de tout ce qui voulait accéder à la lumière. Les bourgeons explosaient dans les airs. Je pus me dépouiller de ma cape, puis de ma vareuse. Ma peau, elle aussi, réclamait le soleil.

Torse nu, barbu, chevelu, je chassais tous les jours puisque c'est tous les jours qu'il faut survivre. Pendant les soirées d'hiver, j'avais fabriqué un arc plus grand, plus puissant, et une dizaine de flèches empennées munies de pointes d'os. C'est en chassant la perdrix que je vis les signes de l'ours. Il avait fait ses griffes sur le tronc d'un grand pin à quelque trois cents mètres de mon habitation. Dès lors je guettai ses traces, ses excréments, ses habitudes. Était-il descendu des montagnes pour se rapprocher des ruisseaux à truites, ou au contraire y montait-il pour échapper à la morsure des insectes qui s'abattaient en nuage vrombissant sur tout ce qui avait le sang chaud ? Il apparut au cours des jours suivants que l'ours avait délimité son territoire et que celui-ci chevauchait le mien. J'en savais assez. Je pouvais maintenant creuser ma fosse.

Je me fabriquai une pelle en bois assez rudimentaire, puis je sélectionnai le site : l'ours passait souvent en bordure d'une clairière à un endroit où le sol paraissait meuble. Mais je ne me faisais aucune illusion. J'allais rencontrer des enchevêtrements de racines et du roc. Il me fallait pourtant creuser profond, peut-être deux mètres ou un peu moins. La bête, en tombant sur les pieux effilés, s'empalerait sous l'effet de son propre poids. Du moins, en théorie.

Je creusais environ deux heures par jour, tous les jours assez longtemps pour que ce fût l'été quand j'en ai eu fini. Trois fois j'avais dû déplacer la fosse devant l'entêtement de certains rochers à se retrouver sous ma pelle.

Un matin vers la fin, tandis que j'entaillais au couteau une racine grosse comme un bras, j'entendis des bruits de voix. Je me hissai pour voir. Dans la clairière, deux enfants avançaient en trébuchant. L'un qui n'avait pas plus de dix ans pleurait à chaudes larmes. L'autre, un peu plus grand, portait une carabine de petit calibre. Ils étaient tous les deux crottés, leurs vêtements étaient déchirés et ils portaient au visage et au bras des écorchures dont certaines s'étaient infectées. Des gamins partis pour la chasse, et qui s'étaient perdus en forêt. Depuis combien de temps ?

J'aurais pu rentrer dans ma fosse et les laisser passer sans me faire voir. Mais ils avaient perdu tout sens de l'orientation et s'enfonçaient dans la forêt en tournant le dos à la civilisation.

Pourquoi me suis-je montré à eux ? Si je n'avais rien fait, les autorités auraient-elles organisé une battue pour les retrouver ? Je me serais ainsi jeté moi-même dans la gueule du loup ? Mais la vérité, c'est que je sortis de la fosse parce que j'en avais assez des morts et que je pensais à Andreï.

Je ne devais pas être bien beau à voir, mais quand ils m'aperçurent, les enfants accoururent tout de suite en poussant des cris. Ils parlaient tous les deux en même temps.

— On est perdus, m'sieur.

— On a faim, m'sieur.

— Mon p'tit frère, il est malade, m'sieur.

— On a faim, m'sieur.

J'avais un bout de viande séchée que je leur lançai. Ils se le partagèrent aussitôt.

Ensuite, je leur tendis ma gourde. Ils en burent chacun une longue rasade. Ils recommencèrent à parler. Je ne sais pas pourquoi exactement, sur le moment cela me parut une bonne idée – je n'avais pas parlé depuis tellement longtemps ! – je désignai ma gorge en faisant non de la tête, comme si je ne pouvais pas émettre un son. Cela eut le mérite de faire taire les enfants.

Ensuite, je pointai du doigt ma poitrine, et avec les mains et la tête, je tentai de leur faire comprendre que je n'existais pas, que je n'étais pas là, qu'ils ne m'avaient pas vu. Ils ouvrirent de grands yeux, comme si c'était un jeu. Ils finirent par comprendre que je leur proposais un marché, qu'ils s'empressèrent d'accepter. Ensuite, je les désignai, eux, et en agitant l'index et le majeur pour mimer la marche à pied, je leur montrai une coulée dans la forêt. Ils n'avaient qu'à la suivre jusqu'au bout, exprimai-je par gestes. Ils allaient tomber sur un ancien chemin forestier, qui en croiserait d'autres. Il fallait toujours tourner à droite. Je dessinais le plan sur le sol. Vers le nord, insistai-je des deux mains. Par la droite, vers le nord !

Ils auraient bien voulu que j'aille avec eux. Ils avaient peur. Mais j'en avais déjà trop fait. En grognant, je leur signifiais de partir. Ils traversèrent la clairière en se retournant souvent. Juste avant d'atteindre la coulée, le plus jeune agita la main pour me dire au revoir.

J'agitai la mienne en retour.

Bien sûr, j'aurais dû immédiatement déménager mes pénates. Mais j'avais assez fui. J'habitais un trou de pierre perdu dans la forêt : d'ici, fuir pour aller où ?

Pendant quelques jours, je vécus aux aguets. Le matin, j'ouvrais la porte de mon antre avec circonspection, m'attendant à voir un bataillon entier pointer ses fusils sur moi. Mais non. J'entendais plutôt le bruit du ruisseau qui dégringolait sur des pierres rondes et polies. Le chant des oiseaux qui se livraient, là-haut, à des jeux guerriers. Le froissement du vent à la cime des arbres. La quiétude de la forêt inentamée.

C'étaient les premiers jours de l'été, je me gorgeais de jeunes pousses dont la sève semblait avoir des vertus euphorisantes. Il n'y avait pas de place dans la nature pour l'inquiétude et l'angoisse. Cela ne voulait pas dire qu'il ne fallait pas se préoccuper des jours prochains. Je voulais la peau et la graisse de l'ours pour atténuer les rigueurs de l'hiver à venir.

Je finis de creuser la fosse. J'y plantai solidement des pieux à la pointe durcie au feu, puis je recouvris le trou d'une claie de branchages. Bien entendu, l'ours en fit le tour plusieurs fois sans jamais accepter d'y tomber. Il connaissait l'endroit. Il m'avait vu y travailler. Il se méfiait. Il fallait l'appâter.

Dès qu'elles furent assez mûres, je ramassai un gros tas de baies que je déposai au centre de la claie. Les oiseaux s'en régalèrent.

J'essayai le foie cru de trois perdrix. Au matin, il avait disparu mais pas la claie, qui restait intacte. Je n'eus pas plus de succès avec des morceaux de viande et la cervelle de mes lièvres. Crue ou cuite, la viande n'intéressait pas mon ours. Par contre, une colonie de fourmis et plusieurs milliers de mouches s'en donnèrent à cœur joie.

Avec quoi l'appâter ? Que désirait manger un ours ? C'était un joli défi pour un cuisinier. Mais les ours, après tout, ne sont-ils pas omnivores, comme nous ? En quoi diffèrent-ils des bûcherons que je nourrissais quotidiennement à la scierie ? Entre un ours et Rossi, au fond, quelle différence ? D'où la question suivante : Comment aurais-je pu réussir à attirer le vrai Rossi au centre d'un piège dont il aurait soupçonné l'existence ? Avec quoi aurais-je pu le tenter suffisamment pour qu'il accepte de courir le risque ?

C'était clair. Il me fallait d'abord un contenant, le plus hermétique possible.

Avec des braises, je parvins à creuser dans une bûche un trou assez profond, d'une contenance d'environ trois litres. Avec des peaux graissées et des lacets de cuir, je lui fabriquai un couvercle bien ajusté. Puis j'allai cueillir des baies. Je ne choisis que les plus mûres, les plus sucrées. Il m'en fallait beaucoup, cela me prit trois jours.

Le fruit de ma récolte, je l'écrasai sans pitié, je le malaxai, je le réduisis en purée, et de cette purée j'emplis la bûche évidée. J'ajustai le couvercle puis, au pied de la falaise à côté de mon habitation, dans un recoin que jamais le soleil n'éclairait, je creusai un autre trou pour y enfouir la bûche évidée, que je recouvris ensuite de terre. Il ne me restait plus qu'à attendre en vaquant à mes autres occupations et en résistant à la tentation de vérifier trop vite les résultats de mon expérience.

Au bout de quinze jours, je n'y tenais plus. Je déterrai la chose, retirai le couvercle et y trempai un doigt. Je goûtai. En fermentant, le sucre des fruits avait produit une sorte de bouillie alcoolisée qui devait faire ses trois degrés. Pas mal. Mais pour Rossi, pas assez. Car j'avais décidé de nommer ainsi l'ours, en mémoire de mon ancien camarade avec lequel il partageait une certaine ressemblance.

J'enterrai la bûche évidée, et j'attendis encore une autre semaine, au bout de laquelle je l'exhumai à nouveau. Elle titrait maintenant six ou sept degrés. J'estimai qu'elle n'irait jamais plus loin en raison du faible taux de sucre des baies sauvages. Il faudrait s'en contenter.

Je versai un bon litre de bouillie alcoolisée dans mon assiette d'écorce, que je déposai au centre de la claie, à l'exacte verticale du pieu central, puis je rentrai chez moi. Il en restait encore deux litres que je réservai pour d'autres tentatives. J'aurais pu me les boire, puisque j'étais omnivore moi aussi – mais je craignais que l'ivresse ne me conduise sur des sentiers étroits longeant des gouffres vertigineux au fond desquels grouillaient des bêtes de cauchemar. L'avantage d'une vie au grand air est un sommeil sans rêves, réparateur, fonctionnel.

Je fus réveillé au matin par une sorte de cri presque humain, qui s'étira jusqu'à la déchirure en grimpant dans les aigus. J'eus le temps de sortir de ma tanière et de parcourir aux trois quarts la distance qui me séparait de la fosse avant que le cri ne se transformât en un grognement si bas, si sourd qu'il me sembla le percevoir par les pores de ma peau.

La mince claie de branchages était défoncée. Je dégainai mon couteau de chef et je me penchai prudemment pour regarder au fond de la fosse.

Il était presque noir. Son pelage luisait dans l'ombre comme de la soie. Deux cents kilos de muscles, de graisse, de griffes et de crocs. La pointe d'un pieu lui avait traversé la poitrine et ressortait par l'épaule. Des bulles de sang suintaient de la plaie, gonflaient et dégonflaient à chaque respiration. L'ours ne pouvait pas tourner la tête, mais il m'observait d'un œil noir, larmoyant. Il grognait toujours, quoique de moins en moins fort, comme un orage qui s'éloigne.

J'allai ramasser un solide bâton de bois dur et je lui tapai sur le crâne de toutes mes forces, encore et encore, jusqu'à ce que son œil devienne fixe et cesse de me dévisager. Je ne ressentais aucun plaisir à cette victoire, c'était même le contraire. Penché sur lui, je tendis la main et lui caressai l'épaule. Sous mes doigts je sentais sa puissance encore chaude, la souplesse, l'intelligence du corps adapté à son milieu. Je restai ainsi un moment pour reprendre mon souffle.

Je devais maintenant le sortir de là.

Cela s'avéra impossible. Je n'avais pas tout prévu. Sans corde et sans palan, le poids même de la bête excédait mes capacités physiques, surtout si on y ajoutait la résistance du pieu sur lequel il s'était empalé, et au long duquel il continuait de s'enfoncer.

J'enlevai ma chemise et descendis dans la fosse. Je n'avais pas d'autre choix que de le découper sur place, dans cet espace exigu qui bientôt s'emplit du sang de l'ours quand j'entrepris de l'en vider, en incisant du couteau ce que j'estimais être son artère fémorale. Puis je l'ouvris du ventre à la gorge pour lui retirer ses entrailles, que je déposai en bordure de la fosse sur un tapis de feuilles. Ensuite seulement, je tentai de le dépouiller. Mais on ne dépouille pas un ours comme un lièvre, en lui retirant la peau comme un chandail étriqué. C'était une tâche ingrate, sanglante et frustrante, compliquée par la présence du pieu et par ma propre inexpérience. J'étais obsédé par l'idée de conserver la fourrure à peu près intacte, et la minutie avec laquelle je procédais explique sans doute pourquoi je n'entendis rien avant qu'il ne soit trop tard. Une voix ordonna :

— Sortez de là, les mains en l'air.

Une bonne dizaine de pistolets-mitrailleurs apparurent au-dessus de la fosse. Le cliquetis métallique des balles s'engageant dans le canon confirmait le sérieux de la situation et l'urgence d'obéir. Je m'extirpai de la fosse et me redressai. J'entendis alors un déclic d'un autre ordre. Quelqu'un venait de prendre une photo. Vous l'avez sûrement vue. Elle est célèbre. Avant même qu'on me le demande, je lâchai mon couteau.

C'était, je l'appris plus tard, le 8 juillet. J'avais vécu près de sept mois tout seul dans la forêt. J'y serais encore si on ne m'avait arrêté. Mais les enfants perdus avaient parlé de cet étrange muet qui vivait dans les bois. L'histoire avait fait le tour des écoles avant de venir aux oreilles des autorités. On espérait capturer Mistral. Beaucoup furent déçus en découvrant ma réelle identité.

Ils ne l'apprirent pas de moi. On m'amena, revêtu du sang de l'ours, jusqu'à la prison de M. On m'interrogea, on me menaça. On me frappa. On finit par me donner un avocat, mais je ne disais toujours rien. Il n'y avait rien à dire, rien à expliquer, les mots ne pouvaient décrire la réalité, seulement la travestir, la réduire, l'enlaidir. Je n'étais pas ce que les mots diraient de moi. Depuis, je vis en prison comme je vivais dans ma tanière, dans le silence et la solitude. On me nourrit, on m'habille. Le grabat qui me sert de lit est plus confortable que la couche de feuilles dans le trou de roc, là-bas. Le soleil me manque. Je me fais une raison. Et puis un jour vous êtes arrivé, mais vous étiez comme les autres, vous n'aviez que des mots et jamais la réalité derrière les mots. Et puis vous êtes revenu, et c'était encore du vent fabriqué par la bouche.

Mais maintenant c'est différent. Vous êtes là devant moi, et vous me dites que vous n'êtes plus mon avocat, et vous me racontez les miens, ceux que j'ai connus et aimés, et les autres.

Vous avez vu Jana. Sans Jana, je ne vous aurais pas parlé, mais il fallait que vous compreniez tout ça. Il fallait que vous compreniez pourquoi je suis ici et pourquoi les lettres de Manu sont restées là-bas, enterrées au pied de la falaise à côté de ma maison. J'aurais eu mille usages du sac de plastique, mais je voulais garder intactes ces lettres pour toujours, parce que leur amour était si fort, malgré Andreï et son sang mêlé au sucre et malgré le trou dans le front de Manu juste au-dessus du sourcil.

Il faut le lui dire, s'il vous plaît. Dites-le à Jana. Il ne faut pas qu'elle croie que je les ai jetées.

Rien d'autre ne compte, puisqu'elle est toujours vivante. Je ne le savais pas. Je ne savais pas que Jana était toujours vivante puisque tous les autres sont morts.

Je ne sais pas, maître Chevalier, comment expliquer cela. Parfois il me semble que je suis le dernier vivant sur Terre…

18. L'INFRANCHISSABLE

Nous restâmes un long moment silencieux. Je contemplais mes mains qui se crispaient. Ce long récit n'expliquait rien. Cent fois au cours de sa vie Viktor Rosh aurait pu devenir quelqu'un d'autre. Le roi de la saucisse, par exemple, qu'y avait-il de honteux à cela ? Et si son grand frère s'était occupé de lui plutôt que de prendre à cœur la cause abstraite de la paix, que se serait-il produit ? Où serait-il maintenant ? Au zoo ? En pique-nique avec ses enfants ? Amoureux d'une femme qu'il ne se lasserait pas de regarder ?

Qu'ajouter à tout cela ? Le monde était malade et Viktor Rosh n'en était qu'un symptôme. Qu'est-ce que son châtiment changerait au problème ? Et pourtant il fallait le châtier, non ?

Par pure habitude professionnelle, j'avais pris des notes tout au long du récit de Viktor Rosh. À quoi pouvaient-elles bien servir maintenant ? Je n'allais certes pas les refiler à maître Cevitjc pour qu'il s'en serve contre celui qu'il était censé défendre. Viktor Rosh était un homme bien seul. C'était aussi un horrible meurtrier, malgré la candeur de son récit.

— Qu'allez-vous faire ? lui demandai-je finalement.

Il haussa les épaules.

— D'après ce que vous me dites, je suis déjà condamné.

— Plaidez la folie.

— Je ne suis pas fou.

— Mais vous n'êtes pas sain d'esprit.

Il me regarda, intrigué.

— Dites que c'est la guerre qui vous a rendu fou, ajoutai-je.

— Je n'en ai pas l'impression.

Je secouais la tête. Était-ce moi qui étais fou ? Oh oui, je l'étais, à ma manière. Mais je voulais recouvrer la santé.

— Je peux vous poser une question ? Que s'est-il passé à l'observatoire, celui de votre enfance ?

Il me regarda sans comprendre, puis sa bouche s'étira en un sourire timide.

— Oh, ça ! C'est une vieille histoire.

— Votre mère affirme que cette expérience vous a changé.

— Je suis tombé de haut.

— Je parle de votre état d'esprit.

— Moi aussi. Vous rappelez-vous vos douze ans ?

— Oui.

— J'étais un rêveur. Tout me semblait possible. J'étais le centre du monde. Je voulais regarder dans le télescope pour voir de plus près les étoiles. Mais ce que j'ai vu, c'est plus d'étoiles encore, si éloignées… J'ai eu un vertige. C'était le sentiment de mon insignifiance.

— Alors vous êtes tombé ?

— Si vous voulez.

— Vous vous êtes *laissé* tomber ?

— Les choses ne sont jamais aussi claires que ça, non ?

Jouait-il avec moi ? Qui pensait-il berner ? Cherchait-il à transformer son expérience de milicien en défi lancé aux étoiles ? Cherchait-il à justifier ses meurtres par une espèce de mystique toute personnelle où le sentiment de sa propre insignifiance s'appliquait aux autres, quels qu'ils fussent ?

— Alors, vingt-cinq ans plus tard, vous avez mis le feu à un autre observatoire rempli de blessés et de morts, n'est-ce pas ?

Je n'étais pas sûr de ce que j'avançais. Mais Rosh me regardait sans répondre, ce qui constituait en soi un aveu. Il ferma les yeux. Je devinais qu'il revoyait la scène, qu'il entendait les cris, qu'il contemplait les gerbes d'étincelles virevolter dans les airs.

— Vous voyez, il y a des choses que vous avouez, et d'autres que vous taisez. Vous reconnaissez une hiérarchie de vos crimes : vous en expliquez certains et pas d'autres… Et vous affirmez que vous n'êtes pas fou ?

— Vous voulez arrêter cela ! dit-il, et il se pencha au-dessus de la table, m'arracha la plume et le papier des mains (car je n'avais pas cessé de prendre des notes), écarta le revers de ma veste et fourra le tout dans la poche intérieure de mon veston. Cessez de vous conduire en avocat si vous n'êtes plus le mien !

Son geste me surprit par sa violence. J'en avais assez.

— D'accord, dis-je. Plaidez la folie, c'est votre seule chance devant le tribunal. Mais moi, je sais que vous n'êtes pas plus fou qu'un autre. Et vous le savez aussi. Seulement, vous avez choisi. Vous avez choisi de franchir l'infranchissable. Vous avez choisi de croire que la vie humaine n'était rien, à moins qu'elle ne vous soit proche. Votre amour pour Manu, pour Jana, c'est très bien, c'est très touchant, mais il ne s'agit toujours que de *vos* sentiments, de *votre* douleur. Car cela seul compte pour vous, n'est-ce pas ? Les autres n'ont pas de valeur en soi, à moins que vous ne leur en accordiez une. C'est la raison pour laquelle vous étiez une si formidable machine de guerre. Pas de sentiments. Vous n'aimiez pas Maria ; vous aimiez l'effet de l'amour sur vous. Vous n'aimiez pas Manu ; vous aimiez l'aimer…

— Ce n'est pas juste !

— Je m'en fous. Pourquoi devrais-je être juste ? L'êtes-vous ? Avec quel luxe de détails vous décrivez la mort de l'ours ! Mais aux humains que vous avez tués, vous n'accordez pas une pensée. De quel droit ? De quel droit pouvez-vous décider qui mérite de vivre, qui de mourir ?

— La guerre…, commença-t-il.

— Des milliers l'ont faite avec un peu plus de retenue. Vous aviez le choix.

— Ce n'est pas vrai, je n'avais pas le choix ! Vous l'avez dit vous-même, le pouvoir manipule, tue et ment ! On me fait un procès qui est perdu d'avance, vous trouvez ça juste ?

— C'est vrai, on ne répare pas une injustice avec une autre. Je suis désolé que vous soyez au centre d'une... conspiration. Mais ne me demandez pas de compatir avec vous. Ce n'est pas le gouvernement en place ni le directeur de la scierie pas plus que maître Cevitjc qui a brûlé vifs les blessés de l'observatoire, c'est vous. C'est vous qui, par vengeance, avez tranché les doigts de Léo Puritz. C'est vous qui avez assassiné l'enfant de Rosalind.

— Non.

— Avec un couteau, vous lui avez tranché la gorge pour le faire taire.

— Non !

— Pas un ennemi, un bébé qui avait faim ! Le bébé de Rosalind.

— Arrêtez de me parler d'elle !

— Pourquoi ? Parce que vous avez honte ? C'est nouveau.

— Parce que je ne m'en souviens pas.

Il secouait la tête en la penchant vers la table, ses yeux s'emplissaient de larmes.

— Je ne m'en souviens pas... J'ai cherché, j'ai essayé de me rappeler, mais je ne m'en souviens pas...

Il leva ses yeux vers moi.

— Il y en a tellement eu…

— Vous mentez, dis-je. Comment peut-on oublier une chose pareille ? Vous mentez parce que vous regrettez. Vous mentez parce que vous vous souvenez très bien de ces moments où vous avez cessé d'appartenir à l'espèce humaine. Seulement, vous ne voulez pas ressentir la honte et le regret. C'est trop douloureux, n'est-ce pas ? C'est trop normal ? C'est ici que votre humanité vous rattrape. Eh oui, on n'y échappe pas. Et j'espère que cette douleur grandira en vous jusqu'à ce que vous ayez envie de hurler. Mais j'en doute, et c'est dommage. Car le regret serait la seule manière pour vous de retrouver un peu de votre humanité perdue.

J'étais écœuré. Je voulais partir d'ici. Je voulais rentrer chez moi. Mais Viktor Rosh se redressait et ses yeux brillaient de colère et d'indignation.

— Vous ne savez rien, cracha-t-il. Mais un jour, peut-être, vous saurez, quand débarqueront chez vous les escadrons bottés d'une puissance étrangère qui assassineront un à un tous ceux que vous aimez. Vous verrez la haine fleurir. Ils vous prendront tout, ils brûleront votre maison, ils violeront votre femme sous l'œil de vos enfants, puis ils violeront vos enfants, et ensuite, ils leur feront éclater le crâne contre un mur et leur cervelle vous éclaboussera. Alors, peut-être, alors seulement pourrez-vous me dire : Je comprends. Vous comprendrez l'envie de tuer et l'absence sur Terre de toute force en mesure de vous en empêcher. Vous serez alors de l'autre côté de la frontière, dans une dimension qui échappe à la justice des hommes.

Je m'étais levé. J'en avais assez entendu.

— La justice des hommes, dis-je, c'est tout ce qu'on a.

Rosh souriait tandis que je me dirigeais vers la porte. Je cognai pour appeler le gardien.

— Si jamais cela arrivait, dis-je en me retournant, si jamais chez moi la guerre éclatait et qu'on massacrait tous les miens, je crois que je prendrais les armes. Oui. Je prendrais sûrement les armes. Mais je garderais un nom en tête, un nom que je me répéterais comme une mise en garde, et qui m'empêchera, je le souhaite, de franchir la frontière.

— Mon nom ? demanda Rosh avec son sourire insupportable.

La porte s'ouvrit. J'étais déjà dehors.

— Rosalind.

19. ROSALIND

À neuf ans, on la trouve très mignonne avec son petit tablier à carreaux rouge et blanc. Lors des fêtes données par ses parents, elle assure le service, toujours souriante, enjouée, pétillante. Personne ne la voit boire une gorgée ici et là et sucer les glaçons à moitié fondus plutôt que de vider les verres dans l'évier de la cuisine.

À neuf ans, elle a une manière d'être soûle qui passe pour une irrésistible drôlerie.

À dix ans, ses parents s'inquiètent un peu de ses changements d'humeur. Pas trop. Le père noie ses inquiétudes dans l'alcool. La mère calme les siennes avec des cachets.

À douze ans, Rosalind passe plus de temps dehors que dedans. Quand on lui en fait la remarque, elle dit : Laissez-moi vivre.

Vivre, pour elle, signifie boire, fumer du haschish et essayer toutes sortes de pilules qui lui font toutes sortes d'effets.

Elle a treize ans lorsque sa mère meurt dans un accident de voiture, ses réflexes émoussés par les calmants. Son père, dès lors, ne dessoûle plus, ce qui convient très bien à Rosalind.

À quatorze ans, après une bonne engueulade avec son père, qui se découvre un peu tardivement des scrupules, Rosalind quitte définitivement la maison. Elle est heureuse, car enfin libre.

Elle fréquente des gens louches qu'elle appelle ses *amis*. Ils lui donnent de la drogue en échange de services qu'elle s'empresse d'offrir puisqu'elle aime *ça*.

Elle habite avec des filles et des garçons dans une succession d'appartements minuscules et très sales, avec beaucoup de musique et pas de chauffage. C'est une fête permanente, une vie de débrouille et d'éclats de rire, de rencontres et d'histoires pas possibles. Quelqu'un, un soir, lui fait rencontrer la dame blanche. C'est tout de suite le coup de foudre. Comme si des mains géantes secouaient la planète jusqu'à ce que chaque chose réintègre la place qui lui a été initialement destinée. Quel sourire sur le visage de Rosalind ! Elle se sent comme un ange qui vient de comprendre ce que sont les choses, là, dans son dos. Des ailes !

Le lendemain, elle est troublée. Elle a froid. Elle ne voit que la laideur, les taches d'humidité sur les murs, le cercle de crasse autour de la cuvette, les déchirures dans le tapis brûlé de mégots.

À quinze ans, Rosalind a maigri de vingt kilos. Elle flotte dans ses vêtements de garçon. Elle s'appuie d'une main sur le mur de la ruelle et elle vomit sur un tas d'ordures. Elle essuie sa bouche avec sa manche et elle retourne vendre son corps pour pas beaucoup d'argent.

La dame blanche est une harpie.

Rosalind voudrait tant se reposer. Si seulement elle pouvait se reposer. Un matin où elle n'a plus rien, un matin d'horreur, elle va à la maison de son père pour le supplier de l'aider. Elle essaie de se tenir droite. Elle passe une main sale dans ses cheveux sans vie, puis elle appuie sur le bouton de la sonnette.

Une femme vient lui ouvrir, jolie, la vingtaine. Rosalind demande son père. Mais il n'est pas là. Voilà plus d'un an qu'il a vendu la maison.

La porte se referme.

Rosalind ne sait pas où aller. Il lui faut pourtant de l'argent, sinon les mains géantes vont broyer ses os et tordre ses entrailles et presser son crâne jusqu'à ce que la cervelle s'échappe par les oreilles et les yeux. Son père l'a abandonnée. Elle veut son papa. Elle est toute seule. Elle a mal. Elle veut mourir.

À seize ans, elle se cache des soldats qui patrouillent. Elle n'a pas de papiers. Elle n'a qu'une bouteille de solvant et un sac de plastique. Elle dort avec d'autres jeunes sur le plancher bétonné d'un entrepôt abandonné, pas très loin de la gare. Depuis quelque temps, la vie est devenue plus difficile. Il y a des soldats partout, des manifestations, des bagarres dans les rues. Ça nuit au commerce de son corps. Il n'y a plus de dame blanche dans la rue.

Un soir, des soldats la prennent en chasse, la coincent derrière un immeuble et la violent tour à tour, sauf un, qui se contente de fumer une cigarette et la regarde avec dédain tandis que les autres la labourent, leur mitraillette en bandoulière.

À seize ans, Rosalind est enceinte. Elle ne croyait pas que c'était possible. Elle n'a pas de règles depuis très longtemps. Mais elle doit se rendre à l'évidence : quelque chose se passe en elle, dans son ventre qui déjà s'arrondit, sous la saillie de la cage thoracique dont on voit, à travers la peau, chacune des côtes. Pendant une journée entière, Rosalind pleure, assise par terre, les genoux sous le menton.

Oui, quelque chose se passe en elle. Un enfant. Elle pleure sur cet enfant à naître. Mais au fil des jours, elle se surprend à pleurer un peu moins et à lui parler de plus en plus. Elle commence à avoir faim, une faim qui lui semble venir de très loin et de très longtemps. Une faim ancienne. Maintenant, elle ne peut plus respirer les vapeurs du solvant. Ça lui fait mal au cœur et mal au crâne. Alors, elle arrête. La chose dans son ventre qui grandit l'aide à arrêter. Elle ne ressent plus le besoin de combler le vide puisqu'elle est pleine de l'enfant dans son ventre.

Elle quitte l'entrepôt abandonné. Elle doit trouver une maison, un nid quelque part pour recevoir l'enfant, avec des couvertures et de l'eau chaude. Elle n'a qu'une vague idée des choses à faire, mais c'est déjà beaucoup.

Elle demande de l'aide aux gens qui s'occupent des soupes populaires, ces mêmes gens qu'elle méprisait il y a peu de temps. Elle accepte maintenant leur bol de soupe, leur morceau de pain, mais personne ne sait quoi lui dire, pour l'enfant. On lui explique la situation : c'est la guerre. Elle n'en avait aucune idée.

Elle fait le tour de la ville en gardant une main sur son ventre, en demandant si quelqu'un peut l'aider. Elle ne l'aurait jamais fait pour elle. Elle le fait pour l'enfant.

Un jour, quelqu'un la prend par la main et l'amène dans une vieille maison où il y a trois autres filles comme elle, à différents stades de la grossesse. Elle doit partager une chambre avec une autre. C'est merveilleux ! Un petit lit avec des couvertures et un oreiller à la taie si blanche.

Avant de dormir, on la force à prendre un bain. Une grosse dame dans la cinquantaine lui lave les cheveux en frottant très fort avec ses ongles. Après, quand les cheveux sèchent, Rosalind a l'impression d'avoir des fourmis qui marchent sur sa tête.

Dans le petit miroir ovale accroché au mur de sa chambre, elle se regarde. Les os de son visage tendent sa peau jaunie. Ses yeux lui semblent délavés. Elle sourit. Elle a faim, elle a très faim.

À dix-sept ans, Rosalind accouche d'une petite fille qui a des yeux de Chinoise et une impressionnante touffe de cheveux qui forment comme un parasol sur le sommet de sa tête.

Rosalind avait peur, à cause des solvants et de la dame blanche, mais quand elle voit les petits yeux de sa fille qui semblent chercher sa mère, quand elle sent avec quelle force la minuscule main de son enfant s'agrippe à l'index de sa mère, elle ressent un bonheur qui lui semble impossible. Qui a besoin d'ailes dans le dos quand on peut avoir ça ?

Son corps est maigre, elle n'a pas beaucoup de lait. C'est un problème en temps de guerre, lui dit la grosse dame. Enfin, on se débrouillera.

À dix-sept ans, Rosalind dort quand une dizaine de militaires font irruption dans la maison et en chassent les occupants. Ils prennent position devant les fenêtres tandis que Rosalind enveloppe son bébé dans un châle et sort dans la rue avec les autres. Des obus commencent à tomber, il faut s'enfuir. D'autres militaires, avec d'autres uniformes, débouchent au coin de la rue. La fusillade commence, et Rosalind se faufile entre les maisons et commence à courir pour échapper aux balles.

Elle court longtemps. Il y a des gens partout, qui courent comme elle. Personne ne se préoccupe de son sort, avec ses vêtements de clocharde. Enfin, épuisée, elle ralentit. Elle sort de la ville en marchant, parmi toute cette foule où elle se sent quand même un peu en sécurité.

Son bébé pleure. Elle doit souvent s'arrêter pour lui donner le sein, mais il en redemande tout de suite et elle n'a plus rien à lui donner. Au bout d'un certain temps, il ne reste auprès d'elle que des vieux et des mères qui tirent leurs enfants par la main.

Son bébé pleure. Son bébé hurle. Son bébé est tout rouge de frustration, de douleur, d'envie de vivre. Il a faim.

Rosalind n'en peut plus. Elle s'assoit sur une borne kilométrique renversée. Elle tend à la bouche gourmande de son enfant chacun de ses mamelons. Mais trois goulées les vident et les pleurs reprennent. Venant de toutes les directions à la fois, elle entend des tirs et des explosions qui ne réussissent pas à couvrir les hurlements de l'enfant.

Elle voit des soldats qui traversent la route, courbés, l'arme au poing. Un seul d'entre eux marche droit, comme pour une promenade de santé. Celui-là s'approche de Rosalind. Il a le visage noir de fumée et, à la ceinture, le manche d'un couteau de cuisine qui dépasse d'un étui en cuir.

— Pourquoi il pleure ? demande le milicien.

— Il a faim.

Le milicien regarde Rosalind, mais ses yeux ne la voient pas. Il regarde au-delà. Soudain il se penche, prend le bébé des mains de Rosalind et retire le châle qui l'enveloppe. Les hurlements de l'enfant grimpent d'un ton.

Le milicien porte une main à sa ceinture. Il dégaine son couteau. Puis il passe la lame sur le cou du bébé, sous le menton, lentement, comme une caresse.

Les hurlements cessent immédiatement. À la place on entend un affreux gargouillis. Il n'y a pas beaucoup de sang. Puis même le gargouillis s'arrête. Le milicien redonne son bébé à Rosalind. La petite tête pend vers l'arrière.

— Voilà, il n'a plus faim, dit le milicien.

Puis il s'en va, en marchant d'abord, puis de plus en plus vite. Il finit par disparaître en courant.

Rosalind serre contre elle le corps de son enfant. Elle a la bouche ouverte, mais elle ne peut pas crier. Elle ne peut pas pleurer. Elle est au-delà des cris et des larmes. Son bébé.

Le milicien s'appelait Viktor Rosh.

Son bébé n'avait pas encore de nom.

20. LE PAYS TRANQUILLE

Le lendemain de notre rencontre, Viktor Rosh fut retrouvé mort dans sa cellule. Pendant la nuit, à l'abri du regard des gardiens sous sa couverture, il s'était ouvert la carotide à l'aide de la plume qu'il m'avait subtilisée en faisant mine de me la remettre en poche. Quand on l'avait découvert à l'appel du matin, son matelas était entièrement imbibé de sang.

Naturellement, il y a bien d'autres façons de mourir, même en prison. C'était sa manière de répondre à mes accusations, je suppose. Je veux croire que le remords a joué un rôle dans son suicide, et qu'ainsi, pendant que le sang s'écoulait hors de lui, il réintégrait la communauté des humains.

Voler ma plume pour se suicider était également pour Viktor Rosh l'équivalent d'une bonne blague. J'appris son décès quand la police vint cogner à la porte de ma chambre pour m'interroger. On me soupçonnait de lui avoir sciemment confié l'arme du crime !

Les manières de l'inspecteur étaient brutales, et je n'ose imaginer le mauvais quart d'heure que j'aurais passé en sa compagnie si je n'avais été un ressortissant étranger, avocat de surcroît.

Viktor Rosh ne croyait pas à la justice des hommes. C'est pourtant entre les mains d'un homme qu'il a, à la fin, remis sa destinée. Ses mains. Car il avait beau être un monstre, il n'en était pas moins un homme, et sa monstruosité était celle des hommes.

Je me butai pendant plus d'une heure à l'arrogante stupidité de l'inspecteur. Je dus, à la fin, me résoudre à faire appel à maître Cevitjc, qui parut enchanté de la chose.

— Arrangez-vous pour que le commissaire rappelle son pitbull, lui dis-je.

Cevitjc plaisantait, affable, comme si rien ne s'était passé entre nous. Il est vrai que la mort de Viktor Rosh faisait s'écrouler toute l'affaire et que dès lors je ne pouvais lui nuire d'aucune manière. À l'instar de Rosh, j'avais fait mon temps. J'imagine que Cevitjc, lui, avait d'autres plats sur le feu, d'autres combines politiques. Je ne m'inquiétais pas pour lui. Je m'inquiétais pour tous les autres.

Au bout d'une heure ou deux, le téléphone sonna et l'inspecteur s'en fut, bouillonnant de colère après qu'on lui eut ordonné de lâcher son os.

Je restai seul. Je me sentais étrangement coupable. C'était ma plume après tout. Qu'est-ce qu'un mort de plus arrangeait ? Qui sait si Viktor Rosh, dans quelques années, ne serait pas devenu un autre homme, capable de ressentir la douleur des autres ?

Je n'avais plus rien à faire ici. Je réservai par téléphone un billet pour le prochain avion, puis je fis mes bagages. J'envoyai un email à Florence pour lui annoncer mon retour. J'écrivis ensuite un mot à Josef. Je lui racontai ce que m'avait dit Viktor à propos des lettres de Jana, et je lui indiquai de mon mieux l'endroit où elles étaient enterrées. Si quelqu'un pouvait les retrouver, c'était Josef. Je fis porter la lettre à son appartement. Sur l'enveloppe, j'avais inscrit : *Pour Josef et Rosalind.*

Je ne doutais pas un seul instant des efforts considérables que Josef allait déployer pour remettre à Jana les lettres de Manu. C'est le paradoxe de cet homme, revenu du pays des morts.

J'imaginais Jana lisant les lettres, pleurant sur l'amour qui aurait dû prospérer plutôt que de s'abîmer dans la vengeance et se perdre sans espoir de retour. Était-ce une bonne chose de les lui rendre ? Les lettres ne lui feraient-elles pas plus de mal que de bien ? Mais qui étais-je pour juger de ce qui était bon pour les autres, ou mauvais ? Les lettres lui appartenaient. Le souvenir de l'amour est déjà mieux que pas d'amour du tout. Elle pourrait en réciter des passages à ses enfants, la nuit, dans la bienveillante noirceur de sa folie.

Je rentrais chez moi. J'allais retrouver Florence et les enfants. J'allais implorer la clémence du jury.

Et quel que soit le verdict, j'allais devoir apprendre à vivre avec ses conséquences.

Je montai à bord d'un autobus qui me ramenait à la Capitale. Je dormis par à-coups, en faisant des cauchemars. Je me réveillai à l'arrivée, suant et tremblant.

J'avais un peu plus de deux heures devant moi. Je me dirigeai vers une cabine téléphonique et je consultai l'annuaire. L'Arts Café existait toujours.

Je hélai un taxi. Il me déposa devant un joli petit restaurant à la devanture duquel une terrasse bondée retentissait des éclats de rires, du bourdonnement des conversations et du tintement des cuillères sur la porcelaine des tasses.

Je m'assis et commandai un café, qui s'avéra délicieux.

Ainsi le rêve de Viktor Rosh lui avait survécu, porté à bout de bras par un autre qui avait fait preuve de plus de courage et de détermination.

Je restai là. Le soleil éclairait la terrasse et je tournais mon visage vers lui. La guerre, où ça la guerre ? Tout autour la vie continuait, comme l'herbe qui se redresse après avoir été foulée. La vie serait insoutenable si nous n'avions pas la capacité d'oublier. Et la vie est insoutenable parce que nous oublions.

Des gens pressés traversaient la rue en évitant les voitures avec des contorsions de matador. Ils avaient des rendez-vous, des soucis d'argent, des projets de vacances. Je sirotais mon café.

Puis j'en voulus un autre, que je bus tout aussi lentement, en fermant les yeux et en absorbant chacun des éclats de rires qui fusaient des tables alentour.

Un autre taxi me déposa à l'aéroport. J'enregistrai mes bagages, je traversai le cordon de sécurité.

Je regardais les parfums dans la vitrine de la boutique hors taxes quand la bombe a explosé. Un énorme bruit, puis un souffle violent qui me projeta dans les airs. Les vitrines soufflées me poignardaient d'éclats de verre. Quand je repris mes esprits, j'étais couché sur le dos, incapable de bouger, et un halo blanchâtre semblait émaner de toutes choses.

Je n'entendais plus rien, puis l'ouïe me revint graduellement, des cris, des pleurs, des hurlements. Je tentai de me relever, mais mon corps refusait de m'obéir. Je tournai la tête. Un amas confus de corps, de sang. Un début d'incendie.

Je voyais les choses au ralenti. Une femme entra dans mon champ de vision, les mains tendues devant elle, comme si elle implorait le pardon. Elle n'avait plus de visage. Les orbites étaient vides et, par la plaie béante, je voyais sa langue tâtonner à la recherche du palais. Elle s'approchait en émettant une sourde plainte. Elle buta contre ma hanche et s'écroula sur moi. Je ne pouvais toujours pas bouger. Avec un effort infini, je réussis à lever ma main pour la déposer sur la nuque de la femme. En gémissant, je caressai ses cheveux. Après, je ne me souviens plus de rien.

Je me réveillai sur une civière. Un ambulancier m'examinait. Il me demanda de bouger mes orteils, qui s'agitèrent loin là-bas.

Je n'étais pas un cas urgent. Commotion cérébrale, état de choc, multiples lésions et coupures, mais pour la plupart superficielles.

Il y avait eu dix-sept morts et quarante-six blessés. L'enquête révéla que la bombe avait été introduite en pièces détachées dans plusieurs bagages à main, puis assemblée dans les toilettes des hommes. Elle avait explosé à l'intérieur de la boutique hors taxes, symbole capitaliste par excellence. À sa manière, Mistral avait voulu saluer mon départ.

Le mien ou celui d'un autre, quelle différence. Pour des êtres tels que lui, peu importe qui meurt, pourvu qu'il y ait beaucoup de morts et que l'idée de la mort marque au fer rouge l'esprit des vivants.

On me conduisit à l'hôpital, où je me fis recoudre. On me donna des cachets que j'avalai sans questions. Je m'inquiétais pour Florence, qui m'attendait peut-être, et qui avait sans doute déjà appris la nouvelle.

Dès que le médecin m'en donna l'autorisation, je téléphonai à la maison. Il n'y avait personne. Je laissai un message pour dire que j'étais vivant et que je serais sur le vol du lendemain.

Je quittai l'hôpital à la fin de la matinée suivante. La veille, mes bagages étaient partis sans moi. Je m'achetai des vêtements et fourrai les vieux, tachés de sang, dans une poubelle. Puis je retournai à l'aéroport où, déjà, la boutique hors taxes avait repris les affaires dans un local voisin.

Je voulais partir au plus vite, je voulais rentrer chez moi, dans mon pays tranquille qui m'avait semblé si morne.

Je veillai tout au long du trajet de retour, hanté par la femme sans visage dont la plaie béante était un cri muet. Je grelottai. Une agente de bord me tendit une couverture. Je vis un matelas imbibé de sang. L'avion atterrit enfin. Aux douaniers, je n'avais rien à déclarer.

Les portes s'ouvrirent. Ils étaient là. Ils m'attendaient, au premier rang. Florence. Arthur. Margot. Mes amours. Les yeux de Florence brillaient de larmes contenues. Je courus vers eux. Je les pris tous trois dans mes bras et je les serrai fort, si fort que mes plaies se rouvrirent et que je sentis céder un à un plusieurs de mes points de suture.

Mais je ne desserrai pas mon étreinte.

Jamais plus je ne desserrerais mon étreinte.

— François, tu as mal ? s'inquiéta Florence quand elle vit le sang frais tacher ma chemise.

Oh ! Le son de sa voix !

Dans la cohue des voyageurs qui nous bousculaient sans égards, je la regardai longuement. Restait-il de l'amour pour moi dans ses yeux ? Peut-être que oui. Peut-être restait-il un fond d'amour sous les couches successives du mensonge, de la culpabilité et de la colère. Mais c'étaient des sentiments humains, non ? Et rien à part la mort n'était jamais irréparable.

Alors, couvert de sang, blessé, brisé, tandis que j'embrassais mes enfants en pleurant – mes enfants si vivants, si heureux, si *intacts* –, je me fis la promesse de ne jamais laisser mourir l'amour.

Car pour l'amour, oui, j'étais prêt maintenant à me battre.

TABLE

BABEL

711. VLADIMIR POZNER
Le Mors aux dents

712. AKI SHIMAZAKI
Tsubaki

713. LISE TREMBLAY
La Héronnière

714. ALICE FERNEY
Dans la guerre

715. NANCY HUSTON
Professeurs de désespoir

716. SELMA LAGERLÖF
Des trolls et des hommes

717. GEORGE SAND
L'Homme de neige

718. JEAN MARCHIONI
Place à monsieur Larrey

719. ANTON TCHEKHOV
Pièces en un acte

720. PAUL AUSTER
La Nuit de l'oracle

721. PERCIVAL EVERETT
Effacement

722. CARINE FERNANDEZ
La Servante abyssine

723. ARNAULD PONTIER
La Fête impériale

724. INGEBORG BACHMANN
Trois sentiers vers le lac

725. CLAUDIE GALLAY
Seule Venise

726. METIN ARDITI
Victoria-Hall

727. HENRY BAUCHAU
L'Enfant bleu

728. JEAN-LUC OUTERS
La Compagnie des eaux

729. JAMAL MAHJOUB
La Navigation du faiseur de pluie

730. ANNE BRAGANCE
Une valse noire

731. LYONEL TROUILLOT
Bicentenaire

732. INTERNATIONALE DE L'IMAGINAIRE N° 21
Cette langue qu'on appelle le français

733. ALAIN LORNE
Le Petit Gaulliste

734. LAURENT GAUDÉ
Le Soleil des Scorta

735. JEAN-MICHEL RIBES
Musée haut, musée bas

736. JEAN-MICHEL RIBES
Multilogues suivi de Dieu le veut

737. FRANÇOIS DEVENNE
Trois rêves au mont Mérou

738. MURIEL CERF
Le Verrou

739. NINA BERBEROVA
Les Derniers et les Premiers

740. ANNA ENQUIST
Les Porteurs de glace

741. ANNE-MARIE GARAT
Nous nous connaissons déjà

742. JEAN DEBERNARD
Simples soldats précédé de Feuille de route

743. WILLIAM T. VOLLMANN
La Famille royale

744. TIM PARKS
Cara Massimina

745. RUSSELL BANKS
Histoire de réussir

746. ALBERTO MANGUEL
Journal d'un lecteur

747. RONALD WRIGHT
La Sagaie d'Henderson

748. YU HUA
Le Vendeur de sang

749. JEAN-PIERRE GATTÉGNO
Longtemps, je me suis couché de bonne heure

750. STEFANO BENNI
Saltatempo

751. PAUL BENJAMIN
Fausse balle

752. RAYMOND JEAN
L'Attachée

753. PAUL AUSTER
Lulu on the Bridge

754. CLAIRE FOURIER
Métro Ciel suivi de Vague conjugale

755. ANNE BRUNSWIC
Bienvenue en Palestine

756. COLLECTIF
Brèves d'auteurs

757. CLAUDE PUJADE-RENAUD
Chers disparus

758. LAURENT SAGALOVITSCH
Loin de quoi ?

759. PHILIPPE DE LA GENARDIÈRE
Simples mortels

760. AUGUST STRINDBERG
Mariés !
(à paraître)

761. PASCAL MORIN
Les Amants américains

762. HONORÉ DE BALZAC
Voyage de Paris à Java

763. IMRE KERTÉSZ
Le Refus

764. CHI LI
Tu es une rivière

765. ANDREÏ GUELASSIMOV
La Soif

COÉDITION ACTES SUD – LEMÉAC

OUVRAGE RÉALISÉ
PAR LUC JACQUES, TYPOGRAPHE
ACHEVÉ D'IMPRIMER
EN DÉCEMBRE 2006
SUR LES PRESSES DE
MARQUIS IMPRIMEUR INC.
POUR LE COMPTE DE
LEMÉAC ÉDITEUR
MONTRÉAL

DÉPÔT LÉGAL
1re ÉDITION : SEPTEMBRE 2006
(ÉD. 01 / IMP. 02)

(Imprimé au Canada)